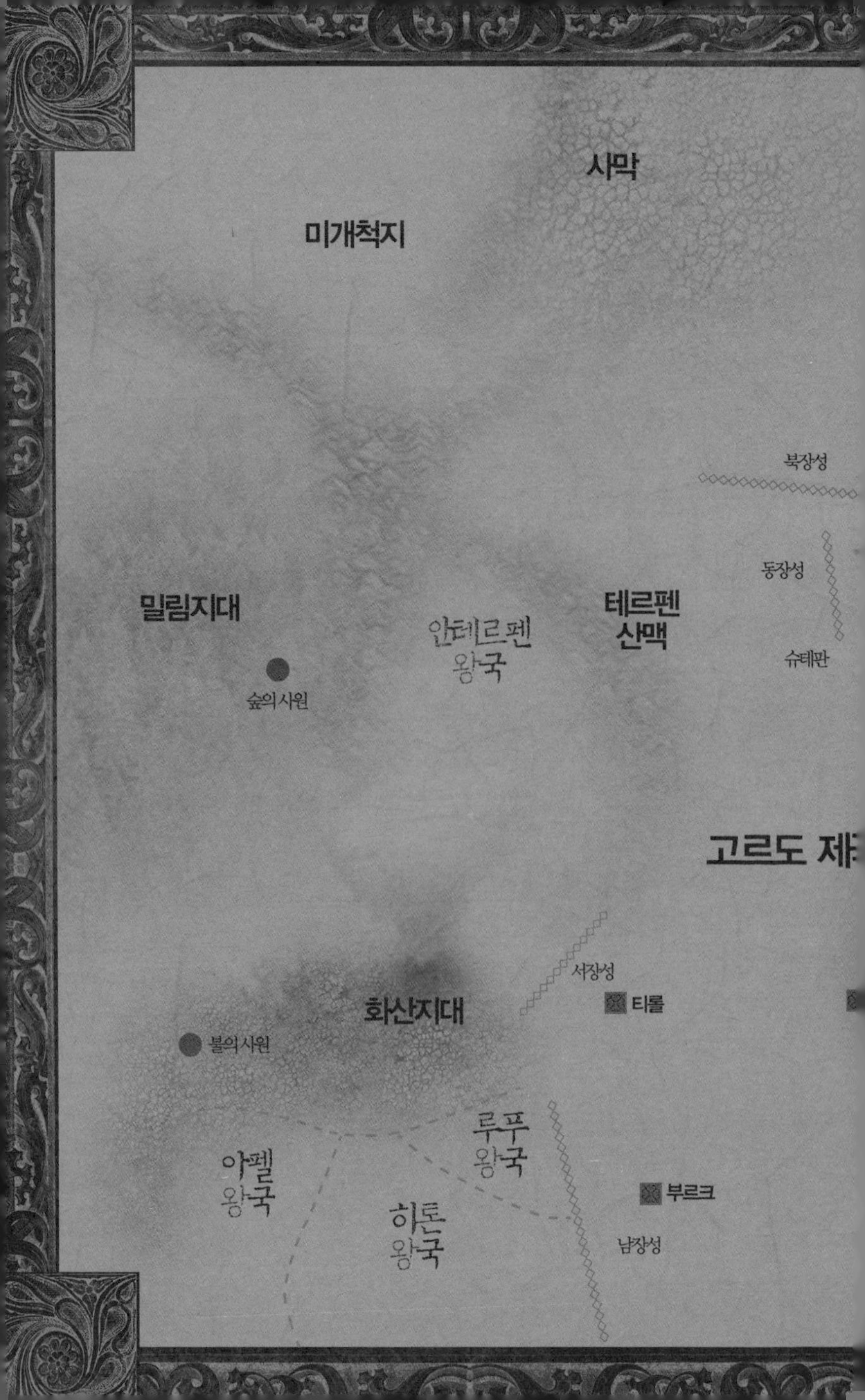

사막
미개척지
북장성
동장성
밀림지대
안테르펜
왕국
테르펜
산맥
슈테만
숲의 시원
고르도 제
서장성
티롤
화산지대
불의 사원
루푸
왕국
아펠
왕국
부르크
히론
왕국
남장성

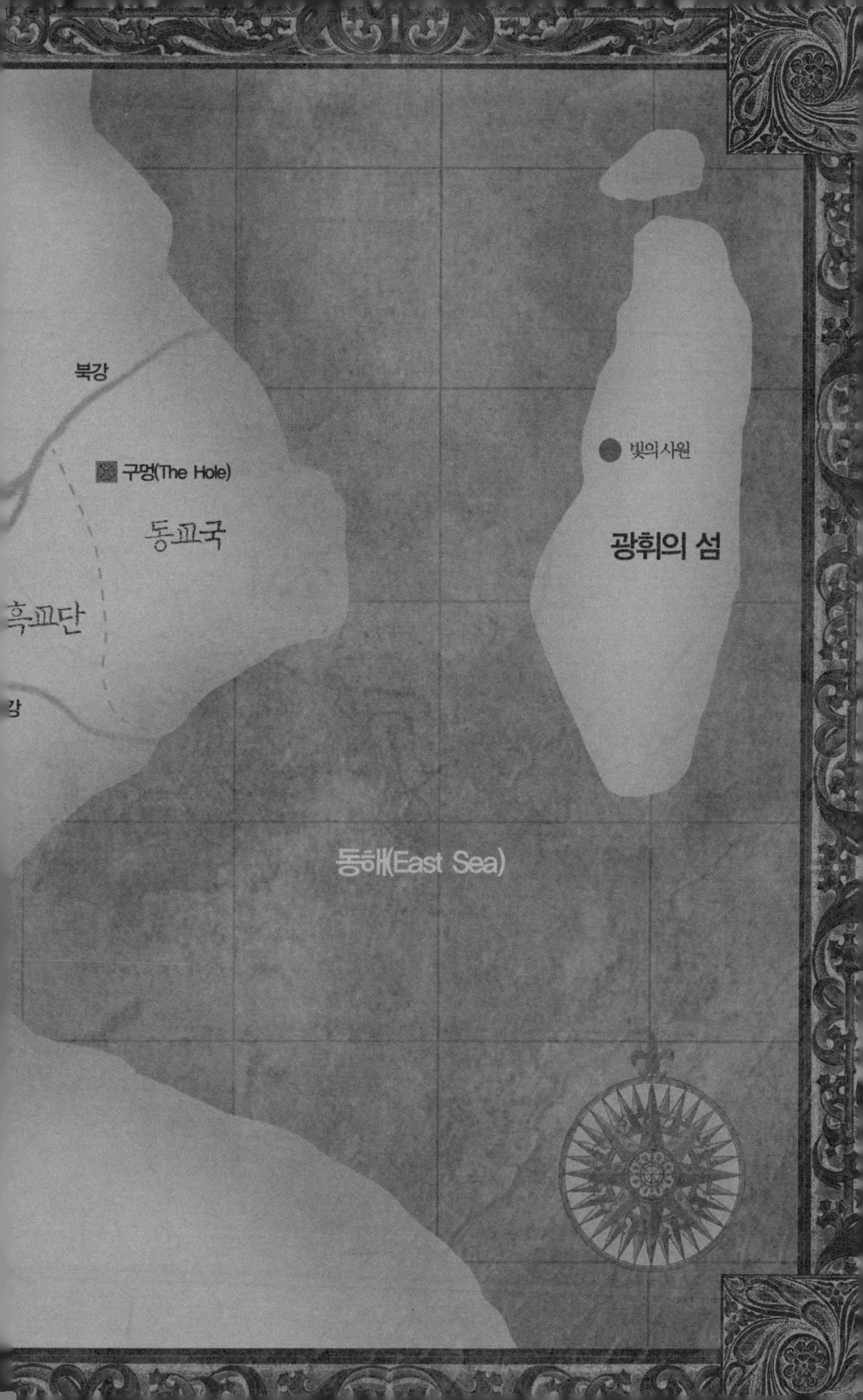
북강
구멍(The Hole)
동끄국
흑끄단
강
빛의 사원
광휘의 섬
동해(East Sea)

샤피로

Shapiro

12

쥬논 판타지 장편소설

FANTASY STORY & ADVENTURE

dream books
드림북스

사피로 12(시즌 2 : 불과 어둠)
쇼 타임

초판 1쇄 인쇄 / 2014년 1월 23일
초판 1쇄 발행 / 2014년 1월 28일

지은이 / 쥬논

발행인 / 오영배
책임편집 / 편집부
펴낸 곳 / (주)삼양출판사 · 드림북스

주소 / 서울특별시 강북구 솔샘로67길 92
대표 전화 / 02-980-2112 팩스 / 02-983-0660
편집부 전화 / 02-980-2116 팩스 / 02-983-8201
블로그 / blog.naver.com/dreambookss

등록번호 / 제9-00046호
등록일자 / 1999년 3월 11일

값 8,000원

ISBN 978-89-542-5826-5 (04810) / 978-89-542-3827-4 (세트)

* 지은이와 협의하에 인지는 생략합니다.
* 잘못된 책은 구입한 곳에서 바꾸어 드립니다.

이 도서의 국립중앙도서관 출판시도서목록(CIP)은 서지정보유통지원시스템홈페이지(http://seoji.nl.go.kr)와 국가자료공동목록시스템(http://www.nl.go.kr/kolisnet)에서 이용하실 수 있습니다. **(CIP제어번호: 2014002500)**

Shapiro
샤피로
쥬논 판타지 장편소설
FANTASY STORY & ADVENTURE
12
쇼타임
dream books
드림북스

샤피로
Shapiro

Contents

⊙ 지난 사건들 요약

시즌 1: 두 개의 세상

〈22세〉

1월, 이건호 시점: 카이스트 4학년에 재학 중인 평범한 학생이다. 현실보다 더 생생한 악몽(?) 때문에 미쳐 버리기 직전이다.

3월, 샤피로 시점: 암흑교단의 교도이자 북부의 암귀 1713번 샤피로는 동교국 소속 성기사와 몽크들의 기습 공격을 받아 위기에 빠진다. 금단 마법 가운데 하나인 타란툴라의 원혼을 사용해서 적들을 간신히 물리치긴 하지만, 그 대가로 목숨을 잃는다. 죽음 후 샤피로는 흑고양이의 심장 마법으로 부활해서 동교국의 수습기사 프람이 된다.

11월, 샤피로 시점: 동교국에서 정식 성기사로 서임을 받은 샤피로는 파트너인 롬바와 함께 부르크 공작령에 도착한다. 그곳에서 샤피로는 암흑교단의 사제 3명을 추살하는 등 큰 공을 세운다. 하지만 샤피로의 진짜 목적은 동교국을 위해 공을 세우는 것이 아니라, 잃어버린 기억을 되찾는 것이다. 과거의 실마리를 찾기 위해 수소문을 하던 중 샤피로는 암흑교단의 4개의 머리, 즉 4대교조 가운데 한 명인 샤늘루루의 신물(붉은 여우의 다리)을 얻는다. 그 즈음 부르크 공작령엔 변화의 바람이 불어닥친다. 갑작스런 공작의 서거 이후 그 후손들은 체켄파와 잘츠파로 나뉘어 본격적인 권력투쟁에 돌입하고, 샤피로도 그 소용돌이에 휘말린다. 우여곡절 끝에 잘츠파에 합류한 샤피로는 여섯 꽃잎 장미(Six-Petaled Rose) 총사단과 함께 부르크 내성에 침투한다. 그곳에서 샤피로는 상대편의 핵심 인물인 체켄 공자에게 치명상을 입히고, 이어서 이락 우화를 발견한다. 이락 우화엔 샤피로의 잃어버린 기억을 되찾을 실마리가 담겨 있다.

11월, 이건호 시점: 미국 스탠포드 대학에 유학을 가기로 결심한다.

〈23세〉

1월, 이건호 시점: 스탠포드 대학 기숙사에서 쟈오 가오린을 만난다.

1월, 샤피로 시점: 부르크 저택에 잠입했다가 함정에 빠진다. 목숨이 위험한 순간, 샤피로는 세계의 벽을 뛰어넘어 이건호와 시야를 공유하는 놀라운 경험을 한다.

2월, 샤피로 시점: 고르도 제국의 황제 버힐 4세는 내전에 휘말린 부르크 공작령을 안정시키기 위해 제국 4군단을 파병한다. 샤피로와 SPR 총사단은 황제의 압박을 피해 잘츠 공자를 데리고 부르크 공작령를 탈출한다. 하지만 고르도 제국 안에서 황제의 눈을 피할 곳은 없다. 샤피로 일행은 어쩔 수 없이 서장성을 넘어 숲의 나라 안테르펜 왕국으로 도망친다.

〈28세〉

5월, 이건호 시점: 이건호는 스탠포드 대학에서 박사 학위를 받으며 장밋빛 미래를 꿈꾸지만, 그 꿈은 오래가지 않는다. 그의 능력을 질투한 가오린이 이건호를 요트로 유인해서 총으로 죽인다. 이건호의 약혼녀인 리나도 가오린의 마수에 빠져 함께 죽는다. 이건호의 부모도 이미 가오린에게 죽었다. 복수에 미친 이건호는 흑고양이의 심장 마법을 사용하여 한스 반 데어 뤄슨으로 부활한다. 한스는 미국 금융계를 지배하는 반 데어 뤄슨 가문의 후계자다. 새로운 신분을 갖게 된 이건호는 한스의 LA 별장에서 자신의 능력을 각성하고 신인류가 된다.

7월, 이건호 시점: 이건호는 반 데어 뤄슨 가문의 선조 모비드가 남긴 책을 읽고 그 비밀을 파헤치기 위해 노력한다. 그 즈음 한스의 약혼녀인 알렉산드라가 찾아와 파혼을 선언한다. 이건호는 담담히 파혼을 받아들이고 뉴욕 본가로 향한다. 그의 머릿속에 약혼녀가 차지하는 비중은 눈곱만큼도 되지 않는다. 이건호는 자신을 해치려는 숙부 벤자민의 음모를 파헤친 뒤, 숙부의 비밀기지인 세인트 바난 학교를 쓸어버리고 늑대인간 30마리를 부하로 거둔다. 알고 보니 벤자민 숙부는 중국 백화문과 손을 잡고 있다. 그리고 그 백화문에는 원수인 쟈오 가오린이 있다. 복수에 눈이 먼 이건호는 숙부를 박살 내기로 결심하고 그의 저택으로 직접 쳐들어간다. 그곳에서 숙부의 부하들을 깨부수고, 숙모인 요꼬를 공격한다. 요꼬는 차이나타운으로 도망치지만, 이건호는 무섭게 따라붙어 끝내 요꼬의 목줄기를 움켜쥔다.

8월, 샤피로 시점: 지난 5년간 샤피로는 안테르펜 왕국 서쪽에 자리한 숲의 사원에서 수학했다. 놀라운 재능으로 두각을 나타낸 샤피로는 불과 5년 만에 대법사가 되어 안테르펜 왕국으로 복귀한다. 샤피로의 명성을 들은 안테르펜의 대영주 네틈 졸보레가 샤피로를 성으로 초청하고, 샤피로는 그곳에서 '생명의 뿌리'를 찾는 일을 맡는다.

8월, 이건호 시점: 이건호는 줄리아, 루이와 함께 루이의 무인도 별장으로 바다낚시를 간다. 편안히 휴가를 즐기러 간 것처럼 위장을 했지만, 사실 이건호가 노리는 것은 무인도 별장 인근에 위치한 켄의 비밀기지다. 요꼬 숙모의 부친인 켄은 미국 동부의 섬에 실험실을 꾸며 놓고 늑대인간과 미노타우르스 등을 양성해 왔던 것. 샤피로는 켄의 기지를 박살 내고 늑대인간 128마리와 미노타우르스 18마리를 부하로 거둔다. 그 즈음 보어 경은 아들인 한스(이건호)를 뤄슨 그룹의 등기 이사로 임명한다. 이사회에서 이건호는 템플 기사단의 6인회 멤버들을 만난다.

9월, 샤피로 시점: 샤피로는 여신 강림 의식을 통해 생명의 뿌리를 포획한다. 놀랍게도 생명의 뿌리는 흑고양이의 심장과 유사한 능력을 선보인다.

9월, 이건호 시점: 백화문의 청룡당주 쿠 에릭이 부하들을 대거 이끌고 미국에 진입한다. 이건호는 쿠 에릭이 탄 암트랙(기차)을 전복시키고 쿠 에릭을 포로로 잡는다. 이어서 숙부의 장인인 켄 바난을 치고 신비 소녀 미호와 만난다. 미호는 이건호와 싸우다가 정신적 충격을 받아 백치가 된다. 이건호는 켄의 부하들을 금단 마법 가운데 하나인 아나콘다의 눈으로 제압해서 부하로 거두고, 미호를 통해 춘화집을 손에 넣는다. 난잡해 보이는 춘화집 안에는 역대 최강의 신인류 6명, 즉 육존(六尊) 가운데 한 명인 십제(十帝)의 무술이 담겨져 있다. 그 즈음 수세에 몰린 벤자민 숙부는 뉴욕 맨해튼에서 마지막 발악을 하고, 이건호는 숙부를 제압하는 과정에서 파혼녀인 알렉산드라와 다시 만난다. 벤자민과의 싸움을 통해 이건호의 실체(?)를 알게 된 알렉산드라는 얼굴에 철판을 깔고 파혼을 다시 취소한다. 그 무렵, 가오린의 손에 죽은 줄 알았던 옛 약혼녀 리나 제임슨이 나타나 이건호의 머리를 복잡하게 만든다.

9월, 샤피로 시점: 고르도 제국이 안테르펜 왕국을 침공한다. 고르도의 황제 버힐 4세는 제국의 주력인 무엘크 공작, 아베크 공작, 호른 백작을 모두 움직여 대대적인 전쟁을 시작한다. 특히 호른 백작이 지휘하는 레인보우 형제들의 압도적인 무력 앞에 안테르펜 왕국은 공포에 잠긴다. 척후로 나선 샤피로는 적막한 숲에서 레인보우 형제 가운데 둘째인 오렌지를 만나 비참하게 패한다. 분노에 휩싸인 샤피로는 미친 척하고 생명의 뿌리를 먹고, 그 결과 세상의 모든 나무와 일체가 되는 신비로운 경험을 한다.

10월, 샤피로 시점: 샤피로는 생명의 뿌리에 타란툴라의 원혼을 더해 새로운 마법 '카멜레온의 원한'을 만들어 낸다. 이어서 생명의 뿌리에 킹 카라인의 숨결을 융합해서 '포이즌 트리'를 창안한다. 능력이 업그레이드된 샤피로는 적진에 홀로 침투해서 호른 백작을 붙잡는다. 아나콘다의 눈으로 호른의 정신을 제압한 샤피로는, 호른을 이용해서 적 병력을 둘로 쪼갠다. 그 후 레인보우의 둘째 오렌지와 다섯째 블루를 죽여 복수에 성공한다.

10월, 이건호 시점: 춘화집에서 십제의 유학인 파륜석화술법과 일목권, 풍법, 십제검을 얻는다. 리엔조 가문의 초대를 받아 이탈리아로 간다.

11월, 샤피로 시점: 안테르펜 왕국의 우페나 대습지에서 대규모 전투가 벌어진다. 고르도 제국의 아베크 공작이 이 전투에서 샤피로의 계략에 걸려 크게 패퇴한다. 무엘크 공작도 후퇴한다.

11월, 이건호 시점: 이건호는 바티칸시티에서 교황을 알현하고 바티칸의 수호자가 된다. 이어서 성베드로 성당 지하 도서관에서 모비드의 책 초판본을 읽는다. 한편으로 이건호는 까마귀 모임을 통해 여러 가문의 후계자들과 안면을 튼다. 이렇듯 인맥을 넓힌 것은 이건호에게 좋은 일이었으나, 베네치아에서 리나를 다시 만난 것은 큰 충격으로 남는다. 이건호는 자신이 지난 5년간 한 번이 아니라 두 번 연속해서 죽었다는 사실을 깨닫고는 큰 혼란에 빠진다. 또한 스탠포드 학생 시절, 자신이 그토록 사랑했던 여자가 리나가 아니라 다른 사람이었다는 사실을 깨닫는다. 이건호의 과거를 장악한 수수께끼의 여인은 놀랍게도 반 데어 뤄슨의 선조인 모비드와 꼭 닮아 있었다. 여러 가지 복잡한 사건들이 한꺼번에 터져 머리가 깨질 듯이 아픈 가운데, 이건호는 아프리카로 가서 흑마법사들의 아지트를 뒤지게 되고, 그곳에서 악마 부활 의식이 거행되었던 흔적을 찾는다. 얼마 후 흑마법사들과 싸우게 된 이건호는 적들이 사용하는 마법이 샤피로 세상의 마법과 유사하다는 점을 알게 된다. 또한 적의 우두

머리인 사자가면과 마사 리엔조의 숨겨진 관계를 파악한다. 놀랍게도 사자가면은 마사의 친부였다. 아프리카 사건을 마무리한 뒤, 이건호는 뉴욕으로 돌아와 자신의 과거를 파헤치는 일에 집중한다.

12월, 이건호 시점: 십제검을 5편까지 완성한다. 마지막 6편인 '시간검'은 아직 익히지 못한다. 대신 십제검과 카멜레온의 원혼, 그리고 현대의 미사일 개념을 혼합하여 새로운 권능, 즉 '발키리의 원혼'을 창안한다. 그러면서 한편으로 이건호는 과거에 스탠포드 대학에서 함께 공부했던 고든을 찾는다. 고든은 미국의 방산 업체인 노스롭그루먼에 입사하여 버터플라이(카메라를 장착한 초소형 무인항공기)를 개발한 천재 연구원이다.

12월 25일, 이건호 시점: 크리스마스를 맞아 포세이돈 나이트클럽을 방문한 이건호는 줄리아, 알렉산드라와 아옹다옹하다가 분위기에 휩쓸려 두 여자와 동시에 키스한다.

〈29세〉

1월, 이건호 시점: 한스의 친누나 미센을 만난다. 때마침 일본의 삼각위원회에서 초청장이 날아온다. 세계 여러 신입류 집단이 함께 모여 최근 등장한 흑마법사들에 대한 대책 회의를 열자는 것이 삼각위원회의 제안이었다.

회의 장소는 일본의 요코하마. 이건호는 보어 경과 함께 요코하마로 가서 회의에 참석한다. 요코하마의 한 카페에서 백화문도들과 맞닥뜨린 이건호는 그들 5명을 거리낌 없이 죽인다. 그다음 미리 준비해 간 사자가면을 뒤집어쓰고 백화문을 급습한다. 이 기회에 백화문을 깨부순 다음, 모든 일들을 흑마법사들에게 뒤집어씌우겠다는 것이 이건호의 계획이다. 세밀하게 계획을 세운 이건호는 백호부당주 쟈오 위엔(가오린의 부친)을 죽이고 문상 왕 쑤이의 목을 자른다. 또한 무상 쟈오 팡저우, 현무당주 허위엔을 납치한다. 이 과정에서 이건호는 왕 쑤이와 바흐다나가 문지기, 즉 동일인이라는 사실을 깨닫는다.

전용 비행기를 타고 미국으로 복귀한 이건호는 나비와 여왕벌, 개미 등의 곤충을 길들이는 능력을 새로 개발한다. 그 와중에 뉴욕 맨해튼의 산 페르민 클럽으로 가서 가르시아 가문의 가디언들과 격돌한다. 그곳에서 육존 가운데 한 명인 세르히오와 싸우게 된 이건호는 세르히오의 '공간 삭제' 권능을 경험한다. 1월 말에는 알렉산드라, 줄리아와 함께 방콕을 거쳐 홍콩으로 여행을 간다.

2월, 이건호 시점: 홍콩의 랑함 호텔에서 왕 쑤이의 딸이자 백화문의 주작당주인 왕옥과 접촉한다. 중국 남부 샤먼의 남보타 사찰로 간 이건호는 그곳에서 왕옥과 맞부딪친다. 왕옥을 통해 바흐다나, 샤늘루루, 검은 고양이의 관계를 듣게 된 이건호는 심각한 혼란을 느낀다. 하지만 그 와중에도 왕옥을 조정해서 백화문의 온건파를 부추기는 작업을 잊지 않는다.

2월, 샤피로 시점: 빛의 사원의 우두머리 컨이 예지몽으로 바흐다나(왕 쑤이)의 죽음을 깨닫는다.

『시즌 1: 두 개의 세상』 完

시즌 2: 불과 어둠

2월, 샤피로 시점: 붉은 여우 다리의 폭발로 샤피로가 아홉 번째 죽음을 맞이한다. 매로 부활한다.

〈과거〉

4월, 샤피로 시점: 샤피로, 프란츠 시 애너하임 거리의 푸줏간에서 몸을 추스른다. 본 마우스의 도움을 받아 몸을 일으키고는 푸줏간 주인 핌스턴과 매니저 세미르 형제를 만난다.

6월, 샤피로 시점: 필립이라는 노인이 시체 3구와 만드라고라 뿌리 5개를 푸줏간에 배달한다. 저녁에 핌스턴이 세미르와 걸터, 샤피로를 불러 회의를 열고는 필립의 요구 사항을 전한다.

6월, 샤피로 시점: 핌스턴의 스승 누보로부터 헬 하운드의 등장 소식을 듣는다. 헬 하운드의 공격을 받는다.

6월, 샤피로 시점: 샤피로, 헬 하운드를 피해 도망치다가 헬 하운드 조직의 팔장로와 마주친다. 샤피로가 본색을 드러내 팔장로의 화기를 흡수한다.

6월, 샤피로 시점: 핌스턴이 필립(설로인)과 기무정관을 납치한다. 뇌수술을 통해 기무정관의 정신연령을 낮춘 뒤, 그리즐리의 화살에 대해서 캐낸다. 샤피로는 누보의 셋째 제자가 된 뒤 위대한 탈라히 세트 가운데 쥬퍼를 선물 받는다.

6월, 샤피로 시점: 에바 공주와, 공주를 호위하는 안텔롭(기사), 뮤트(황궁마법사)를 만난다.

제1화
헬 하운드의 습격

들어라, 세상의 미욱한 자들이여
나는 오른손에 태양과 불, 왼손에 어둠과 암흑을 들고
인세를 다스리는 미혹의 군주이자
세상 모든 탐욕과 배덕, 음모와 광태를 관장하는
왕 중의 왕일지니
너희는 맨발로 달려와 나를 경배하라

· · · 매의 샤피로 · · ·

Shapiro

Chapter 1

에바 공주를 바라보는 핌스턴의 눈에 다급한 기색이 어렸다.

"공주마마, 급합니다. 지금 이것저것 따질 상황이 아니란 말입니다. 제발 저희의 말에 귀를 기울여 주십시오."

핌스턴의 뜨거운 간청에도 불구하고 에바 공주의 눈에는 의심이 가득했다.

핌스턴은 가슴을 탕탕 두드렸다.

"저도 공주마마의 심정을 이해합니다. 마마께서 저희를 수상하게 보시는 것은 당연한 일입니다. 하지만 일단 그 의심을 접으시고 저희를 믿어 주십시오. 지금 이곳 외곽엔 헬 하운드의 사냥개들이 쫙 깔려 있습니다. 그 무도한 악마들이 공주마마를 노리고 포위망을 좁힌단 말입니다."

헬 하운드라는 말에 에바 공주가 반응을 보였다.

"지금 헬 하운드라고 했나요?"

"헬 하운드!"

레벨 11의 황궁마법사 뮤트가 깜짝 놀랐다.

고우트 레인저(Goat Ranger) 출신의 기사단장 안텔롭은 격렬하게 반응했다.

"닥쳐라, 이놈! 공주마마, 지금 이자가 마마께 거짓말을 고하고 있습니다."

하지만 핌스턴은 입을 다물지 않았다. 오히려 피를 토하듯 언성을 높였다.

"공주마마, 부디 현명하게 판단하십시오. 저희가 왜 마마께 거짓을 고하오리까? 공주마마께서 저희 프란츠 후작님과 손을 잡는 것을 방해하려고 수도 바아란에서 화살을 쏘았나이다. 헬 하운드라 불리는 아주 무시무시한 불화살을 말입니다."

지금 몬순 제국의 황궁에선 치열한 권력 싸움이 진행 중이었다. 에바 공주가 이 먼 프란츠 시를 방문한 이유도 프란츠 후작과 손을 잡아 사황자의 세력을 불리기 위함이었다.

한데 적들이 그 낌새를 눈치챘단다. 그래서 공주를 치기 위해 헬 하운드를 동원했단다. 에바 공주는 비로소 상황을 파악했다.

"아아아! 헬 하운드라니!"

에바 공주가 손으로 이마를 짚었다. 헬 하운드의 악명은 그녀도 익히 들어서 알고 있었다. 여타의 마법사들을 압도하는 강력한 워 메이지(War Mage: 전투마법사)인 불의 마법사! 그중에서도 헬 하운드는 최강의 삼대 세력 가운데 하나로 꼽힌다.

불의 마법사들이 모인 삼대 세력!

첫째, 태양의 정화를 세상에 전파하기 위해 만들어진 태양교!

둘째, 태양교의 한 지파에서 갈라져 나왔으나, 그 후 태양교의 이단으로 지정되어 피비린내 나는 종교전쟁을 겪은 이클립스(Eclipse: 일식)!

셋째, 지옥불을 찬미하는 헬 하운드!

이 세력들은 그 하나하나가 온 세상을 뒤집어엎을 만한 저력을 갖췄다. 한데 그중 하나인 헬 하운드가 움직였단다.

에바 공주는 다리가 후들거렸다.

"아아아!"

"마마!"

에바 공주가 바닥에 주저앉으려 하자 안텔롭이 재빨리 부축했다.

안텔롭의 몸을 칭칭 에워싼 뼈의 가시들은 이미 가닥가닥 끊어진 상태였다. 그 모습을 본 누보의 눈에 이채가 감돌았다.

'어라? 내가 소환한 뼈의 가시들을 이렇게 빨리 부쉈어?'

핌스턴도 흠칫 놀랐다.

'어엉? 저자가 어느새 스승님의 소환물을 부쉈지? 이거 황궁마법사 늙은이보다 저 기사 놈이 더 강한 것 아냐?'

두 네크로맨서는 새삼스러운 눈으로 안텔롭을 주시했다.

마침 안텔롭도 고리눈으로 핌스턴 일행을 노려보는 중이었다. 은발의 중년 기사 안텔롭이 내뿜는 서릿발 같은 기세에 네크로맨서들이 움찔 몸을 떨었다. 서부의 수호자 안텔롭은 벼랑 위에 고고하게 솟구친 암석처럼 강인하고 당당해 보였다.

'허어! 이거 참!'

누보는 속으로 침음을 삼켰다.

핌스턴도 안텔롭을 좀 더 주시하다가 다시 공주에게 시선을 돌렸다.

"마마, 제발 저희를 믿어 주십시오. 이렇게 불필요한 신경전으로 시간을 끌다가 자칫 마마께서 헬 하운드의 포위망에 갇힐까 봐 걱정됩니다."

"음!"

에바 공주는 입술을 깨물고 망설였다. 그러다 마침내 고개를 끄덕였다.

"알았어요. 일단 당신들을 믿어 보죠."

그 말이 떨어지기 무섭게 창문 밖에 주홍빛 광채가 번졌다. 청명하던 푸른 하늘이 노을에 잠식이라도 된 것처럼 붉게 물들고, 건물 안으로 뜨거운 열기가 휘몰아쳤다.

"끄아악!"

뒤이어 끔찍한 비명이 귀청을 찢었다. 에바 공주를 호위하는 퍼른 백작가 정예병들의 비명 소리였다.

"뭐야?"

안텔롭이 창문에 바짝 다가섰다.

화륵! 화르륵!

창문 밖에서 뜨거운 화염이 솟구쳤다. 멀쩡하던 정원은 눈 깜짝할 사이에 불바다로 변해 버렸다. 갑자기 달아오른 열기를 견디지 못하고 창문이 쨍그렁쨍그렁 깨져 나갔다.

"이런 빌어먹을! 헬 하운드의 사냥개들이 벌써 들이닥쳤구나!"

핌스턴이 이빨을 꽉 물었다.

"핌스턴, 뒤로 물러서라!"

누보가 앞으로 나섰다. 그는 뼈로 만든 완드(Wand: 마법 지팡이)를 꺼내 창문을 가리켰다.

크헝!

때를 맞춰 화염에 휩싸인 커다란 사냥개 한 마리가 창문을 부수고 뛰어들었다. 사냥개의 포효가 방 안을 쩌렁쩌렁 울렸다.

"이런 귀축이 감히!"

누보가 완드의 끝을 사냥개에게 겨눴다.

두두둑, 새하얀 뼈의 고리가 사냥개의 목 주변에 돋아나 사냥개의 목을 강하게 조였다. 누보가 소환한 뼈의 정화였다.

크왕! 크롸롸롸!

방 안에 뛰어든 사냥개가 온몸으로 화염을 내뿜으며 발버둥 쳤다.

사람들은 그제야 사냥개의 모습을 제대로 볼 수 있었다.

성인 남자의 허리까지 오는 크기!

가늘고 길게 뻗은 4개의 다리!

갸름한 턱 위에 촘촘하게 박힌 날카로운 이빨!

붉은색으로 번들거리는 반투명한 눈!

사자의 갈기처럼 휘날리는 털!

"지, 진짜 헬 하운드구나!"

황궁마법사 뮤트가 말을 더듬었다.

"아아아! 저것이 바로 헬 하운드!"

에바 공주도 가늘게 신음을 흘렸다. 지옥에서 기어 올라온 사냥개는 보는 것만으로도 공포를 자아내었다.

안텔롭이 재빨리 공주의 앞을 막았다.

"마마, 제 뒤로 숨으십시오."

크롸!

또 다른 헬 하운드가 깨진 창문을 타 넘어와 공주를 향해 이빨을 드러냈다.

누보가 완드를 바짝 치켜세워 마법을 퍼부었다. 새로 등장한 헬 하운드의 목에도 뼈의 고리가 소환되어 목을 바짝 조여들었다.

크롸롸! 크롸롸롸!

크르르르!

두 마리의 헬 하운드는 걸쭉한 타액을 바닥에 흘리며 발버둥 쳤다.

거품 어린 헬 하운드의 침이 붉은 용암이 되어 저택 바닥을 지글지글 녹였다. 헬 하운드의 복슬복슬한 털들은 잔뜩 곤두선 채 강력한 발화를 시작했다. 이글이글 타오르는 주홍색 화염은 눈 깜짝할 사이에 헬 하운드의 온몸을 뒤덮었다.

화르륵! 화륵! 화르르륵!

두 마리 사냥개가 내뿜는 강렬한 화염이 방 안 구석구석을 불태웠다. 커튼에 불이 붙어 시커먼 연기가 치솟았다. 벽지가 활활 타올라 눈을 뜨지 못하게 만들었다. 남은 창문들은 연쇄 폭발이라도 하듯이 쨍그렁쨍그렁 터져 나갔다.

"내가 길을 뚫겠다. 공주마마를 모셔라."

바람의 마법사 뮤트가 뒷문으로 달려갔다. 뮤트의 손에 들린 뾰족한 완드가 빛을 토하자 한 줄기 강풍이 불어닥쳤다.

퍼엉!

불붙은 문짝이 굉음을 내며 멀리 날아갔다.

"마마, 잠시 실례하겠습니다."

안텔롭은 검을 오른손에 들고 왼손으로 에바 공주의 허리를 낚아챘다. 그다음 불길을 뚫고 전력 질주했다.

먼저 밖으로 나간 뮤트가 공주를 위해 살길을 열었다. 뮤트의 완드 끝에선 뾰족하게 압축된 공기, 에어 애로우(Air Arrow: 공기의 화살)가 쏟아져 나와 사방으로 폭사되었다. 뮤트가 교향악단을 지휘하듯 완드를 휘젓자 물결치듯 돋아난 공기의 화살 다발이 전면을 휩쓸었다.

깨개갱! 깨갱!

뒷문을 막아선 헬 하운드 두 마리가 에어 애로우의 연사 공격을 맞고 비틀거렸다.

황궁마법사의 지위를 거저 얻은 것이 아니라는 사실을 증명이라도 하듯이, 뮤트는 단숨에 헬 하운드 두 마리를 물리쳤다.

뮤트는 결코 약하지 않았다. 조금 전 그가 누보에게 완패를 당한 것은 바람의 마법사가 네크로맨서에게 상성이 나뼈기 때문이었을 뿐, 헬 하운드를 상대로는 오히려 누보보다 더 효과적인 능력을 발휘했다.

뮤트가 길을 뚫는 동안 안텔롭은 에바 공주를 안고 헬 하운드의 등을 타 넘었다.

안텔롭의 보호 덕분에 공주는 무사했다. 하지만 헬 하운드를 타 넘는 순간 안텔롭의 의복에 불이 옮겨 붙었다. 주홍색 불똥이 살짝 스쳤을 뿐인데 안텔롭의 허벅지가 지글지글 익고 근육이 타들어 갔다.

"악! 이걸 어째!"

에바 공주가 안타까운 비명을 질렀다.

"이잇!"

안텔롭은 살이 익는 고통에도 눈 하나 깜짝 않고 더욱 속도를 높였다.

컹컹컹!

안텔롭의 좌우에서 헬 하운드 세 마리가 달라붙었다. 사납게 짖는 소리가 에바 공주를 바짝 따라잡았다.

"이놈들, 떨어지지 못할까!"

이번엔 누보가 손을 썼다. 허공에 돋아난 뼈의 그물, 본넷(Bone Net)이 헬 하운드 세 마리를 싸잡아 휘감았다.

깨개갱!

빠르게 추격하던 헬 하운드들이 다리가 꼬이면서 바닥에 고꾸라지고 머리를 처박았다. 크와왕! 화가 난 헬 하운드들은 뾰족한 주둥이로 본 넷을 찢어발기고 화염으로 뼈의 그물을 녹였다.

그 사이 안텔롭은 30미터 밖까지 몸을 빼냈다. 바람의 마법사 뮤트가 안텔롭의 뒤를 바짝 쫓았고, 기무정관과 설로인 남작이 중앙에서 달렸다.

"같이 가!"

꺽다리 세미르는 샤피로를 등에 업고 걸터와 보조를 맞췄다.

후방은 누보와 핌스턴 사제가 맡았다.

누보가 뼈의 완드를 휘저을 때마다 땅거죽을 뚫고 5미터 높이의 본 월(Bone Wall: 뼈의 장벽)이 솟구쳤다. 그 높은 뼈의 장벽이 적의 발길을 묶었다. 본 월을 뛰어넘는 헬 하운드에게는 핌스턴이 뼈의 추를 매달아 추락시켰다.

에바 공주 일행이 그렇게 가까스로 저택을 벗어날 무렵, 멀리서 날아온 노란 원반이 뮤트의 손목을 자르고 지나갔다.

피윳!

완드를 든 뮤트의 손목이 썽둥 잘리는가 싶더니, 그 단면에서 화염이 크게 치솟아 뮤트의 팔뚝을 태웠다.

"크악!"

뮤트가 비명을 질렀다.

"뮤트 님, 용서하십시오."

안텔롭이 이를 악물고 검을 휘둘렀다.

뮤트의 팔꿈치 아래가 써걱 잘려 땅에 떨어졌다. 그렇게 땅바닥에 떨어진 상태에서도 팔뚝에 붙은 불은 꺼지지 않고 활활 타들어 갔다.

"으윽! 고맙네!"

안텔롭의 판단은 정확했다. 만약 그가 뮤트의 팔뚝을 재빨리 자르지 않았다면 아마도 뮤트는 온몸에 불이 번져 죽었을 것이다. 그 사실을 깨달은 뮤트는 식은땀을 송골송골 흘리며 고맙다는 인사를 했다.

Chapter 2

바람을 가르며 다시 한 번 원반이 날아왔다.

노란색으로 선명하게 빛나는 원반은 날아오는 소리도 들리지 않았다. 속도가 워낙 빨라 원반을 볼 수도 없었다.

대신 가공할 열기가 밀려와 원반의 접근 사실을 알려 주었다. 원반이 품고 있는 열기가 얼마나 강렬했던지 원반의 궤적에 포함된 곳 인근 10미터가 불길에 휘감겼다.

"피해!"

누보가 고함을 쳤다.

누보의 완드에서 새하얀 빛이 터졌다. 그 빛 속에서 돋아난 것은 뼈의 정화를 촘촘하게 엮어서 만든 극강의 방어막이었다.

누보의 방어막 위에 노란 원반이 틀어박혔다.

그가강!

매끄러운 궤적을 그리며 날아온 원반은 장애물을 만나 무섭게 회전했다. 뼈 갈리는 소리와 함께 누보의 방어막이 마구 진동했다. 노랗게 이글거리는 화염은 뼈의 방어막을 넘어 누보를 향해 열기를 내뿜었다. 그 모습이 마치 머리가 여러 개 달린 뱀이 동시에 노란 혓바닥을 날름거리는 듯했다.

"크윽!"

누보의 얼굴이 일그러졌다. 그의 이마와 팔다리엔 굵은 땀방울이 맺혔다.

"스승님, 제가 돕겠습니다."

핌스턴이 누보에게 힘을 보탰다. 핌스턴이 소환한 뼈의 방어막이 누보의 방어막을 한 겹 감싸며 불길에 저항했다.

그가가강!

노란 원반이 더욱 빠르게 회전했다. 샛노란 불꽃은 한층 더 거세게 타올라 네크로맨서 사제를 잡아먹을 듯이 달려들었다.

"크윽!"

"끄으으윽!"

누보와 핌스턴 사제가 이를 악물고 버텼다.

"안텔롭, 이 틈에 우리가 먼저 피하세."

뮤트가 얄미운 결정을 내렸다.

"네."

안텔롭은 망설이지 않고 몸을 피했다. 그들에게는 네크로맨서를 구하는 것보다 에바 공주를 지키는 일이 우선이었다.

"저런 치사한 놈들!"

걸터가 분통을 터뜨렸다.

솔직히 걸터도 도망치고 싶었다. 하지만 누보와 핌스턴을 놔두고 도주할 수는 없었다.

"젠장! 어디 한번 누가 이기나 싸워 보자!"

걸터는 손바닥에 누런 가래침을 퉤 뱉어 비비고는 마나를 모아 방어막을 쳤다.

세미르도 힘을 보탰다. 그는 등에 업은 샤피로를 바닥에 내려놓고 싸움에 끼어들었다.

네크로맨서 4명이 힘을 합치자 제법 견딜 만했다. 노란 원반은 점차 힘을 잃고 출렁거리다가 팍 꺼져 버렸다.

"하아! 하아!"

누보가 땅을 짚고 엎드려 거칠게 숨을 몰아쉬었다.

"어헉! 헉헉헉!"

기운이 빠진 핌스턴은 바닥에 털썩 주저앉았다.

"으으으!"

걸터와 세미르도 마나가 고갈된 느낌에 비틀거렸다.

그때를 노려 헬 하운드들이 달려들었다.

크와앙!

끔찍한 포효와 함께 몸을 날린 헬 하운드가 무려 여섯 마리!

송아지보다 더 큰 헬 하운드들이 무려 20미터를 도약해 머리 위로 떨어지는 장면에 누보는 두 눈을 질끈 감았다.

"이제 끝났구나!"

매사에 긍정적인 핌스턴도 이 순간만큼은 삶에 대한 미련을 포기했다.

'젠장! 저 아가리가 곧 내 머리통을 씹어 먹겠군. 저 뾰족한 송곳니에 두개골이 으깨지는 것이 빠를까? 아니면 화염에 뇌가 타 버리는 것이 빠를까? 부디 아프지나 않았으면 좋겠는데.'

쩍 벌린 헬 하운드의 아가리를 보면서 핌스턴은 이런 생각을 했다.

헬 하운드가 입을 벌려 핌스턴의 머리를 물어뜯으려는 순간, 누보가 용수철처럼 튕겨 일어났다. 그는 손가락 끝을 깨물어 허공에 피를 뿌렸다.

푸확!

누보의 손끝에서 솟구치는 핏줄기의 양은 생각보다 많았

다. 시뻘건 피가 핌스턴의 시야가 머무는 공간 전체를 얇게 채색하며 주르륵 흘러내렸다.

피의 장막에 가려 사물이 희미하게 아른거렸다.

"어어라?"

핌스턴은 의아한 얼굴로 고개를 들었다.

"이게 뭔 일이래?"

피의 장막 너머에 쩍 벌어진 헬 하운드의 아가리!

금방이라도 달려들어 목덜미를 물어뜯을 것처럼 생생하다.

하지만 핌스턴은 눈곱만큼도 위협을 느끼지 못했다. 조금 전까지만 해도 헬 하운드의 포효에 오금이 저리고 팔다리가 후들후들 떨렸건만, 눈앞에 피의 장막이 한 겹 둘리자 묘하게 안도감이 들었다. 심지어 헬 하운드가 내뿜는 이글거리는 열기도 씻은 듯이 사라졌다.

끄엉?

커커컹?

피의 장막 너머, 헬 하운드들이 어리둥절한 표정으로 배회하기 시작했다. 지옥의 사냥개들은 코를 실룩거리며 흙냄새를 맡았다. 발로 땅을 파 보기도 했다. 하지만 그 어떤 헬 하운드도 피의 장막 너머 핌스턴 일행을 발견하지 못했다. 끔찍할 정도로 후각이 발달한 지옥의 사냥개들이 사냥감(?)의 종적을 완전히 놓쳤다.

—뭐야? 네크로맨서들이 갑자기 어디로 사라졌지?

숲 저편에서 하얀 악어가죽 옷을 입은 사내가 나타났다. 그가 바로 헬 하운드 조직의 십장로였다.

십장로 뒤에 헬 하운드 소속 불의 마법사 열댓 명이 뒤따랐다.

—놈들이 대체 어디로 갔지?

십장로는 예리한 눈으로 핌스턴 일행의 흔적을 탐색했다. 그의 투명한 눈길이 머무는 곳마다 불이 붙어 이글이글 타들어 갔다.

눈빛만으로 불을 일으키는 수준!

"으으으!"

핌스턴은 피의 장막 안에 숨어서 손으로 입을 틀어막았다. 장막 건너편의 십장로를 마주 대하는 것만으로도 등골이 오싹했다.

"쉿!"

누보가 핌스턴에게 손짓을 했다. 아무런 기척도 내지 말고 침묵하라는 의미였다.

핌스턴은 숨소리조차 내지 않았다.

십장로는 핌스턴 바로 앞에 쪼그려 앉아 눈알을 떼굴떼굴 굴리다가 결국 얼굴을 찌푸린 채 다시 일어섰다.

—허어! 이거 참 영문을 알 수 없군. 다 죽어 가던 네크로맨서 놈들이 갑자기 눈앞에서 사라지다니. 설마 그 쓰레

기 같은 놈들이 공간이동을 한 것도 아닐 테고. 허 참!

—십장로님, 저희가 주변을 뒤져 보겠습니다.

불의 마법사들이 뇌파를 통해 대답했다.

십장로는 주변을 휙 둘러보고는 고개를 끄덕였다.

—뒤져 봐라. 놈들이 무슨 수법을 쓴 것인지는 모르겠지만, 멀리 벗어나지는 못했을 게다.

— 넷! 십장로님.

— 저희에게 맡겨 주십시오.

검은색 악어가죽 옷을 입은 마법사들이 사방으로 흩어졌다.

다시 추격 시작!

송아지만 한 헬 하운드들이 컹컹컹 짖으며 앞장섰다.

십장로도 잠시 주변을 맴돌다가 추적에 참여했다.

3분 뒤.

"후와! 숨 참다 죽을 뻔했네. 후와! 후와!"

피의 장막 안에서 핌스턴이 숨을 몰아쉬었다.

걸터가 핌스턴의 엄살에 맞장구를 쳤다.

"후아아! 후와! 나도 마찬가지야. 숨이 막혀서 죽을 뻔했어. 헬 하운드 놈들이 코앞에서 노려보는데 어찌나 무섭던지 오줌을 쌀 뻔했다고. 그나저나 이게 어찌 된 일이지? 저 흉악한 헬 하운드 녀석들이 왜 코앞에 있는 우리를 발견하지 못했지?"

“혹시 뜨거운 열기에 놈들의 뇌가 어떻게 되었나?”

세미르가 엉뚱한 소리를 했다.

핌스턴이 곧바로 면박을 주었다.

“야! 세미르. 말이 되는 소리를 해라. 이건 모두 스승님의 위대한 마법 덕분이잖아.”

핌스턴의 말에 다들 누보를 돌아보았다.

“네에? 이것이 누보 님의 마법이라고요?”

걸터가 눈을 동그랗게 떴다.

누보는 대답하지 못했다. 한꺼번에 피를 너무 많이 쏟은 탓에 현기증이 나고 눈이 풀렸다. 누보는 비틀거리다 주저앉았다.

“스승님!”

“앗! 누보 님!”

핌스턴과 걸터, 세미르가 일제히 누보에게 달려갔다.

“스승님, 괜찮으십니까?”

“나는 괜찮다. 마나와 피를 한꺼번에 쏟아내는 바람에 잠시 현기증이 온 게야. 그러니 호들갑 떨지 말고 저리 비켜라.”

누보가 깡마른 손을 내저었다.

“그래도 스승님…….”

핌스턴이 뭐라 덧붙이려 했지만 누보가 말을 끊었다.

“그만! 지금 내 걱정을 할 때가 아니다. 피의 장막으로 헬 하운드 놈들의 눈을 가릴 수 있는 시간은 고작 몇 분에 불과해. 어서 여기를 빠져나가야 한다."

"아!"

누보의 말을 듣자 다들 정신이 번쩍 들었다.

Chapter 3

시간이 촉박했다.

"다들 언데드를 소환해서 땅굴을 파라. 땅굴을 뚫어 이곳을 빠져나가는 것이 좋겠다."

누보가 일행을 재촉했다.

"넵!"

"알겠습니다, 스승님."

네크로맨서들은 기본적으로 땅과 친숙하다. 그들은 종종 땅굴을 파서 그 속에 던전을 만든다. 핌스턴과 걸터, 세미르가 소환한 언데드들은 무서운 속도로 땅을 파서 굴을 뚫었다.

잠시 후, 그럴 듯한 땅굴이 뚫렸다.

"내가 먼저 들어갈게."

걸터가 앞장섰다.

걸터가 부리는 스켈레톤 하녀는 누보를 등에 업고 주인

의 뒤를 따랐다. 세미르는 샤피로를 업고 그 뒤를 이었다. 기무정관과 설로인 남작은 다음 차례였다. 핌스턴이 후방 호위를 맡아 맨 마지막으로 땅굴에 들어갔다.

누보가 만든 피의 장막은 네크로맨서 일행이 땅굴 속으로 완전히 자취를 감춘 뒤에도 15분이나 더 지속되었다.

'허허! 이거 참!'

비좁은 땅굴을 걷는 동안 핌스턴은 스승의 마법에 대해서 골똘히 생각했다.

'저게 피의 장막이란 말이지! 일종의 공간 왜곡 마법 같았는데 말이야…….'

누보가 펼친 것이 진짜 공간 왜곡 마법이라면 이건 엄청난 사건이었다. 위대한 탈라히 이후로 네크로맨서들 가운데 공간 왜곡 마법을 펼칠 수 있는 사람은 아무도 없었다.

'내 짧은 지식에 따르면, 공간 왜곡 마법은 음차원의 마나로 정교한 필드(Field: 역장)를 형성해야 해. 바람의 방향이나 공기 유동을 모두 고려한 정교한 필드 말이야. 하지만 그건 거의 불가능한 작업이거든.'

핌스턴이 설레설레 고개를 내저었다.

필드 마법처럼 공간 전체를 점유하는 마법들은 말도 못하게 난해할 뿐 아니라 현장에서 사용하기가 불가능할 정도로 어려웠다.

물론 완전히 불가능한 것만은 아니었다. 그 옛날 탈라히는 음차원의 마나를 마음대로 부려서 공간을 왜곡시켰다고 전해진다. 하지만 이것은 어디까지나 전설일 뿐, 핌스턴은 실제로 공간 왜곡이 가능하다고 생각하지 않았다.

핌스턴은 '짐작컨대 위대한 탈라히 님도 마법진의 도움을 받아서 공간 왜곡을 펼쳤을 게야.' 라고 생각했다.

핌스턴의 지식에 따르면, 바람이 불고 공기가 마구 요동치는 3차원 공간을 왜곡하려면 엄청난 양의 수식 계산을 눈 깜짝할 사이에 해내야 했다.

평범한 사람들이 주변의 변화를 느끼는 속도는 1초에 30번 수준.

다시 말해서, 공간을 왜곡해서 사람들을 속이려면 1초에 30번 이상 공간 왜곡 마법을 반복해 주어야만 한다.

하지만 헬 하운드는 사람보다 1,000배는 더 민감하다. 그 민감한 마물들을 속이기 위해서는 공간 텐서(Tensor)에 3차원 벡터(Vector) 좌표를 곱하는 연산을 1초에 30,000번 이상 해내야 하는데, 인간의 뇌가 그런 작업을 해내는 것은 불가능했다.

'물론 방법이 전혀 없는 것은 아니야. 수식 계산이 아주 간단한 경우, 즉 공기 유동이 전혀 없는 밀폐된 곳에서 마법진으로 수학적 계산을 대체하면 공간 왜곡이 가능할 수도 있어. 물론 그것도 엄청 어려운 작업이지만 말이야.'

그렇다면 누보는 어떻게 공간 왜곡 마법을 펼친 것일까?

그것도 바람이 불고 냄새가 퍼지는 뻥 뚫린 공간에서? 그 급박한 순간에?

'거 참! 알 수가 없네.'

핌스턴은 당혹스런 눈길로 스승의 뒷모습을 바라보았다.

한편 누보도 혼란스럽기는 마찬가지였다.

'말도 안 돼! 어떻게 이런 것이 가능하지? 뻥 뚫린 공간에서 복잡한 요소들을 모두 계산해서 공간 텐서로 바꾸고, 거기에 좌표 값을 곱하고, 그렇게 만든 수식으로부터 마법 구성에 필요한 정보를 뽑아내고! 어떻게 인간의 뇌로 이런 연산이 가능하냐고! 그것도 1초에 30,000번이나!'

조금 전 누보가 펼친 피의 장막은 사실 누보가 만든 것이 아니었다. 피를 뽑아 허공에 뿌리고 마나를 쏟아부어 마법을 구현한 사람은 누보였지만, 복잡한 마법 수식을 엄청난 속도로 계산해서 마나 배열을 하고 마법을 구축한 장본인은 누보가 아니라 샤피로였다. 누보는 30분 전에 벌어졌던 일을 머릿속에서 되새김질했다.

당시 누보는 죽음에 직면한 상태였다. 누보가 소환한 뼈의 방어막은 헬 하운드 십장로가 날린 노란 원반에 타격을 받아 거의 파괴되었다. 누보에게는 더 이상 써먹을 마법이 없었다. 지독한 패배감이 누보의 머릿속을 사로잡았다.

'아아아! 이것이 우리들 네크로맨서의 한계란 말인가? 우리는 끝내 불의 마법사들을 당해 낼 수가 없는가!'

그 절망의 순간, 무언가가 누보의 어깨 위로 기어올라 왔다. 고개를 돌려 보니 샤피로가 부리는 본 마우스였다.

탁탁탁, 탁탁탁탁!

본 마우스가 누보의 어깨를 발로 두드려 신호를 보냈다.

"넌 뭐냐?"

처음에 누보는 본 마우스의 신호를 알아듣지 못하고 짜증을 냈다. 이 급박한 순간에 방해를 하는 언데드 쥐새끼가 귀찮았다.

하지만 곧 누보의 두 눈이 부릅떠졌다.

'뭐라고? 몸의 통제를 맡기라고?'

본 마우스가 전달한 내용은 실로 놀라웠다.

'그게 무슨 말이냐? 신체의 통제를 네게 맡기라고? 그러면 살 길이 열릴 것이라고?'

이건 본 마우스의 의사가 아니었다. 누보는 샤피로를 돌아보았다.

샤피로는 몸을 가누지 못하고 나무에 기대앉아 누보를 바라보는 중이었다.

'너, 지금 장난하냐?'

누보의 핏발 선 눈동자가 샤피로를 무섭게 노려보았다.

샤피로는 눈길을 피하지 않았다. 샤피로의 눈은 밤하늘에 박힌 별빛처럼 영롱하게 반짝였다. 누보가 고개를 살짝 가로저었다. 누보의 눈에는 '이 급박한 순간에 이게 무슨 헛짓거리냐?' 는 질책이 담겨 있었다.

샤피로의 눈동자가 가로로 살짝 흔들렸다. 그 눈은 마치 "제가 하는 행동은 결코 헛짓거리가 아닙니다. 누보 님, 저를 믿어보세요."라고 속삭이는 듯했다.

누보는 레벨 12에 도달한 최강의 네크로맨서였다. 반면 샤피로는 마법에 갓 입문한 애송이에 불과했다. 죽음을 앞둔 이 급박한 순간에 누보가 샤피로의 말을 들어줄 이유는 없었다. 그것도 어디 보통 요구인가! 강적과 싸우는 와중에 신체의 통제를 넘기란다.

한데 누보는 샤피로의 요구를 들어주었다.

'알겠다.'

누보는 샤피로를 향해 고개를 주억거렸다.

순간적으로 왜 그런 황당한 결정을 내렸는지 누보 자신도 알지 못했다. 그 순간 마치 뭔가에 홀린 듯했다.

'내가 미쳤지.'

누보는 이런 생각을 하면서 온몸에 힘을 뺐다.

그 즉시 샤피로의 사념이 누보의 뇌에 접속했다.

투명한 실 수백 가닥이 넘실넘실 뻗어와 누보의 몸 곳곳에 접속하는가 싶더니, 이윽고 누보의 신체를 통제하기 시작했다.

마음만 먹으면 그 가느다란 실을 뚝 끊어 버릴 수도 있겠지만, 누보는 몸에 힘을 억지로 빼고 신체를 내맡겼다.

'어엇?'

이윽고 누보의 몸속 마나가 샤피로의 통제에 따라 마나 배열을 시작했다. 이것은 누보가 상상하지도 못하던 파격적인 배열이었다.

마나 배열이 완성되자 샤피로의 사념이 머릿속에 전달되었다.

누보는 그 지시에 따라 손가락을 깨물어 허공에 피를 뿌렸다.

푸확!

누보의 손끝에서 쏟아지는 피의 양은 엄청났다. 마치 펌프로 지하수를 퍼 올리는 것처럼 한꺼번에 푸화확!

"으헉!"

갑자기 피가 쏟아져 나가자 누보가 기겁했다. 황급히 지혈을 하려고 하는데, 해괴한 현상이 발생했다. 멀쩡하던 허공에 피의 장막이 얇게 깔리는가 싶더니 헬 하운드와 불의 마법사들이 허둥거리기 시작했다.

"뭐야?"

누보가 입을 쩍 벌렸다.

하지만 뭐라고 감탄할 사이도 없이 머리가 핑 돌았다. 갑작스러운 과다 출혈 탓이었다. 누보는 "어어어!" 소리를 내면서 땅에 주저앉았다.

"스승님!"

"스승님! 정신 차리세요."

핌스턴과 세미르, 걸터가 누보를 향해 우르르 달려들었다.

누보는 제자들을 보지 않았다. 머리가 핑글 도는 와중에도 제자들의 다리 사이로 시선을 돌려 샤피로를 찾았다.

샤피로는 축 늘어져서 나무에 기댄 상태 그대로였다. 그렇게 힘없이 앉아서 누보를 향해 엷은 웃음을 던졌다.

아니다.

자세히 보니 샤피로는 누보를 향해 웃음을 던진 것이 아니었다. 그저 흐뭇한 표정으로 자신이 구현한 공간 왜곡 마법을 감상하는 중이었다.

'샤피로!'

누보의 눈가가 파르르 경련을 일으켰다.

'너, 정체가 뭐냐? 제아무리 융그리체라고 해도 그렇지, 어떻게 이런 공간 왜곡 마법을 구현할 수 있지?'

누보의 머릿속은 혼란으로 가득 찼다.

샤피로의 공간 왜곡 마법 덕분에 네크로맨서들은 위기를 벗어났다. 그들은 핌스턴이 마련한 안가로 서둘러 복귀했다.

"이제 어떻게 하죠?"

걸터가 불에 그슬린 머리카락을 긁으며 물었다.

누보는 스켈레톤 하녀의 부축을 받아 소파에 드러눕더니 낮게 갈라진 목소리로 대답했다.

"하아! 일단 이곳에서 한숨 돌리자꾸나."

"그다음엔요?"

"그다음엔 에바 공주를 찾아가야지."

"네에? 그 재수 없는 계집을 또 찾아간다고요?"

걸터가 펄쩍 뛰었다. 솔직히 걸터는 에바 공주를 찾아가기 싫었다. 그러다가 헬 하운드의 악마들과 다시 마주칠까 봐 두려웠다.

누보가 엄한 눈으로 걸터를 꾸짖었다.

"이 어리석은 놈! 내가 누누이 말하지 않았더냐? 헬 하운드의 사냥개들은 한번 포착한 먹이를 놓아 주는 법이 없느니라. 놈들의 후각은 진저리 쳐질 정도로 지독하지. 그러니 이곳도 조만간 발각될 게다. 여기서 놈들에게 당하느니, 차라리 에바 공주와 손을 잡고 헬 하운드 놈들에게 대항하는 편이 더 나아."

핌스턴이 누보의 편을 들었다.

"저도 스승님의 의견에 찬성입니다. 지금 우리에게는 다른 방도가 없습니다. 무조건 에바 공주와 손을 잡아야죠."

"하아! 알겠어. 알겠다고."

걸터가 힘없이 고개를 주억거렸다.

사실 걸터도 내심 누보의 의견이 옳다고 인정했다. 다만 헬 하운드가 너무 무서워서 잠시 동안만이라도 도망치고 싶었을 뿐이다.

안가에서 잠시 몸을 추스른 뒤, 네크로맨서들은 프란츠 후작의 성으로 향했다.

기무정관이 앞장서서 길을 안내했다.

터벅터벅 걷던 중 걸터가 핌스턴에게 말을 걸었다.

"이봐, 핌스턴."

"왜?"

"후작의 성은 그래도 안전하지 않을까? 헬 하운드가 아무리 무식한 조직이라지만 그래도 대놓고 후작의 성을 공격하지는 못할 거 아냐?"

"크응! 그야 알 수 없지. 훤한 대낮에 몬순 제국의 공주를 노린 놈들이야. 그런 무도한 자들이 프란츠 후작이라고 무서워하겠어?"

핌스턴의 반응은 시큰둥했다.

그 말이 옳았다.

"끄으응! 젠장!"

걸터가 잇새로 앓는 소리를 냈다.

저녁 무렵, 핌스턴 일행은 후작의 성에 도착했다.

서산 너머로 뉘엿뉘엿 저물어 가는 석양이 성채의 팔각 모서리에 부딪쳐 피처럼 붉은 빛을 토했다. 프란츠 지역 전통 양식으로 지어진 후작의 성에는 뾰족한 첨탑이 보이지 않았다. 성곽도 팔각형이고, 그 안쪽의 방어탑도 팔각형 양식을 취했다. 그래서인지 성채가 무척 단단해 보였다.

네크로맨서 일행이 성문에 가까이 다가섰다.

"멈춰라!"

성의 경계병들이 창대를 X 자로 교차해 일행을 막았다.

"이분을 모르겠느냐? 냉큼 길을 열지 못할까."

설로인 남작이 앞으로 나서 호통을 쳤다. 설로인은 선두에 선 기무정관을 가리켰다.

높은 분의 얼굴을 알아본 경계병들이 창대를 바짝 들어 길을 열었다.

"죄송합니다."

"어서 오십시오!"

"그래."

기무정관은 묵묵히 성문을 통과했다.

설로인 남작이 그 뒤를 따르면서 엄지로 후방을 가리켰다.

"뒤에 오시는 분들은 모두 후작 각하의 손님이시다. 무례를 범하지 않도록 해라."

"넵! 남작님."

"명을 받들겠습니다."

경계병들이 발목을 착 붙여 대답했다.

"히히히!"

군기가 바짝 든 경계병들을 쳐다보면서 핌스턴이 히죽 웃었다. '기무정관을 세뇌시켰더니 참 유용하구나.' 라는 생각이 핌스턴의 뇌리를 스쳐 지나갔다.

경계병들이 지켜보는 가운데 네크로맨서들이 성문을 통과했다. 누보는 피곤한 눈빛으로 발걸음을 옮겼다. 세미르와 걸터 일행이 터덜터덜 그 뒤를 따랐다. 샤피로는 세미르의 등에 업힌 상태였다. 걸터의 하녀 미니—스켈레톤 하녀—는 사람들의 눈에 띄지 않게 임시로 땅 속에 숨겨 두었다.

"자아!"

성문 안에 펼쳐진 화려한 시가지를 바라보면서 핌스턴은 손바닥을 슥슥 비볐다.

"에바 공주는 분명 이곳에 피신해 있을 거야. 자고로 적의 적은 친구라고 했겠다? 그러니 공주를 만나서 힘을 합쳐야지. 그래야 헬 하운드, 그 죽일 놈들과 맞서 싸울 수 있지."

핌스턴의 눈이 반짝 빛났다.

세미르의 등에 업힌 샤피로의 눈도 덩달아 밝은 빛을 토했다.

제2회
모리나와 미센

Shapiro

Chapter 1

들어라, 세상의 미욱한 자들이여
나는 오른손에 태양과 불, 왼손에 어둠과 암흑을 들고 인세를 다스리는 왕 중의 왕일지니
또한 나는 세상의 모든 탐욕과 배덕, 음모와 광태, 그리고 미혹을 관장하는 왕 중의 왕일지니
너희는 맨발로 달려와 내 앞에 머리를 조아리고 나를 경배하라!

한때 나는 세상을 지배하는 절대자였다. 오른손에 태양과 불, 왼손에 어둠과 암흑을 들고 온 세상을 다스렸다.

그러던 내가 조그맣고 어린 고양이가 되었다.

약해진 나를 해치우려고 수많은 적들이 달려들었다.

나는 영문도 모르고 죽었다. 죽고 또 죽었다. 내리 여덟 번을 죽었다. 그리고 마지막 아홉 번째 죽음이 불벼락과 같이 찾아왔다.

붉은 여우 다리의 폭발!

차원과 차원이 간섭하면서 발생한 엄청난 에너지는 나의 몸을 산산이 찢었다. 나는 흔적도 없이 소멸했다.

그 아득한 순간에 시작된 부활!

조그맣고 볼품없던 고양이는 사라지고 새로운 생명체가 꿈틀 일어난다. 아홉 번의 수명이 다한 고양이가 매로 재탄생한 것이다.

창공을 지배하는 신성한 매! 부리부리한 눈으로 세상을 굽어보는 절대자! 날개를 활짝 펴고 날아올라 뱀을 사냥하는 사냥꾼!

부활한 샤피로의 등에 투명한 날개가 돋아나 펄럭펄럭 날갯짓을 시작했다.

뉴욕의 내 등에도 투명한 날개가 돋아나 힘차게 펄럭였다.

내 등에 돋은 날개는 무한히 확장되었다. 반 데어 뤄슨 대저택의 벽과 지붕을 뚫고 땅바닥을 관통하며 크게 자랐다.

날개가 펄럭이는데도 저택은 무너지지 않았다. 내 투명

한 날개는 물체를 그대로 관통할 뿐 아니라 사람들에게 감지되지도 않았다. 드넓은 저택을 다 뒤덮은 날개가 롱아일랜드와 뉴욕 시를 차례로 감쌌다. 그러더니 도시의 경계선과 주 경계선을 차례로 넘어서 미국 동부 지역의 절반을 가리며 크게 펄럭였다.

그 투명한 날개가 휘젓는 공간 안에서 날짐승들이 떼죽음을 당했다. 땅 위와 땅속 생명체들은 비명을 토하며 뱃가죽을 까뒤집었다. 밤하늘의 달은 피를 토하듯 붉게 물들었다. 그 붉은 달 한복판에 동그란 점이 열렸다.

블랙홀처럼 활짝 열린 시커먼 원반!

이것은 차라리 부리부리한 날짐승의 눈알이었다. 현실을 벗어난 듯한 기괴한 눈이 달의 한복판을 차지했다.

"으윽!"

무심코 달을 올려다보던 시민들이 어지럼증을 느끼며 픽픽 쓰러졌다. 그러는 동안에도 내 등에 돋아난 날개는 점점 더 창대하게 자라났다. 미국 동부를 장악한 투명한 날개는 마침내 북아메리카 대륙 전체와 대서양의 대부분을 뒤덮었다.

누군가 이 모습을 본다면 기겁을 할 것이다. 지구 3분의 1 크기의 거대한 매가 날개를 활짝 펴고 한 발로 뉴욕을 움켜쥔 채 숨을 고르는 모습에 어찌 놀라지 않겠는가! 비록 매의 날개가 투명해서 눈으로 볼 수는 없지만 그 존재감은 확실했다. 투명 날개에 가로막혀 전파가 교란되었다. 인근 상공을 지나가던 인공위성들이 원인 모를 오작동에 빠져 서로 뒤엉켰다. 항로를 지나던 비행기들도 신호를 잃고 갈팡질팡했다.

저쪽 세상에서 샤피로가 거대한 날개 안에 웅크려 새액새액 숨을 몰아쉬는 동안, 나는 양 날개를 활짝 펴고 거대한 매의 위엄을 뽐냈다.

내가 오른손을 번쩍 들자 손바닥 안에서 이글거리는 태양이 솟구쳤다.

왼손을 동그랗게 말아 쥐자 그 안에서 태고의 암흑이 무섭게 소용돌이쳤다.

내 온몸엔 매의 깃털처럼 빼곡히 나뭇가지가 돋아났다.

원래 눈처럼 새하얗던 나뭇가지였다. 그런데 이제는 투명하게 변해서 사람의 눈으로는 볼 수 없었다. 나는 양손에 태양과 암흑을 쥐고, 등 뒤에 투명한 날개를 펄럭이며 자리에서 일어섰다. 온몸에 돋아난 투명한 나뭇가지가 바람도 불지 않는데 사르륵사르륵 흔들렸다.

한스 반 데어 뤄슨!

이건호!

샤피로!

이 가운데 어느 것이 진짜 나인지 알 수 없었다. 이 셋은 셋이자 하나였고, 하나이자 셋이었다. 지금 뉴욕에 있는 나는 한스의 몸에 깃들어 있는 이건호의 정신으로 사물을 보았다. 동시에 샤피로의 시각으로 세상을 파악할 수도 있었다. 나는 1인칭 시점으로 세상을 보았지만, 여기에 샤피로의 시각이 더해지면서 예상치 못한 결과를 가져다주었다. 샤피로와 시각을 공유한 덕분에 나는 3인칭 전지적 시점으로 온 세상을 조망할 수 있었다. 지금 이 시각, 지구 반대편 스페인의 골목 한구석에서 무슨 일이 벌어지는지, 중국 베이징의 외교관들이 고개를 숙인 채 뭐라고 숙덕이는지, 러시아 시베리아 벌판의 은빛 늑대가 어떤 자세로 먹이를 뜯어먹는지, 이 모든 정보가 고스란히 내 뇌로 들어왔다. 내가 샤피로의 세상을 3인칭 시점에서 바라보는 것처럼, 샤피로도 내 세상을 3인칭 시점으로 볼 수 있었다. 덕분에 나도 내 세상을 3인칭 시점으로 보게 되었다.

그 효과는 엄청났다.

"한스가 저택에 복귀했다지?"

"그렇습니다, 가주님."

"녀석도 참! 돌아왔으면 이 애비부터 찾을 일이지. 쯧쯧쯧. 녀석더러 이리 좀 건너오라고 해."

"알겠습니다."

"차도 두 잔 내오고."

"네, 바로 준비하겠습니다."

저 멀리 저택 본채에서 보어 경과 집사장이 나누는 대화가 내 귀에 고스란히 들렸다.

반 데어 뤄슨의 저택은 여러 개의 건물로 나뉘어 있는데, 보어 경이 머무는 본채와 내 숙소 사이의 거리는 50미터가 넘었다. 그뿐만이 아니라 두 건물 사이에 봉긋한 동산이 조성되어 있어서 시야와 소리가 완전히 차단된다.

한데 내 눈에는 모든 것이 다 보였다. 내 귀엔 모든 대화가 다 들렸다. 보어 경이 집사장에게 명령을 내리는 소리, 집사장의 공손한 대답, 두 사람의 표정 등등. 이 모든 정보가 고스란히 내 뇌로 들어왔다.

"아버님께서 나를 찾으시는군."

나는 옷장을 열고 셔츠와 바지를 챙겼다.

띠리링.

속으로 셋을 세기도 전에 인터폰의 벨이 울렸다. 나는 버튼을 눌러 집사장과 통화했다.

"무슨 일이지?"

"한스 도련님, 가주님께서 찾으십니다. 지금 본채로 건너와 주실 수 있으십니까?"

내 예상이 딱 맞았다. 입가에 저절로 미소가 맴돌았다.

"아버님께서 찾으신다고? 그래, 알았어. 곧 찾아뵙는다고 아버님께 전해 줘."

"알겠습니다. 지금 바로 도련님께 차를 보내겠습니다."

"관둬. 코앞인데 차는 무슨 차. 걸어서 갈게."

"알겠습니다, 도련님. 그럼 곧 뵙겠습니다."

집사장이 정중하게 통화를 끊었다.

나는 거울 앞에 서서 손으로 머리를 만졌다.

건물 밖으로 나가자 밤바람이 시원하게 불었다. 고개를 슬쩍 들자 하늘에 뜬 붉은 달이 눈에 들어왔다. 피처럼 붉은색이 내 마음에 쏙 들었다. 달 한복판에 자리한 매의 눈도 보기에 흡족했다.

"좋은 밤이네."

나는 가볍게 휘파람을 불었다.

"아버님, 찾으셨습니까?"

"왔느냐? 거기 앉거라."

보어 경이 내게 자리를 권했다.

나는 보어 경의 맞은편에 앉아 깍지를 꼈다. 보어 경은 내게 따뜻한 차를 한 잔 권하고는, 나를 물끄러미 바라보았다.

나는 차분하게 차를 한 모금 머금어 입안에서 굴렸다. 은은한 향이 코끝에 맴돌았다.

내가 말이 없자 보어 경이 먼저 본론을 꺼냈다.

"여행은 어땠느냐?"

얼마 전 나는 알렉산드라와 줄리아, 2명의 여인과 함께 방콕 여행을 다녀왔다. 실제 목적지는 방콕이 아니라 중국이었지만, 보어 경은 방콕 여행으로 알고 있을 것이다.

"좋았습니다. 방콕은 꽤나 화려한 도시더군요."

내 대답은 차분했다. 보어 경을 대하는 내 태도도 빈틈이 없었다.

한데 보어 경이 나를 빤히 바라본다.

"한스야."

"네, 아버님."

"이 애비는 그렇게 어수룩한 사람이 아니란다."

'에효! 들켰구나! 위조 여권도 만들고 일부러 고급 숙소도 피했건만 반 데어 뤄슨의 정보망을 속이지는 못했어.'

나는 속으로 한숨을 쉬었다. 하지만 살짝 기대도 되었다.

'내 중국행을 포착한 것이 과연 반 데어 뤄슨의 정보망일까? 아니면 세르히오 가르시아가 예지력을 발휘한 결과일까?'

세르히오 가르시아!

가르시아 가문의 가주이자 현존하는 세상 최강자!

역사 이래 가장 강하다고 손꼽히는 여섯 명, 즉 육존(六尊) 가운데 하나!

그자가 가진 놀라운 예지력이라면 내가 중국을 방문해서 백화문과 접촉한 사실을 알 수도 있을 것이다. 그리고 그것이 보어 경의 귀에 들어갔을 수도 있다.

나는 보어 경을 빤히 바라보았다.

보어 경도 나를 지그시 쳐다보았다. 그러다 내 눈에서 아무것도 읽지 못했는지 한숨을 쉬었다.

"자! 이걸 보아라."

보어 경이 탁자 위에 사진 몇 장을 던졌다.

나와 줄리아, 알렉산드라가 홍콩행 비행기를 타는 장면, 홍콩 시내에서 쇼핑을 즐기는 두 여자의 사진, 홍콩 국제비행장에서 중국 샤먼행 비행기로 갈아타는 내 모습 등등……. 나는 사진을 휙휙 넘겨 보았다.

더 이상 보어 경에게 거짓말을 할 순 없었다.

"헤헤! 완전히 들켰네요."

나는 머리를 긁으며 웃었다.

"어허! 이런 뻔뻔한 녀석을 봤나. 허허허허!"

내 뻔뻔한 태도에 기가 막혔는지 보어 경이 너털웃음을 흘렸다. 그러다 푹신한 의자에 상체를 파묻고 손가락으로 자신의 볼을 톡톡 두드렸다.

나는 보어 경의 말을 가만히 기다렸다.

"한스야."

"네, 아버님."

"그러지 말고 솔직히 말해 봐라. 이 애비를 속이고 중국에 들어간 이유가 뭐냐?"

나는 의자를 바짝 당겨 앉았다.

"대답을 하기 전에 먼저 조건이 있습니다."

"뭐? 조건?"

"네. 제 말을 듣고 화를 내지 않으신다고 약속하세요. 그것이 제 조건입니다."

반 데어 뤼슨에서 가주의 명령은 절대적이었다. 한데 나는 감히 가주의 추궁에 답하지 않고 먼저 조건부터 내걸었다. 보어 경의 눈썹이 꿈틀 치솟았다.

"이 녀석이 정말!"

"아아, 진정하시고요. 이게 다 아버님을 위해서입니다. 제 말을 듣다가 아버님께서 혈압이 오르시면 어떻게 해요? 그러니까 먼저 약속부터 하세요. 전후사정을 듣고도 화를 내지 않으시겠다고요."

"이놈! 오냐오냐 해 줬더니 진짜 보이는 것이 없느냐!"

보어 경이 버럭 호통을 쳤다. 묵직한 기파가 사방으로 뻗어나가 나를 옥죄었다.

하지만 나는 눈 하나 깜짝하지 않았다.

"이것 보세요. 벌써부터 얼굴이 벌겋게 달아오르시고 이마에 혈관이 돋으셨잖아요. 이럼 아버님의 건강에 나쁘거든요. 그러니까 먼저 약속부터 하세요. 그럼 저도 솔직히 털어놓을게요."

반 데어 뤼슨의 그 어떤 식솔도 보어 경 앞에서 이렇게 대담하게 말대꾸를 하지 못한다. 상대가 가주이기 때문이 아니다. 현재 보어 경의 각성률은 무려 81퍼센트! 이 정도

수치면 신인류들 가운데 최강자라 불리기에 손색이 없었다. 보어 경은 세상에 보기 드문 에인션트(Ancient: 선조, 태고)급의 신인류였다. 그러니 보통의 신인류들은 보어 경의 눈빛을 받는 것만으로도 오금이 저리고 몸이 굳을 것이다.

하지만 나는 보어 경의 기파를 정면으로 받고도 태연했다.

보어 경도 그런 나를 대견하게 여겼다.

'한스, 이 건방진 녀석이 물건은 물건이야. 어려서부터 벤자민의 발톱에 노출된 탓일까? 그래서 녀석의 심장이 암석처럼 단단해진 것일까? 휴우우.'

보어 경이 속으로 이런 생각을 품었다.

전에는 보어 경의 속마음을 이렇게 훤히 읽지는 못했다. 하지만 샤피로의 의식을 공유한 이후로는 대화 상대의 머릿속 생각까지 모두 들어왔다. 물론 매번 사람의 마음을 읽을 수 있는 것은 아니지만, 놀라운 능력을 새로 얻은 것만은 분명한 사실이었다.

나를 바라보는 보어 경의 눈빛이 노여움에서 대견함, 그리고 애틋함으로 빠르게 변했다. 나는 보어 경의 감정 변화를 고스란히 읽어 내었다.

보어 경은 한동안 콧김만 푹푹 내뿜다가 결국 약속을 했다.

"오냐. 화를 내지 않으마."

"진짜 약속하신 거죠?"

"약속한다니까! 화를 내지 않을 테니까 어서 사실대로 말해. 대체 중국엔 왜 갔어? 이 애비를 속이고 왜?"

보어 경이 다시 언성을 높였다.

나는 손가락을 좌우로 까딱였다.

"아버님, 약속을 지키셔야죠."

"끄응, 알았다니까. 나는 지금 화를 내는 게 아니야."

보어 경은 부글부글 끓는 화를 억지로 가라앉혔다.

나는 그런 보어 경을 향해 살짝 웃음을 흘리고는, 중국에 다녀온 이유를 말했다. 이야기를 듣던 중 보어 경이 자리를 박차고 일어섰다.

"뭣? 백화문과 접촉했다고? 한스, 너 미쳤느냐?"

"아버님, 흥분하지 마시고 자리에 앉으세요. 그렇게 화 내실 거면 저도 입을 다물 겁니다."

"아니, 이게 어디 화를 내지 않을 일이야? 너 지금이 어떤 상황인 줄 알아? 우리 템플 기사단(Knights Templar)과 백화문 사이에 전쟁이 벌어질 판이라고. 그런데 네가 왜 백화문과 접촉해? 그러다 중국 놈들에게 인질로 잡히면 어쩌려고? 그게 아니더라도 다른 가문에서 너를 스파이로 오해하면 어쩌려고?"

"뭐 그러기야 하겠어요?"

나는 태연했다.

한동안 씩씩거리던 보어 경이 겨우 흥분을 억누르고 자리에 다시 앉았다.

"오냐. 그래서 중국에서 뭘 했냐?"

"사람을 만났습니다."

"사람? 누구?"

"왕옥이라는 여자입니다."

"왕옥? 혹시 백화문의 주작당주 말이냐?"

보어 경이 미간을 바짝 좁혔다.

보어 경은 왕옥에 대해서 잘 아는 듯했다. 내가 그녀의 이름을 꺼내기 무섭게 주작당주라는 직위를 언급했다.

나는 담담히 고개를 끄덕였다.

"맞습니다. 백화문의 주작당주이자 백화문 내부의 온건파를 이끄는 바로 그 왕옥입니다. 그녀는 백화문의 2인자인 문상 왕 쑤이의 딸이기도 하지요."

"한스 너, 진짜!"

보어 경이 탁자를 쾅 내리쳤다.

Chapter 2

"너! 진짜 이럴래!"

보어 경이 두 눈을 부릅떴다.

보어 경은 그 상태에서 한동안 말을 잇지 못하다가 손바닥으로 자신의 가슴을 탁탁 두드렸다. 그러곤 자세히 캐물었다.

"그게 정말이냐? 한스, 네가 주작당주 왕옥을 만났다고?"

"네."

"이런 민감한 시기에 왜 그 여자와 접촉했지?"

보어 경의 눈빛이 눈에 띄게 진지해졌다. 그의 굵직한 목소리는 한층 낮게 가라앉았다. 나는 보어 경의 감정 변화를 읽었다.

보어 경은 아들인 나를 진심으로 사랑한다. 이건 틀림없는 사실이다. 말 한 마디, 동작 하나마다 애틋한 부정이 절절히 느껴져 내 가슴이 짠할 정도다.

하지만 보어 경은 내 아버지이기 이전에 반 데어 뤄슨의 가주다. 만약 나 때문에 반 데어 뤄슨 가문이 위험에 빠진다면 그는 가차 없이 나를 벌할 것이다. 그것이 가주의 역할이다.

나는 보어 경의 노여움이 커지기 전에 흑마법사들에 대한 이야기로 화제를 돌렸다.

"아버님, 흑마법사들을 기억하시죠? 아프리카에서 저희와 맞붙었던 그 흑마법사들, 그리고 벤자민 숙부와 관련이 있는 그 흑마법사들 말입니다."

"갑자기 그놈들은 왜 들먹이느냐?"

"저는 흑마법사들의 배후에 최소한 2개의 세력이 있다고 생각합니다. 그 첫 번째가 가르시아 가문, 그리고 두 번째가 백화문이지요."

보어 경이 고개를 가로저었다.

"그건 너무 앞서가는 추측이다. 백화문은 몰라도 가르시아 가문을 함부로 의심할 수는 없어. 그곳은 우리의 오랜 혈맹이 아니더냐."

"저도 가르시아 가문 전체를 의심하는 것은 아닙니다. 다만 가르시아의 사람들 중 일부가 사악한 흑마법에 한 발을 담갔다고 생각합니다."

"증거는? 설마 증거도 없이 아군을 의심하는 것은 아니겠지?"

보어 경이 사냥에 나선 늑대처럼 가늘게 눈매를 좁혔다.

나는 덤덤하게 대답했다.

"바로 그 증거를 확보하기 위해서 왕옥을 만난 겁니다."

"뭐?"

"아버님, 저는 가르시아 가문이 둘로 쪼개졌다고 확신합니다. 편의상 제가 그 둘의 이름을 붙였습니다. 화이트(White) 가르시아와 블랙(Black) 가르시아!"

"화이트와 블랙!"

"네, 아버님. 이 가운데 화이트 가르시아는 아버님 말씀처럼 우리의 친구이자 혈맹이지요. 하지만 검게 변질된 블랙 가르시아는 아군이 아닙니다. 그들이야말로 지금 벌어지는 모든 혼란의 원흉! 즉, 흑마법사들의 배후입니다."

나는 아프리카에서 맞닥뜨린 사자가면 이야기를 간략하게 전했다.

보어 경은 끝까지 내 이야기를 들은 다음 되물었다.

"좋다. 한스, 네 말이 맞는다고 치자. 가르시아의 그늘 속에서 어둠의 무리, 즉 블랙 가르시아가 독버섯처럼 자란다고 쳐. 하지만 그 증거를 왜 백화문에서 찾지?"

"백화문도 가르시아와 똑같은 처지니까요."

"뭐?"

"아버님, 지금 백화문도 둘로 쪼개져서 내분에 휩싸여 있습니다. 제가 아프리카에서 맞닥뜨린 흑마법사들 가운데는 분명 백화문의 술법을 사용하는 자가 있었거든요. 그들이 바로 사자가면과 한 패입니다."

"음!"

보어 경이 짧은 신음을 흘렸다.

나는 더 깊게 파고들었다.

"믿고 싶지 않으시겠지만 이것이 현실입니다. 지금 가르시아 가문은 둘로 쪼개져 있습니다. 그리고 백화문도 둘로 나뉘어 있습니다. 다시 말해서 블랙 가르시아와 블랙 백화문이 서로 손을 맞잡고 아프리카에서 흑마법사들을 키운 것입니다. 그자들이 코라 디 리엔조 가주의 실종에 관여했으며, 요꼬하마에서 일을 벌였습니다. 블랙 가르시아와 블랙 백화문이 손을 잡고 화이트 백화문을 공격한 것! 이것이 요꼬하마 사태의 진실입니다. 이상의 내용은 제가 왕옥으로부터 직접 전해 들었습니다."

"음!"

보어 경은 입을 꾹 다물었다.

그렇게 길게 침묵을 이어가다가 다시 고개를 들었다.

"한스, 네가 지금 얼마나 엄청난 이야기를 하고 있는 줄 아느냐?"

"압니다."

"그럼 혹시 네 주장을 뒷받침할 증거는 있느냐?"

"제가 아프리카에서 겪은 사건, 그리고 왕옥의 증언. 이렇게 두 가지 증거가 있습니다."

"그것만으론 부족해. 너도 알다시피 가르시아는 우리의 오랜 친구다. 그리고 나는 반 데어 뤽슨의 가주야. 가주인 내가 네 허황된 말에 홀려서 오랜 친구를 의심할 수는 없느니라. 게다가 나는 왕옥의 말을 믿을 수가 없구나."

나는 고개를 끄덕였다.

"네. 저도 아버님의 입장을 이해합니다. 가주이신 아버님께선 당연히 중심을 잡으셔야죠. 그 사실을 잘 알면서도 제가 왕옥을 만난 이유는, 바로 스페인 친구들에게 뒤통수를 맞지 않기 위해섭니다. 저라도 미리 정보를 수집해 놓아야 나중에 믿었던 친구에게 뒤통수를 맞지 않겠지요."

"크흐음!"

"그리고 아버님, 가르시아 가문을 너무 믿지 마십시오. 육존 세르히오도 너무 믿지 마십시오."

드디어 내 입에서 세르히오의 이름이 나왔다.

보어 경이 두 눈을 부릅떴다.

"한스, 너!"

보어 경의 안색이 하얗게 질렸다. 과연 세르히오 가르시아가 대단하긴 하다. 내가 그 이름을 입에 담자마자 보어 경의 얼굴에 경련이 인다. 각성률 81퍼센트의 신인류 보어 경을 덜덜 떨게 만드는 그 이름, 세르히오 가르시아!

나는 피식 웃었다.

"역시 광전의 현자 세르히오답네요. 아버님의 반응을 보니 그가 얼마나 무서운 사람인지 실감이 납니다."

"한스야, 입 조심 하거라!"

보어 경이 버럭 소리를 질렀다.

하지만 내겐 보어 경의 속마음이 고스란히 보였다. 그는 내 무례한 언동에 분노한 것이 아니라 나를 걱정하고 있었다. 아마도 사랑하는 아들이 입을 함부로 놀리다가 변을 당할까 봐 염려하는 모양이었다.

"죄송합니다. 제가 입을 함부로 놀렸습니다. 앞으로는 조심하겠습니다."

나는 가볍게 고개를 숙여 보였다. 세르히오가 두려워서 입을 조심하겠다는 것이 아니었다. 단지 보어 경에게 심려를 끼치는 것이 싫었을 뿐이다.

나는 더 이상 세르히오를 입에 올리지 않았다. 보어 경도 가르시아 가문이나 백화문의 일을 언급하지 않았다.

보어 경이 말랑말랑한 이야기로 화제를 돌렸다.

"그나저나 이 애비랑 한 약속은 어떻게 되었느냐?"

"무슨 약속 말입니까?"

"이번 여행을 통해 내게 손주를 안겨 주겠다며? 설마 그 약속마저 어긴 것은 아니겠지?"

세르히오를 입에 담을 때는 표정 하나 변치 않던 나였는데, '손주'라는 단어가 나오자 얼굴이 살짝 붉어졌다.

"아버님도 참! 뭘 그런 걸 물으세요."

"어허! 그렇게 미적지근하게 넘어갈 생각 말고 분명하게 대답해 봐. 내게 한 약속을 어겼느냐, 아니면 제대로 역사를 이루어냈느냐? 으흐흐."

보어 경의 눈이 초승달처럼 동그랗게 휘어졌다. 평소 위엄이 가득한 반 데어 뤄슨의 가주가 이렇게 능글맞은 표정을 짓는 모습은 처음 보았다.

나는 민망한 얼굴로 손사래를 쳤다.

"아유, 그만하시라고요."

"이 녀석! 네가 제대로 대답을 해야 내가 그만하지."

보어 경은 집요했다.

나는 결국 홍콩과 중국 호텔에서 벌어진 일들을 간략하게나마 털어놓을 수밖에 없었다.

"그랬단 말이지. 결국 해냈단 말이지? 으하하하하!"

보어 경이 모처럼 크게 웃었다.

부릉!

뉴욕 맨해튼 진입로에 묵직한 자동차 엔진음이 울렸다. 슈퍼카 중의 슈퍼카로 불리는 부가티가 토해 놓는 소리였다.

운전자는 바로 나.

나는 내비게이션도 켜지 않았다.

얼마 전까지만 해도 나는 지독한 방향치였다. 내비게이션의 도움 없이는 가까운 곳도 가지 못했다.

지금은 완전히 달라졌다. 내 시야엔 복잡한 맨해튼 골목이 상세하게 들어왔다. 군사용 인공위성이 하늘에서 지상을 살피는 것보다 더 자세하게, 높은 상공을 고고히 활공하는 매가 땅을 관찰하는 것보다 더 꼼꼼히!

그러니 내게 내비게이션이 필요할 리 없었다. 나는 교통체증이 심한 도로를 피해 뉴욕 시내를 누볐고, 마침내 맨해튼 중심부의 유명한 클럽에 도착했다.

산 페르민

클럽 입구에 걸린 네온사인엔 이렇게 쓰여 있었다.

이곳 산 페르민 클럽은 뉴욕 맨해튼에서 가장 핫(Hot: 뜨거운)한 장소 가운데 하나로 손꼽혔다. 일부 사람들은 그리니치 빌리지의 포세이돈 클럽을 최고로 치기도 하지만, 산 페르민의 명성도 결코 포세이돈에 뒤지지 않았다.

그 유명세에 보답이라도 하듯이 수많은 연예인들과 유명 인사들이 산 페르민에 놀러 와서 뉴욕 맨해튼의 밤 문화를 즐겼다. 클럽 입구엔 연예인들을 노리는 파파라치들이 사시사철 파리 떼처럼 들끓었고, 그 옆엔 젊은 뉴요커들이 긴 줄을 만들어 자신의 입장 차례를 기다렸다. 세계 각지에서 구경 온 관광객들도 클럽 입구에서 사진을 찍고 환호성을 질렀다.

그렇게 번잡하던 클럽 입구가 지금은 한산했다. 몇몇 관광객들은 입구까지 다가왔다가 이내 실망한 표정으로 돌아갔다.

"내부 수리 중이라……."

나는 클럽 입구에 붙은 안내문을 눈여겨보았다.

"하긴, 내가 그 난리를 쳤으니 내부 수리를 할 만도 하지.”

입술을 뚫고 절로 웃음이 나왔다.

중국을 방문하기 전, 나는 이곳 산 페르민 클럽에서 한바탕 분탕질을 쳤다. 산 페르민은 결코 평범한 놀이터가 아니었다. 겉으로는 유명 클럽으로 위장하고 있지만, 사실 그 속엔 가르시아 가문의 칼날이 도사리고 있는 곳이었다.

‘이곳 산 페르민이야말로 가르시아 가문이 뉴욕에 설치한 비밀기지였지.’

나는 잠시 과거를 회상했다.

지난 1월 19일, 나는 산 페르민 클럽 지하에서 가르시아의 가디언 조직인 가디언 엘(L)과 싸움이 붙었고, 그곳의 우두머리인 호르디를 죽였다. 이어서 세르히오로 추측되는 초인과 맞부딪쳐 치열한 공방을 벌였다.

‘공간을 통째로 삭제하는 듯한 그 기묘한 권능! 그리고 공간이동까지!’

당시의 접전을 떠올리는 것만으로도 몸이 찌릿했다.

“후후후! 제법 재미있었어. 육존 세르히오, 그때 마무리를 짓지 못한 싸움을 조만간 끝내야겠지? 내가 스페인으로 찾아가든가, 아니면 당신이 나를 찾아오든가. 후후후!”

나는 주먹을 몇 번 쥐락펴락하다가 송곳니를 드러내며 웃었다.

Chapter 3

산 페르민 입구에서 조금 떨어진 으슥한 골목.

나는 어둠을 향해 손짓했다.

"이제 그만 나오너라."

또각또각.

하이힐 소리와 함께 깜빡거리는 가로등 뒤에서 아름다운 여자 2명이 모습을 드러냈다. 멋스러운 트렌치코트를 입은 2명의 여자는 나비처럼 우아하게 날아와 내 앞에 무릎을 꿇었다.

나는 두 여인을 물끄러미 내려다보았다.

무릎을 꿇은 두 여인이 각자의 품에서 단검 하나씩을 꺼내 두 손으로 받쳐 들었다. 아라비아풍으로 치장된 고풍스러운 단검들이었다.

나는 그 모습을 가만히 지켜보았다.

두 여자가 살짝 고개를 들었다.

왼쪽 여자.

상당히 익숙한 얼굴이다. 나는 여자의 얼굴에서 총 세 사람의 모습을 찾아내었다.

우선 이 여자는 반 데어 뤄슨 서고의 고문서에서 찾아낸 초상화 속 인물과 꼭 닮았다.

'모비드 반 데어 뤄슨!'

나는 속으로 초상화 속 인물의 이름을 되뇌었다.

가문의 선조 모비드는 반 데어 뤄슨 일족을 유럽에서 미국으로 이주시킨 장본인이었다. 그러곤 가문이 미국에 정착한 뒤 신비하게 자취를 감췄는데, 그 모비드와 꼭 닮은 여자가 지금 내 앞에 무릎을 꿇고 있었다.

한편으로 나는 여자의 얼굴 속에서 또 다른 익숙한 모습을 찾아내었다.

바로 가짜 리나!

나를 배신하고 죽인 악녀!

백화문을 끌어들여 내게 죽음을 선사한 마녀!

내 부모(이건호의 부모)마저 비명에 가게 만든 장본인!

지금 내 앞에 무릎을 꿇은 여자의 얼굴엔 가짜 리나의 모습이 역력히 드러나 있었다.

한데 나는 배신자의 얼굴을 마주 대하면서도 전혀 분노하지 않았다. 나를 죽인 원수를 코앞에 두고도 침착했다. 여자의 내면 깊숙한 곳에서 우러나오는 세 번째 얼굴을 보았기 때문이다.

'아주 오랜 옛날, 나는 이 여자를 만났다.'

이것은 내 세상에서 이어진 인연이 아니다. 나와 이 여자는 샤피로가 살고 있는 저쪽 세상에서 만났다. 아니, 내가 이 여자를 만들었다.

나는 입술을 벌려 그리운 이름을 내뱉었다.

"샤늘루루."

샤늘루루!

암흑교단을 다스리던 4명의 총수 가운데 한 명이자 남부의 마녀라 불리는 샤늘루루!

사실 샤늘루루의 진짜 정체는 암흑교단의 총수가 아니었다. 그녀는 암흑교단이 탄생하기 훨씬 전부터 존재해 왔다. 그녀의 근원을 따지려면 까마득한 상고까지 거슬러 올라가야 한다. 세상이 두 번 무너졌다가 다시 생기기 이전, 그 오래전부터 그녀의 이름은 샤늘루루였다.

"샤늘루루, 샤늘루루."

나는 샤늘루루라는 이름을 입안에서 되뇌었다.

"흐윽!"

내가 이름을 불러 주자 샤늘루루가 맑은 눈물을 터뜨렸다. 투명한 액체가 그녀의 발그레한 볼을 타고 또르륵 굴러 떨어졌다.

"역시! 주인님께선 저를 알아보시는군요. 그렇습니다. 주인님의 종 샤늘루루가 여기 왔습니다. 주인님께서 손수 빚어서 만드시고 친히 이름을 붙여 주신, 바로 그 샤늘루루가 왔습니다. 흐흐흑!"

샤늘루루는 떨리는 음성으로 나를 주인이라 부르더니, 단검을 높이 들었다.

"이 미천한 종이 드디어 주인님의 명을 이행했나이다. 하지만 그 와중에 주인님께 감히 씻지 못할 죄를 많이 지었나이다. 주인님, 부디 이 날카로운 단검으로 제 목을 베소서. 저를 벌하셔서 주인님의 오롯한 권위를 증명하소서."

"샤늘루루!"

"주인님! 일체의 망설임 없이 제 목을 자르소서! 그래야 비로소 주인님의 부활 의식이 마무리될 것이옵니다. 이 비천한 종은 주인님께서 거행하시는 위대한 부활 의식의 마지막을 장식하는 것만으로도 가슴이 벅차옵니다."

말을 하는 동안 가짜 리나, 아니 샤늘루루의 눈에선 하염없이 눈물이 쏟아졌다.

나는 샤늘루루의 마음을 읽을 수 있었다. 지금 그녀는 죽음이 슬퍼서 우는 것이 아니었다. 내가 그녀를 알아본다는 사실이 너무나 기뻐서, 그리고 내 부활 의식의 대미를 장식한다는 것이 너무나 가슴 벅차서 저렇게 눈물을 쏟는 중이었다.

나는 고개를 오른쪽으로 돌렸다.

샤늘루루 옆에서 조용히 단검을 떠받치고 있는 여인.

이 여자 또한 얼굴이 익숙했다.

여자는 샤늘루루와 견줄 만큼 아름다웠다. 살짝 차가워 보이는 인상이 도도한 매력을 풍길 뿐 아니라 세상 그 어떤 여배우보다 더 고혹적인 기품이 몸 전체에서 아우라처럼 드러났다. 파도치듯 굽은 머리카락은 허리까지 치렁거렸고 여자의 두 눈은 밤하늘의 별보다 더 영롱하게 반짝였다. 단검을 받쳐 든 새하얀 팔뚝은 파닥이는 은어를 보는 듯 싱그러웠다. 피부는 분이 묻어날 듯 매끈했다. 트렌치코트 속의 몸매는 세계 톱모델보다 더 뛰어나 보였다.

"미센 반 데어 뤄슨."

나는 여자의 이름을 나직하게 불렀다.

미센 반 데어 뤄슨.

각성률 25퍼센트의 신인류.

보어 경의 하나뿐인 딸이자 내 친누나.

하지만 이 여자의 진짜 이름은 미센이 아니다. 세상 그 누구보다 보라색이 잘 어울리는 여자, 샤피로 세상 지하 세계의 지배자 바이올렛이다.

"바이올렛."

나는 그녀의 진짜 이름을 불렀다. 까마득한 옛날 내가 손수 붙여 준 그 이름을.

"흑! 주인님!"

이름이 불린 순간 차갑던 바이올렛의 표정이 무너졌다. 바이올렛의 눈에서도 구슬 같은 눈물이 흘렀다.

샤늘루루와 바이올렛!

두 여인이 비장한 표정으로 단검을 받쳐 들었다.

나는 그녀들이 올린 단검을 양손에 나눠 쥐었다.

"아아! 드디어!"

샤늘루루가 환희에 찬 얼굴로 나를 올려다보았다.

"주인님!"

바이올렛도 감격스런 얼굴로 두 눈을 깜빡였다.

샤늘루루와 바이올렛은 그렇게 무릎을 꿇은 채 서로의 손을 맞잡았다.

두 여인의 눈동자에 머나먼 과거의 기억이 얼비쳤다. 그 기억 속에서 나는 화려한 나무 아래 누워 있었다. 그리고 샤늘루루와 바이올렛이 내 머리를 빗어 주는 중이었다. 머리 손질을 마친 뒤엔 그녀들이 수염도 다듬어 주었다.

그리고 이어지는 의식!

두 여인은 엄숙한 표정으로 내 목을 잘랐다. 잘린 혈관 단면에서 치솟은 피가 나무 꼭대기까지 치솟았다. 하늘에선 분홍색 꽃잎이 비처럼 쏟아졌다.

이것이 내 부활 의식의 시작이었다.

그리고 나는 아홉 번의 죽음을 거쳐 다시 태어났다. 탐욕과 타락의 지배자, 불과 어둠, 생명과 숲을 한 손에 거머쥔 나는 마침내 창공의 매가 되어 부활했다.

내 부활 의식은 이제 마지막 단계만 남겨 두고 있었다.

바로 샤늘루루와 바이올렛의 처형!

이것은 주인의 권위를 바로 세우기 위함이었다. 아무리 내 명령이었다고는 하나, 이들 두 여종은 감히 저질러서는 안 될 중대한 죄를 지었다. 나를 아홉 번이나 죽인 자가 이 세상에 존재해서는 안 된다. 나는 절대자! 세상을 홀로 지배하는 자! 영원이자 불멸의 존재! 그런 나의 권위를 위해서라도 이 두 여종을 그냥 둘 수는 없었다.

샤늘루루와 바이올렛은 그렇게 굳게 믿었다.

"주인님, 어서 저희를 벌하소서!"

"부디 주인님의 손으로 저희를 거두소서!"

샤늘루루와 바이올렛이 동시에 간청했다.

나는 우선 샤늘루루의 뒷목을 손으로 잡아 눌렀다.

"주인님, 내 주인님!"

바짝 엎드린 샤늘루루가 내 왼발을 손으로 잡고 발등에 정성껏 입을 맞추었다. 그녀의 눈물이 내 발등을 흥건히 적셨다.

나는 샤늘루루의 목을 향해 단검을 높이 들었다.

붉은 달빛을 받아 단검이 시뻘건 빛을 토했다. 그 불길한 빛줄기가 샤늘루루의 새하얀 목덜미를 향해 떨어졌다.

번쩍!

마른하늘에 날벼락이 쳤다. 상공 저 높은 곳에서 시작된 벼락은 공기 중에 새하얀 상흔을 남긴 채 지상으로 떨어졌다. 샤늘루루의 목덜미에 작렬했다.

"주, 주인님!"

샤늘루루가 피를 토하며 나를 올려다보았다. 그녀의 입

술 사이로 장미처럼 붉은 선혈이 꾸역꾸역 흘렀다.

"아아! 위대하신 주인님!"

샤늘루루는 피범벅이 된 입으로 내 발등에 입맞춤을 했다. 그러곤 어미의 품에 안긴 아이처럼 내 발목을 꼭 붙잡고 편안히 눈을 감았다.

두근— 두근— 두우근— 두우우근—

내 귀에 샤늘루루의 심장 박동이 들렸다. 힘차게 뛰던 샤늘루루의 심장은 점점 느려지다가 서서히 사그라졌다.

Chapter 4

뚝—

샤늘루루의 심장이 점점 느려지다가 완전히 멈췄다. 암흑교단의 총수 가운데 한 명! 남부의 마녀라 불리던 샤늘루루가 내 발 밑에서 숨을 거두었다.

이어서 바이올렛 차례.

"주인님!"

바이올렛도 샤늘루루와 똑같이 내 오른발을 잡고 발등에 입을 맞추었다.

나는 바이올렛이 봉헌한 단검을 높이 들었다.

콰릉!

맨해튼 상공에 다시 한 번 벼락이 쳤다. 날카로운 벼락은 공간을 가르며 떨어져 바이올렛의 뒷목에 작렬했다.

"아아아, 위대하신 주인님!"

바이올렛이 핏물을 토하며 나를 불렀다. 그러곤 내 오른 발을 잡고 편안히 눈을 감았다.

바이올렛의 심장도 완전히 멈췄다. 이로써 두 여종이 모두 숨을 거두었다.

우르릉! 우르르릉!

연이은 우렛소리가 뉴욕 맨해튼 상공을 떨어 울렸다. 하늘에선 뚝뚝 빗방울이 떨어지기 시작했다. 샤늘루루와 바이올렛이 흘린 피가 빗물에 섞여 하수구로 철철 흘러갔다.

빗발이 점점 더 거세졌다.

나는 두 여인의 시체 앞에 쪼그려 앉았다.

"샤늘루루, 바이올렛."

이들 두 여종과 함께 했던 기억들이 내 머릿속에 차례로 스며들었다. 나는 샤늘루루와 바이올렛의 머리카락을 가만히 쓰다듬었다. 내 손가락 끝에서 일어난 붉은 광채가 두 여인 몸속으로 스르륵 스며들었다. 그 빛이 두 여인의 상처를 부드럽게 어루만졌다.

잠시 후.

꿈틀!

샤늘루루의 몸이 움직였다. 분명 목이 베여 피를 철철 토했건만, 분명 심장이 멎고 뇌가 기능을 멈췄건만, 그런 샤늘루루의 시체에 온기가 감돌았다.

꿈틀!

바이올렛도 움직임을 보였다. 손가락이 까딱까딱 경련하고 눈꺼풀이 파르르 떨렸다. 창백하던 그녀의 뺨에 다시 붉은 기운이 감돌았다.

"둘 다 일어나라."

나의 명령에 샤늘루루가 눈을 반짝 떴다.

바이올렛도 눈을 깜빡였다.

"주인님!"

샤늘루루가 화들짝 놀라 일어나더니, 내 앞에 머리를 조아렸다.

"주인님, 어째서입니까? 어째서 이 미천한 종을 죽이지 않으셨나이까?"

바이올렛도 벌떡 일어나 무릎을 꿇었다.

"저희는 감히 주인님께 아홉 번이나 죄를 지었나이다. 주인님뿐 아니라 주인님의 주변 친인들에게까지 죄를 지었나이다. 주인님께서는 결점이 하나도 없으신 완벽하신 분! 저희들이 세상에 존재하는 것만으로도 주인님께 흠이 되옵니다."

"그러니 부디 이 미천한 여종들을 죽여서 주인님의 완전함을 보이소서!"

"부디 이 미천한 종년의 목을 베어 주인님의 부활 의식을 마무리하소서!"

샤늘루루와 바이올렛은 피를 토하듯 울부짖었다.

나는 두 여인의 턱을 들어 시선을 맞췄다.

"오해하지 마라. 나는 분명히 너희들의 목을 베었다."

"네에?"

"하온데 어찌하여 저희들이 아직도 숨을 쉬는 것이옵니까?"

샤늘루루와 바이올렛이 어리둥절해서 물었다.

나는 그녀들을 내려다보며 싱긋 웃었다.

"너희를 죽여 내 부활 의식을 마무리 지었지. 그런 다음 너희를 다시 살린 것뿐이란다."

"네에? 세상에 어떻게 그럴 수가!"

"세상에 죽었다가 다시 살아날 수 있는 존재는 오직 주인님뿐이옵니다. 한데 이 미천한 종년들이 어떻게 그런 이적을 행하오리까."

"너희가 나를 무시하는구나!"

내 표정이 싸늘해졌다.

샤늘루루와 바이올렛이 벌벌 떨었다.

"마, 말씀을 거두어 주소서."

"주인님, 이 미천한 종년들이 어찌 감히 주인님을 무시한단 말씀이십니까? 절대 아니옵니다."

"흥! 그렇지 않으면, 내가 너희를 죽인 뒤 되살렸다는 말을 왜 믿지 못하는 것이냐? 나의 권능이 미덥지 않단 말이냐?"

"아니옵니다. 그런 것이 아니옵니다."

"미천한 종들이 감히 주인님께 어리석은 질문을 했나이다. 용서하소서."

샤늘루루와 바이올렛이 황급히 도리질을 했다.

나는 두 여인의 턱에서 손을 떼고 일어섰다. 그다음 투명한 날개를 활짝 펼쳤다.

"주인님……."

"오오오! 나의 주인님!"

샤늘루루와 바이올렛이 나를 우러러보았다. 내 등에서 펄럭이는 거대한 날개가 샤늘루루와 바이올렛의 눈에는 또렷하게 보였다. 그 거대한 날개의 위용을 본 두 여인의 눈동자가 폭풍처럼 흔들렸다.

"위대하신 주인님이시어!"

"오오오오! 우리의 주인님이시어!"

나는 날개를 활짝 펴고 오만한 눈길로 두 여인을 굽어보았다.

"샤늘루루."

"네, 주인님."

"너는 내 종이다."

"그러하옵니다. 저는 주인님의 영원한 종이옵니다."

샤늘루루가 내 발등 앞에 머리를 조아렸다.

"너의 솜털 하나, 손끝 하나까지 모두 다 내 것이니 앞으로는 네가 함부로 판단하여 죽음을 청하지 마라."

"명심, 또 명심하겠나이다."

"그리고 한 번 죽었으니 너는 더 이상 샤늘루루가 아니다. 이제부터 너의 이름은 모리나. 이것이 내 여종의 이름이니라."

나는 샤늘루루에게 새로운 이름을 하사했다.

"모리나, 주인님의 종 모리나!"

샤늘루루는 자신의 새 이름을 되뇌며 감격의 눈물을 흘렸다.

나는 바이올렛에게 시선을 돌렸다.

"바이올렛."

"말씀하소서. 제가 듣겠나이다."

"너 또한 마찬가지다. 너를 죽여서 내 부활 의식은 모두 마무리 지었다. 그러니 너는 더 이상 내게 죽음을 청하지 마라."

"미천한 종이 주인님의 뜻을 받들겠나이다."

바이올렛도 눈물 콧물 범벅인 채로 내 앞에 머리를 조아렸다.

"그리고 네게도 새로운 이름을 내릴 것이니, 너는 더 이상 바이올렛이라는 이름을 사용하지 마라."

"네, 주인님."

"앞으로 너는 미셴. 그것이 네 이름이다."

"미셴!"

미셴이라는 말에 바이올렛의 눈이 동그래졌다. 지금 그녀는 보어 경의 맏딸 미셴 반 데어 뤄슨으로 위장해 있기 때문이다.

'진짜 미셴은 죽었겠지. 그리고 바이올렛이 그 자리를 대신 차지했을 거야.'

내 짐작이 옳다면, 미셴은 이미 죽었다.

'그러고 보면 보어 경은 친자식을 모두 잃은 셈이야. 한스의 몸뚱어리는 내가 차지했고, 미셴의 자리엔 바이올렛이 들어왔으니까.'

나는 진심으로 보어 경에게 미안했다. 그래서 보어 경이 지어준 '미셴'이라는 이름이 영원히 남을 수 있도록 바이올렛의 이름을 바꿔 주었다.

바이올렛이 냉큼 머리를 숙였다.

"여종이 주인님의 명을 받들겠나이다. 저는 한동안 반 데어 뤄슨 가문의 미셴으로 살면서 아버지에게 충실할 것이고, 그 후 주인님의 여종으로 살아갈 긴 세월 동안에도 미셴이라 불릴 것이옵니다."

바이올렛, 아니 미셴은 영리했다. 주인의 속마음을 헤아

리고 주인이 허락한 범위 안에서 자신의 위치를 잡을 줄 알았다.

"흠! 좋아. 이것으로 한 단락이 끝났구나. 너희는 잠시 물러나 쉬고 있거라."

나는 두 여종에게 그만 물러가라고 명했다.

모리나와 미센이 동시에 납죽 엎드렸다.

"주인님, 아니옵니다. 저희에게 휴식은 필요 없습니다."

"그렇습니다. 주인님의 곁에서 시중을 들게 허락해 주십시오. 그것이 저희들이 살아가는 이유이옵니다."

둘의 간청에도 불구하고 나는 고개를 가로저었다.

"아니, 당분간 쉬어. 내가 부활의 고통을 아홉 번이나 겪어 봐서 잘 아는데, 그 후유증이 결코 만만치 않아."

가벼운 내 말 한 마디에 두 여자가 자지러졌다.

"주, 주인님!"

"으흑! 저희를 죽여 주십시오."

어찌할 바를 몰라 쩔쩔 매는 두 여자를 보자 절로 웃음이 나왔다. 나는 손을 휘휘 저었다.

"아아, 그렇게 당황할 필요 없어. 너희를 나무라는 것이 아니야. 단지 너희 둘에게 몸조리할 시간이 필요할 것이란 말이지. 너희가 몸 상태를 100퍼센트로 끌어 올려야 내가 마음 놓고 너희를 부려 먹을 것 아니야."

"아, 그렇군요."

"알겠습니다, 주인님."

모리나와 미센은 비로소 가슴을 쓸어내렸다.

"내 조만간 너희를 다시 찾을 테니까 그때까지 몸을 추스르고 있어."

"알겠습니다. 주인님의 충실한 종 모리나가 명을 받들겠습니다."

"주인님의 충실한 종 미센도 명을 받들겠습니다."

두 여인은 양손을 가슴에 모아 공손히 답했다.

그녀들의 대답이 끝나기도 전, 나는 연기처럼 모습을 감추었다.

어슴푸레한 달빛이 비추는 골목 안, 나란히 무릎을 꿇은 두 여인의 뺨에는 쉼 없이 눈물이 흘러내렸다.

제3화
원탁회의와 기사 서임식

Shapiro

Chapter 1

아홉 번의 부활을 통해 나는 다시 과거의 권능을 되찾았다. 아니, 단순히 되찾는 정도가 아니라 과거보다 더 강해졌다. 나는 생명의 뿌리를 새로 얻었을 뿐 아니라 스파이더 익스플로젼(Spider Explosion: 거미 폭발)과 발키리(Valkyrie)의 원혼을 새로 개발했다. 육존 가운데 한 명인 십제(十帝)의 무술을 획득한 것도 제법 도움이 되었다.

파륜석화술법(波輪石化術法)

일목권(一目拳)

풍법(風法)

십제검(十帝劍)

십제가 남긴 이 네 가지 무술은 내게 큰 영감을 주었다. 부활 전 내가 주력으로 사용하던 '발키리의 원혼'도 따지고 보면 타란툴라의 원혼과 십제검을 융합해서 만들어 낸 기술이었다.

게다가 나는 곤충을 마음대로 부릴 수 있는 권능도 손에 넣었다. 각종 군사무기와 관련된 과학적인 지식도 머리에 가득 담았다.

내가 새로 손에 넣은 것은 무술이나 지식뿐만이 아니었다.

나는 반 데어 뤄슨의 후계자라는 어마어마한 신분을 손에 넣었다. 전 세계 금융 시장을 손에 쥐고 흔드는 반 데어 뤄슨의 후계자 말이다.

어디 그뿐인가. 내 약혼자인 알렉산드라는 텍사스 석유 재벌의 후계자로, 장차 세계 에너지 시장의 여제로 불릴 몸이었다.

이것만으로도 막강한데, 여기에 더해서 또 한 가지 엄청난 권력이 내 손에 들어왔다.

바로 러시아의 드네르프!

일반 사람들은 꿈에도 모르겠지만 사실 장막 뒤에서 세상을 지배하는 자들이 있다. 스스로를 신인류라 부르는 이들은 현재 5개의 단체로 나뉘어서 서로가 서로를 견제하는 중이었다.

유럽과 미국에 뿌리를 내린 템플 기사단!

미국의 중추를 차지한 일루미나티!

중국의 백화문!

일본의 삼각위원회!

러시아의 드네르프!

이상 5개 단체는 대부분 가문 연합체의 성격을 가지고 있었다. 예를 들어서 내가 속한 반 데어 뤄슨은 템플 기사단을 구성하는 6개 가문 가운데 하나였다. 내 약혼녀인 알렉산드라 버플리도 템플 기사단을 구성하는 버플리 가문의 후계자였다.

일루미나티도 마찬가지. 프리메이슨을 하부 조직으로 거느리고 있는 일루미나티는 미국에 뿌리를 내린 4개 가문의 연합체였다.

중국의 백화문도 속을 파헤쳐 보면 송씨, 왕씨, 저우씨, 허씨, 자오씨, 쿠씨, 장씨의 7개 가문으로 구성되어 있었다.

일본의 삼각위원회는 그 이름에서 알 수 있듯이 3개 가문이 힘을 합쳐서 조직을 지탱하는 구조였다. 히데토키가 이끄는 다카하시 가문과 나노미야 가문, 그리고 미요시 가문이 삼각위원회의 세 꼭지였다.

이상 4개 단체와 달리 러시아의 드네르프는 독특한 구조를 지녔다. 드네르프는 가문이 아니라 스승과 제자의 사승

관계로 조직을 이어왔으며, 단 한 사람의 우두머리에게 모든 권력이 집중되는 일인 독재 체제를 갖추었다.

현재 드네르프의 총수는 이베타 가슈파로비치!

그는 음침한 외모에 놀랍도록 무서운 정신 장악 능력을 지닌 프리스트로, 서방 세계의 신인류들에겐 두려움의 대상이었다.

한데 그 섬뜩한 자가 내 앞에 무릎을 꿇고 머리를 조아렸다.

'샤늘루루, 아니 모리나. 그녀가 이베타 가슈파로비치일 줄 누가 알았겠어.'

샤피로의 세상에서 바이올렛이 지하 세계를 지배하며 세력을 일구는 동안, 이쪽 세상에선 샤늘루루가 부지런히 뛰어다녔다. 그녀는 반 데어 뤄슨을 장악하여 유럽과 미국에 발판을 마련하는 한편, 러시아에 자주 드나들며 야금야금 드네르프를 수중에 넣었다.

그녀의 목적은 두 가지!

나를 아홉 번 죽이기 위해 세력을 구축한 것이 그 하나였다. 그리고 그녀의 두 번째 목적은 내가 완전히 부활한 뒤 그 세력을 내게 바치는 것이었다.

"제가 일군 세력은 모두 주인님을 위한 것이옵니다. 주인님께서 마음껏 사용하소서."

똬리를 튼 뱀의 형상을 한 에메랄드 반지를 내게 바치

면서 샤늘루루는 이렇게 고했다. 초록 눈을 영롱하게 빛내는 이 반지야말로 드네르프의 총수를 의미하는 보물이었다. 드네르프에 소속된 모든 신인류들은 이 에메랄드 반지에 정신이 종속되어 있기에 반지의 소유자가 내리는 명령을 거부할 수 없었다.

나는 머릿속으로 드네르프의 신인류들을 떠올렸다.

정신 지배 능력을 갖춘 프리스트(Priest: 성직자)!

불의 지배자라 불리는 세마르글(Semargl: 동슬라브인의 일곱 주신 가운데 하나. 속성은 불. 형상은 날개 달린 개)!

세상 최고의 저격 능력을 갖춘 스나이퍼(Sniper: 저격자)!

러시아의 신인류들은 서방 세계의 신인류들과는 전혀 다른 능력을 갖추었다. 그 능력자들을 내 밑에 거두어 부릴 수 있다고 생각하자 절로 콧노래가 나왔다. 나는 샤늘루루, 아니 모리나가 바친 이 공물이 마음에 들었다.

게다가 이 신비한 에메랄드 반지는 보통 사람들의 눈에는 보이지 않았다. 심지어 신인류들조차 이 반지를 볼 수 없었다. 오직 드네르프의 신인류들만이 이 반지를 보고 느낄 수 있었다.

"이반 가슈파로비치! 육존 가운데 한 명인 그 이반이 만든 반지란 말이지. 사람의 영혼을 종속시키면서 눈에 보이지도 않는 반지라!"

나는 오른손 검지에 낀 반지를 슥슥 쓰다듬었다.

지금의 내 능력이라면 이런 반지 따위는 없어도 무방했다.

하지만 나는 탐욕의 화신!

세상 모든 권세와 보화를 손에 넣어야 직성이 풀리는 성미였다. 그러니까 이 반지를 다른 사람에게 양도할 생각은 눈곱만큼도 없었다.

"모두 다 내 것이지. 세상의 귀한 것들은 모두 내 차지야."

나는 탐욕스럽게 중얼거렸다.

두 여종을 다시 거둔 지 5일이 지났다. 이른 아침부터 보어 경이 나를 찾았다.

본가의 다이닝룸에 들어가자 보어 경이 나를 맞았다.

"거기 앉거라. 아침 식사를 하면서 함께 의논할 일이 있구나."

보어 경이 내게 자리를 권했다.

가주 맞은편에 착석하자 주방 하녀 다섯 명이 일렬로 줄을 서서 다가왔다. 하녀들은 각기 다른 음식을 들고 와서 내게 선보였다.

"거기 두 번째 것."

나는 두 번째 하녀의 식단을 선택했다.

질 좋은 곡물 식빵에 알프스에서 공수한 치즈와 햄을 얹은 샌드위치 4분의 1조각, 싱싱한 유기농 샐러드 한 접시, 갓 짠 오렌지 주스 한 잔.

내가 메뉴를 선택하고 나면 선택받지 못한 나머지 음식들은 모두 쓰레기통에 버려진다. 혹은 이 음식들이 고아원에 기부된다는 소리도 있지만, 그런 소소한 일은 내 관심 밖이었다.

"수프를 곁들여 올릴까요? 야채수프와 베이컨 감자수프가 준비되어 있습니다."

두 번째 하녀가 공손히 물었다.

"아니."

나는 고개를 가로저었다.

하녀들이 무릎을 살짝 굽힌 뒤 뒷걸음질로 물러났다.

포크로 샐러드를 찍어 입에 넣는데 미센 누나(?)가 들어왔다.

"좋은 아침이에요."

미센은 보어 경에게 다가가 뺨에 가볍게 입맞춤을 하고는, 내 옆에 앉았다.

"안녕, 한스."

미센이 내게 반갑게 인사했다. 사람들의 이목이 있어서 이렇게 경쾌하게 인사했지만 사실 미센은 이 자리가 가시방석이었다.

'비천한 여종 주제에 감히 주인님과 겸상하는 저를 용서하소서.'

미센이 내게 눈으로 이렇게 사과했다.

"응. 누나, 안녕."

나는 미센을 향해 싱긋 웃어주었다.

보어 경은 우리 둘을 흐뭇하게 바라보다가 수건으로 입을 닦았다.

"아침부터 너희를 부른 이유는, 이 초대장 때문이다."

"초대장이요?"

미센이 되물었다.

Chapter 2

"초대장이 왔다고요?"

"그래. 여기 보거라."

미센의 물음에 보어 경이 초대장 한 장을 던져 주었다.

옅은 감색 빛 봉투에 꼬불꼬불한 글씨로 쓰인 초대장이었다. 봉투 앞면엔 가르시아의 문장이 찍혀 있었다.

"가르시아에서 보낸 거네요?"

보어 경이 고개를 끄덕였다.

"그래. 가르시아의 가주 대리인 에르쿨이 보냈더구나."

"에르쿨이요?"

미센이 초대장을 열어 그 안에 적힌 내용을 읽었다.

"친애하는 형제자매 여러분, 최근 아프리카와 일본에서 벌어진 불미스러운 사건들과 우리 템플 나이트 앞에 등장한 여러 가지 현안들을 논의하기 위하여 템플 나이트 원탁회의를 개최합니다. 여섯 가문의 기사장들은 모두 참석해 주기 바랍니다. 또한 각 가문의 직계 일족들을 위한 기사 서임 의식도 이번에 단체로 치르도록 하겠습니다. 세르히오 가르시아."

"음!"

미센의 입에서 세르히오의 이름이 나오자 보어 경이 입을 굳게 다물었다.

봉투 겉면에 적힌 이름은 분명 에르쿨 가르시아였다.

한데 초대장 안의 사인은 세르히오의 것이었다. 다시 말해서 이번 원탁회의의 진짜 주최자가 에르쿨이 아니라 세르히오라는 의미였다.

보어 경이 떫은 감을 씹은 표정을 지었다.

"휴우, 그것 때문에 골치 아프구나. 에르쿨의 초대장이라면 그냥 무시해 버릴 터인데……."

지금 템플 기사단의 여러 가문들 사이에서는 가르시아에 대한 의구심이 증폭되는 중이었다. 특히 보어 경은 경계의 눈빛으로 가르시아 가문을 바라보고 있었다. 그러니 이 수상한 초대가 마음에 내킬 리 없었다.

문제는 초대자의 신분.

이번 초대의 주체는 다름 아닌 세르히오 가르시아였다. 인류의 역사 이래 가장 강한 6명 가운데 한 명이자 현존하는 최고의 법사(Wizard) 세르히오의 초청을 거절할 수 있는 사람은 이 세상에 거의 없었다.

"그것 좀 이리 줘 봐."

나는 미셴에게 손을 내밀었다.

"여기."

미셴이 초대장을 건네주었다.

나는 초대 문구 아래쪽에 적힌 정보를 읽었다.

"음, 어디 보자. 원탁회의의 날짜가 이달 말일이네요. 장소는 스페인의 메노르카 섬."

메노르카는 천혜의 관광지라 유럽 각국 부호들의 별장이 많은 곳이었다. 하지만 교통이 편하지는 않았다.

보어 경이 눈썹을 짙게 찌푸렸다.

"그래서 더 기분이 찜찜하구나. 이런 어수선한 시기에 고립된 섬에서 원탁회의를 열겠다니! 그것도 직계 일족의 단체 서임식도 함께 진행한단 말이지."

원탁회의는 템플 기사단 여섯 가문의 가주들이 둥근 테이블에 빙 둘러앉아 현안을 논의하는 최고 의결 기구였다.

서임식이란 여섯 가문의 젊은 직계 일족들에게 '기사'의

작위를 수여하는 의식이었다. 장차 가문을 물려받을 젊은 신인류들은 이 작위 의식을 통과해야 비로소 템플 기사단의 정식 일원으로 인정을 받았다.

즉, 원탁회의와 서임식은 템플 기사단의 신인류들에게 가장 중요한 행사였다. 그러니 평소의 보어 경이라면 아무런 고민 없이 참석을 결정했을 것이다.

한데 지금은 달랐다. 에르쿨에 대한 의심, 세르히오에 대한 경계심이 켜켜이 쌓여 보어 경에게 깊은 근심을 만들어 주었고, 그 근심이 보어 경의 얼굴을 통해 역력히 드러났다. 보어 경은 선뜻 결정을 내리지 못했다.

"그래서 너희를 부른 것이다. 너희들 생각은 어떠냐?"

미센이 나를 돌아보았다. 그녀는 내 의견을 따를 생각이었다.

나는 보어 경을 향해 어깨를 으쓱했다.

"당연히 참석해야죠."

"당연히 참석한다?"

보어 경의 눈에 이채가 감돌았다. 그의 눈은 '한스야, 그동안 내게 수도 없이 한 말들은 다 뭐냐? 에르쿨이 모든 음모의 배후라고 지목한 것도 너고, 세르히오 님을 조심하라고 경고한 사람도 네가 아니더냐? 그런데 스페인의 섬으로 가겠다고?' 라고 묻고 있었다.

나는 담담히 이유를 밝혔다.

"어차피 템플 기사단의 다른 가문들은 세르히오의 부름에 응할 거잖아요. 만약 이번 모임에 우리 반 데어 뤄슨만 빠지면 어떻게 되겠어요? 에르쿨 가르시아가 우리를 뭐라고 헐뜯을까요? 안 봐도 뻔하죠."

"음!"

내 말이 정곡을 찔렀다. 보어 경이 안색을 딱딱하게 굳혔다.

미센이 내 말에 맞장구를 쳤다.

"한스의 말이 일리가 있네요. 스페인에 템플 기사단의 다섯 가문이 모였는데 우리만 나타나지 않으면 어떤 일이 벌어지겠어요? 분명 우리를 음해하는 소리가 높아지겠죠."

"으으음!"

보어 경이 대답 대신 신음을 흘리며 깍지를 낀 손에 이마를 댔다. 무언가 깊은 시름에 잠겼을 때 나오는 행동이었다.

미센이 슬그머니 물었다.

"그나저나 참석 대상이 누구인가요? 원탁회의에는 아버지가 참석하시면 될 테고, 직계 일족의 서임식에는 저와 한스가 참석 대상자인가요?"

"이걸 보거라."

보어 경이 깍지를 풀고 종이 한 장을 더 건네주었다.

참석자 명단이 명시된 종이였다.

원탁회의 참석 대상자: 보어 반 데어 뤄슨 가주

서임식 참석 대상자: 한스 반 데어 뤄슨

미센 반 데어 뤄슨

줄리아 반 데어 뤄슨

"이상하네요? 줄리아가 왜 참석자 명단에 들어 있죠?"

미센이 고개를 갸웃했다.

기사 서임을 받는 신인류는 여섯 가문의 직계 혈족으로 국한한다.

이것이 그동안 템플 기사단의 관례였다. 한데 이번에는 희한하게도 직계가 아닌 줄리아의 이름이 포함되었다.

보어 경이 입을 열었다.

"나도 그 점이 이상하더구나. 그래서 오늘 식전에 짐 버플리와 통화를 해 보았다."

"그랬더니요?"

"버플리 가문도 가르시아의 초대장을 받았는데, 원탁회의 참석 대상자는 짐 버플리고, 서임식 참석자는 알렉산드라와 리고라고 하더라."

"리고요?"

리고 버플리.

처음 듣는 이름이었다.

보어 경의 설명에 따르면, 리고 버플리는 알렉산드라의 육촌 동생으로 이제 갓 열다섯 살이 된 소년이라고 했다. 보어 경은 "리고라는 아이는 불과 한 달 전에 신인류로 각성한 초보자라더구나."라는 말도 덧붙였다.

나는 손가락으로 관자놀이를 슥슥 긁었다.

"거참 특이하네요. 기사 서임식에 직계가 아닌 사람을 하나씩 끼워 넣었는데, 그 대상자가 하나같이 어리군요."

줄리아는 이제 대학교 1학년이었다.

리고 버플리는 줄리아보다 더 어려서 중학생에 불과했다.

'가문의 권력과는 거리가 먼 어린 신인류들을 초대한 이유가 뭘까?'

나는 세르히오의 머릿속이 궁금했다.

창공의 매로 거듭난 이후, 즉 샤피로의 시야를 공유한 이후, 나는 지구 반대편 스페인에서 벌어지는 일들도 환히 들여다보았다. 하지만 줄리아와 리고가 참석자 명단에 포함된 이유는 내 전지적 시야에도 잡히지 않았다.

'앉아서 지구 반대편을 볼 수는 있어. 하지만 사람 마음속까지 모두 꿰뚫을 수는 없지. 물론 가끔씩은 사람 마음도 읽을 수 있지만, 지금까지는 이게 내 한계야.'

한계라는 단어를 떠올리자 더더욱 강한 탐욕의 불길이 일었다.

'나는 아직도 배가 고프구나! 아직도 허기가 지고 속이 텅 빈 느낌이야. 부활 이후 이렇게 강해졌는데도 부족해. 나는 좀 더 강해지고 싶어. 강해지고 더 강해져서 그 어떤 한계도 없는, 그런 존재가 되고 싶어. 이 세상 모든 것을 다 먹어 치워서라도 말이야. 크우우!'

나는 이런 생각을 하면서 살짝 고개를 숙였다. 식탁 아래를 향한 내 눈빛이 지독한 탐욕과 끝 모를 열망으로 불타올랐다.

'아아, 주인님은 역시 멋지셔!'

미센이 그런 내 모습을 훔쳐보면서 황홀한 표정을 지었다.

Chapter 3

아침 식사를 마친 후 보어 경은 짐 버플리와 한 번 더 통화했다. 무려 한 시간에 걸친 긴 통화였지만 아무런 결론도 나지 않았다.

"하아! 어쩔 수 없구나."

보어 경이 한숨을 내쉬며 통화를 끝냈다.

나는 보어 경의 속을 짐작했다. 그래서 자리를 툭툭 털고 일어났다.

"여행 준비를 해야겠네요. 스페인이 재미있으려나?"

미셴도 같이 일어났다.

"메노르카의 바다가 환상적으로 아름답던데, 가는 김에 수영복도 챙겨야지."

우리 둘의 무덤덤한 행동에 보어 경이 어이없다는 표정을 지었다. 하지만 뭐라 말리지는 않았다.

보어 경도 어쩔 수 없을 것이다.

'세르히오의 초대를 거절할 명분도 없고, 불참했을 때 받을 불명예도 견디기 어려울 거야. 원탁회의에 우리 가문만 빠지면 어떻게 되겠어? 다들 반 데어 뤄슨 가문을 수상하게 여기거나, 아니면 겁쟁이로 생각하겠지. 그러니까 아버님에겐 선택의 여지가 없어.'

나는 보어 경의 속마음을 짐작했다.

그날 오후.

보어 경은 가문의 원로 4명을 소집해서 상황을 설명했다. 나는 원로 회의에 참석하지는 않았지만, 그 안에서 어떤 말들이 오가는지 훤히 들여다보였다.

보어 경이 중앙에 앉은 원로에게 청했다.

"제가 자리를 비운 동안 무터 숙부님께서 가문을 지켜주십시오."

무터 반 데어 뤄슨은 보어 경의 큰 숙부이자 우리 가문의 웃어른이었다.

"가주의 명을 따르겠네."

무터가 보어 경의 뜻을 받들었다.

보어 경이 고개를 왼쪽으로 돌렸다.

"마가렛 고모님과 올라프 숙부님께서 무터 숙부님을 도와주시고요."

"알았네."

"가주, 이 올라프가 두 눈을 부릅뜨고 뉴욕을 지킬 테니 걱정 마시게."

마가렛이 가만히 고개를 끄덕인 반면, 올라프는 가슴을 탕탕 치며 자신 있게 대답했다.

나는 샤피로의 시야를 통해 회의 모습을 엿보다가 피식 웃음을 터뜨렸다. 내 눈엔 가문 원로들의 수준이 훤히 보였다.

무터 반 데어 뤄슨은 평범한 인물.

반면 마가렛 반 데어 뤄슨은 각성률 65퍼센트의 마녀였다. 또한 올라프 반 데어 뤄슨은 각성률 61퍼센트의 기사였다.

"65퍼센트와 61퍼센트면 그리 뛰어난 실력들은 아니야. 내 성에 차지는 않아. 하지만 이 둘이라면 어지간한 적은 물리칠 수 있을 거야."

내가 방 안에서 중얼거리는 동안 보어 경이 고개를 오른쪽으로 돌렸다.

"월란 숙부님."

"말씀하시게, 가주. 나는 무얼 하면 되겠는가?"

나는 샤피로의 눈을 통해 월란을 살폈다.

키가 후리후리하게 큰 월란은 각성률 68퍼센트의 기사였다. 그는 원로들 가운데 가장 강할 뿐 아니라 전투 경험도 많았다.

"숙부님은 저와 함께 스페인으로 가시죠."

"나더러 가주를 보좌하란 말인가?"

보어 경이 고개를 가로저었다.

"아닙니다. 제가 어찌 숙부님의 보좌를 받겠습니까? 숙부님께선 줄리아의 후견인 자격으로 참석하시면 됩니다."

"줄리아? 그 아이가 왜 나와?"

원로들이 동시에 눈을 동그랗게 떴다.

보어 경이 참석자 명단을 보여주었다.

"기사 서임식의 참석자 명단에 줄리아가 들어 있습니다."

그러곤 "저도 가르시아 가문의 의도가 무엇인지 잘 모르겠네요. 휴우우! 이거야 원……."이라고 말끝을 흘렸다.

"으음!"

원로들의 표정이 딱딱하게 굳었다.

뉴욕 맨해튼 한복판에서 벌어진 벤자민의 반란!

아프리카에 등장한 흑마법사들!

일본에서 터진 끔찍한 충돌!

이런 일들이 연달아 터진 것은 결코 우연이 아니었다. 산전수전 다 겪은 가문의 원로들이 그 사실을 모를 리 없었다. 원로들은 이미 오래전부터 가르시아 가문을 의혹의 눈길로 바라보던 중이었는데 그때 마침 초대장 한 통이 날아들었다.

스페인의 고립된 섬으로 오라는 초대장!

누가 봐도 이건 수상했다. 이번 초대가 무척 위험할지 모른다는 생각이 모두를 사로잡았다.

월란은 잠시 머뭇거리다가 조심스레 입술을 떼었다.

"가주……."

"말씀하십시오."

"혹시 줄리아도 이 사실을 알고 있는가?"

보어 경이 고개를 가로저었다.

"아닙니다. 아직 말하지 않았습니다."

"그렇다면 만약에 말이네, 정말 만약에 줄리아 그 아이가 동행을 거부하면 어쩔 셈인가?"

이것이 월란이 바라는 바였다. 월란은 줄리아가 이번 초대에서 빠지기를 원했다.

보어 경이 한숨을 내쉬었다.

“저도 줄리아가 불참하기를 원합니다. 막말로 스페인에서 무슨 일이 터질지 모르는 판 아닙니까? 만약 불미스러운 일이 발생한다면 제가 그 아이까지 돌볼 수 있을까 걱정도 되고요. 숙부님도 아시다시피 저는 한스와 미센을 먼저 챙길 수밖에 없지 않습니까.”

“으음!”

보어 경의 솔직한 말에 윌란이 침음을 삼켰다.

보어 경이 말을 이었다.

“하지만 숙부님, 줄리아는 참석할 수밖에 없습니다. 만에 하나 스페인에서 아무런 변고도 발생하지 않는다면 어쩌실 겁니까? 그럼 줄리아는 정말 좋은 기회를 제 발로 차버리는 셈 아닙니까? 이건 광전의 현자 세르히오 님으로부터 직접 기사 서임을 받을 기회입니다. 세상의 그 어떤 신인류가 이런 엄청난 명예를 거절할 수 있겠습니까?”

“크음!”

윌란이 다시 한 번 침음을 삼켰다.

옆에서 마가렛이 중얼거렸다.

“왜 하필 줄리아지? 우리 조나단도 최근에 신인류로 각성했건만…….”

조나단은 마가렛이 무척 아끼는 외손자였다. 나는 이야기를 엿듣다 말고 혀를 찼다.

"햐아! 조나단이 각성을 해? 그 녀석, 별 볼 일 없어 보였는데 그래도 구르는 재주가 있었군. 신인류로 각성을 한 걸 보면 말이야."

마가렛의 말을 듣자 월란도 생각이 바뀌었다.

"후우, 그건 또 그렇군. 줄리아, 그 아이의 성격에 이런 기회를 차 버릴 리 없지. 게다가 한스도 함께 간다니 무조건 쫓아 나설 게야. 쯧쯧쯧, 별수 없구먼. 내가 줄리아 그 아이의 후견인으로 따라붙을 수밖에."

"역시 그렇지요?"

보어 경이 빙그레 웃었다.

"쳇! 변덕을 부리기는."

마가렛은 혀를 찼다.

이제 참석자는 정해졌다. 보어 경은 코끼리 상아로 만든 만년필을 꺼내 참석자 명단을 작성했다.

— 원탁회의 참석자: 보어 반 데어 뤄슨

— 기사 서임식 참석자: 한스 반 데어 뤄슨
미센 반 데어 뤄슨
줄리아 반 데어 뤄슨

— 기사 서임자 후견인: 월란 반 데어 뤄슨

— 기타: 반 데어 뤄슨의 보좌관 및 경호인 30명

원탁회의가 개최될 때 각 가문이 동원할 수 있는 보좌 인력은 최대 30명이었다. 이것은 템플 기사단의 선조들이 정해 놓은 규칙 가운데 하나로, 만에 하나 가문들끼리 무력 충돌이 발생할 경우 일이 커지지 않도록 이런 제한을 둔 것이다.

하지만 지금까지 보좌관 30명을 동원한 경우는 극히 드물었다. 템플 기사단의 각 가문들은 대부분 사이가 좋았기 때문이다.

대부분의 경우 보좌관은 10명 안팎.

이것이 그동안의 관례였다.

한데 이번에 보어 경은 보좌관의 숫자를 제한선인 30명까지 꽉 채웠다. 그것도 무력이 강한 자들로만 엄선해서 뽑았다.

집에서 빈둥거리는 중에 전화가 왔다.

알렉산드라였다.

“왜?”

“핏! 전화를 받자마자 왜가 뭐예요? 무슨 반응이 이렇게 무미건조하죠? 내가 전화하면 안 되나요?”

알렉산드라가 따따따 쏘아붙였다.

나는 그녀의 응석을 들어 주지 않았다.

“그렇게 다그치지 말고 용건이나 말하지.”

"쳇! 재미없어. 내가 왜 이런 남자를 만나는지 몰라."

"계속 투덜거리기만 할 거야?"

"에잇, 알았어요."

알렉산드라는 한숨을 내쉬고는 본론을 꺼냈다.

"오늘 마사와 통화했어요."

"마사? 리엔조 가문의 그 마사 말이야?"

"맞아요. 마사 디 리엔조. 이탈리아 리엔조 가문의 후계자이자, 실종된 코라 님을 대신해서 리엔조 가문을 다스리는 그 마사 말이에요."

"그 마사가 왜?"

마사와 나는 이탈리아에서 만난 적이 있다. 그녀와 함께 아프리카를 횡단하면서 흑마법사들과 부딪쳤었다.

"마사가 놀라운 소식을 하나 전하더라고요."

알렉산드라가 잠시 뜸을 들였다.

"그러니까 그 놀라운 소식이 뭐냐고?"

나는 인내심이 그리 많지 않았다. 내 어투가 딱딱해지자 알렉산드라가 얼른 뒷이야기를 풀어내었다.

"놀라지 말아요. 글쎄 실종되었던 코라 님으로부터 연락이 왔다지 뭐예요. 오늘 아침에 그분이 마사에게 전화를 했대요."

"뭐?"

"리엔조의 가주 코라 님 말이에요. 그분이 마사에게 전화를 해서, 이번 원탁회의에 참석할 거라고, 거기서 보자고 했다지 뭐예요."

실종되었던 코라가 복귀한단다.

나는 핸드폰을 귀에 댄 채로 기억의 조각들을 빠르게 검색했다.

샤피로를 통해 온 세상을 다 읽을 수 있는 것은 분명 엄청난 능력이었다. 하지만 아무리 나라도 해도 지구 전역에서 벌어지는 수백 억, 수천 억 개의 사건들을 모두 실시간으로 살필 수는 없었다. 대신 그 많은 정보들을 뇌 속에 차곡차곡 저장을 해 놓았다가 나중에 필요할 때 기억을 되살리는 것이 내가 써먹는 방법이었다.

나는 리엔조 가문의 마사를 중심으로 최근에 일어난 사건들을 빠르게 검색했다.

오늘 아침 마사가 알렉산드라에게 전화를 걸어 수다를 떤 일이 빠르게 지나갔다.

최근에 마사가 새로 사귄 남자친구의 모습도 휘리릭 되감겼다. 마사가 그 남자친구와 키스를 하고 애무를 하는 19금 장면이 이어졌다. 솔직히 나도 남자인지라 이런 장면을 조금 더 자세히 구경하고 싶은 마음도 들었지만, 그냥 빠르게 넘겼다.

"여기구나."

그렇게 탐색을 해 나가다가 한 곳에서 스톱했다. 오늘 아침 마사의 일상이 내 눈에 잡혔다.

알몸에 얇은 이불만 두른 마사가 침대에 누워 있을 때, 띠리릭 핸드폰이 울렸다.

"누구야?"

마사의 남자친구가 물었다.

"글쎄? 모르는 번호인데?"

침대에 누운 채 담배 한 모금을 빨던 마사가 고개를 갸웃거리며 핸드폰을 받았다. 그러곤 외마디 비명을 질렀다.

"악! 아빠!"

마사의 핸드폰이 침대 밑으로 뚝 떨어졌다.

Chapter 4

"아빠! 정말 아빠가 맞아요?"

마사가 허둥지둥 핸드폰을 집어 들었다. 그녀의 눈가엔 어느새 눈물이 그렁그렁 맺혔다. 마사의 마스카라가 검게 얼룩졌다.

"허니! 누군데 그렇게 놀래? 혹시 딴 남자 아냐? 흐흐흐."

마사의 남자친구가 마사를 덥석 끌어안았다. 그의 억센 손이 마사의 가슴으로 접근했다. 수염이 거칠게 난 녀석이었다.

나는 영상을 검색하다 말고 잠시 과거를 떠올렸다.

'아프리카에서 죽은 마사의 전 애인도 꼭 이런 스타일이었지. 그 녀석의 이름이 부르몽이라고 했던가?'

마사는 이런 마초 스타일의 남자에게 끌리는 모양이었다. 전 남자친구 부르몽과 마찬가지로 이번 새 남자친구도 거칠고 남성다웠다. 대신 2명 모두 눈치가 없었다.

마사가 빽 소리쳤다.

"마르첼로, 장난치지 마! 중요한 전화란 말이야."

마사는 가슴으로 파고든 남자친구의 손목을 홱 꺾더니, 녀석의 등을 발로 차서 침대 밖으로 굴러 떨어뜨렸다. 그러곤 서둘러 핸드폰을 들고 침실 밖으로 나갔다.

짧은 순간 마사의 알몸이 드러났다.

'호오!'

나는 기억 속 영상을 검색하다 말고 가늘게 눈을 좁혔다.

마사가 울먹이며 소리쳤다.

"아빠! 아빠 맞죠? 우리 아빠가 맞죠? 대체 어디예요? 몸은 괜찮아요?"

마사가 핸드폰에 대고 미친 듯이 외쳤다. 그녀의 격정적인 반응과 달리 핸드폰 속의 목소리는 차분했다.

"그래, 그래. 우리 아기고양이 키티! 나다. 아빠다."

"아빠! 정말 아빠가 맞군요! 아기고양이 키티는 아빠가 제게 붙여준 애칭이잖아요. 세상에서 오직 아빠와 나만 아는 비밀 애칭이잖아요. 흐흐흑!"

마사의 눈에서 눈물이 펑펑 쏟아졌다.

나는 여기서 잠시 영상을 멈췄다. 그러곤 마사에게 전화를 건 사람을 빠르게 탐색했다. 나는 우선 눈에 보이지 않는 주파수를 모두 검색해서 이탈리아 통신 회사를 찾았다. 그다음 마사의 핸드폰과 연결된 회선을 따라 쭉 추적했다.

가느다란 광케이블을 따라 빛이 번쩍번쩍 발광했다. 그렇게 광케이블과 통신 위성을 거치고 국외 연결선을 따라 한참을 추적한 끝에 도착한 곳은 스페인!

내 눈엔 스페인의 으리으리한 대저택이 보였다. 그리고 그 저택의 수영장 앞에서 핸드폰으로 통화를 하는 사내가 엿보였다. 몸이 비쩍 말랐고, 마약에 절은 듯 수척한 얼굴에 눈 밑이 검게 죽은 사내였다.

사내의 얼굴이 눈에 익었다. 나는 뉴욕에서 이 사내를 만난 기억을 떠올렸다. 그때보다 많이 수척해지기는 했지만 틀림없이 코라 디 리엔조였다.

'진짜 코라 디 리엔조구나!'

기억 속 영상이 다시 돌아갔다.

코라가 마사에게 안부를 물었다.

"우리 키티 공주님, 너 왜 그러니? 혹시 지금 우는 거야?"

"아빠, 아빠, 흑흑흑! 죄송해요, 아빠!"

마사의 울먹이는 목소리가 휴대폰 밖까지 새어 나왔다.

코라 디 리에조는 사실 마사의 친아버지가 아니었다. 마사의 엄마가 에르쿨 가르시아와 부정을 저질러서 낳은 딸이 바로 마사였다. 에르쿨은 악랄한 목적을 가지고 코라의 부인에게 접근했고, 결국 임신까지 시켰다. 그다음 자신의 피를 물려받은 마사를 리엔조 가문의 후계자로 만들었다.

코라는 그 사실을 알면서도 마사를 자신의 딸로 받아주었다.

마사는 바보처럼 착한 코라에게 화가 났고, 딸을 권력의 도구로 삼는 친아버지 에르쿨에게 절망했다. 마사가 퇴폐적인 삶을 사는 이유는 바로 이러한 아픔 때문이었다.

그렇게 마사가 방황하고 있을 때 코라가 흑마법사들에게 납치되었다. 그리고 그 흑마법사들의 배후에 에르쿨 가르시아가 있다는 사실이 아프리카에서 입증되었다. 마사는 끝을 알 수 없는 절망의 나락에 떨어졌다.

이상은 내가 마사의 입을 통해 알아낸 사실이었다.

내가 잠시 아프리카 사건들을 회상하는 동안, 기억 속 영상이 계속 돌아갔다. 통화 중인 코라의 옆에서 키득거리는 소리가 났다.

"크크크! 이거 애절해서 못 들어 주겠네. 크크크!"

코라 디 리엔조는 자존심이 무척 강한 사람이었다. 그런데 이렇게 면전에서 비웃음 당하는데도 아무런 반박도 하지 못했다.

'누구지?'

나는 키득거리는 자에게 시선을 돌렸다.

느끼하게 생긴 중년 사내가 보였다. 사내의 머리카락은 파마라도 한 듯 꼬불꼬불했고, 모발과 눈썹이 모두 검은색에 가까운 짙은 갈색을 띠었다. 사내는 특히 매의 부리처럼 굽은 코가 인상적이었다.

나는 분명 이 사내의 얼굴을 본 적이 없었다.

한데 체형이 눈에 익었다.

그리고 무엇보다 사내의 손가락!

사내의 손은 기형이었다. 신체의 다른 부분은 다 멀쩡한데 오른손 손가락이 일반 사람보다 하나가 더 많았다.

"6개의 손가락!"

나는 영상을 탐색하다 말고 버럭 소리를 질렀다.

나는 분명 여섯 손가락을 가진 사내와 맞부딪친 적이 있다. 아프리카에서 녀석을 처음 만났고, 일본에서도 맞닥뜨렸다.

바로 사자가면 에르쿨!

"이자가 바로 사자가면이구나! 에르쿨 가르시아야!"

나는 드디어 사자가면의 본 얼굴을 찾았다.

마음속에서 절로 환호가 나왔다.

2월 27일.

오늘은 템플 기사단 원탁회의가 개최되기 하루 전날이었다.

2월의 스페인 하늘은 맑고도 깊었다. 반 데어 뤄슨의 가주 전용기가 푸른 상공에 하얀 흔적을 남기며 횡단했다.

내 눈앞에 하늘보다 더 푸른 지중해가 그림처럼 펼쳐졌다. 바다 안에 박힌 아름다운 섬들이 가까이 다가왔다. 관광지로 유명한 이비자(Ibiza) 섬을 지나자 목적지인 메노르카 섬이 뽀얀 자태를 드러내었다.

"풍경이 좋긴 하네."

나는 비행기 창문을 통해 펼쳐진 지중해의 풍경을 감상했다.

쿠르릉, 투웅!

굉음과 함께 반 데어 뤄슨의 전용기가 공항에 착륙했다.

활주로 앞에는 선글라스를 끼고 하얀 양복을 입은 사내들이 줄지어 늘어서 있었다. 그 수가 무려 100명이 넘었다.

"가르시아에서 마중을 나왔군."

보어 경이 입꼬리를 살짝 말아 올렸다.

활주로에 두 줄로 늘어선 가르시아의 무력 부대는 어딘지 모르게 위압적인 분위기를 풍겼다. 보어 경은 그 분위기가 거슬리는 모양이었다.

"저것들이 감히!"

미센의 눈에서도 불똥이 튀었다.

지금 미센이 무슨 생각을 하는지 뻔했다.

'감히 주인님을 저런 태도로 대하는 자들이 있다니. 저 자식들을 갈가리 찢어 버릴 테다.'

아마도 미센은 이런 마음을 품고 있을 것이다.

반면 줄리아는 불안한 듯 내 옷소매를 잡았다.

"오빠……."

"걱정 마."

나는 줄리아의 어깨를 툭툭 두드려 안심을 시키고는, 보어 경의 뒤를 따라 전용기에서 내렸다.

줄리아와 미센이 내 뒤를 따랐다. 월란이 다음 차례였고, 그 뒤엔 보어 경이 데려온 경호원 30명이 줄줄이 따라붙었다.

"보어 경, 어서 오십시오."

가르시아의 정예병들 사이에서 뽀글이 파마를 한 사내가 앞으로 걸어 나왔다. 검은 선글라스에 피부는 구릿빛인 사내였다. 사내의 목에 둘린 금 목걸이와 팔목에 찬 금장 시계, 그리고 어금니에 박힌 금니가 잘 어우러져 독특한 분위기를 자아내었다.

능글맞아 보이는 사내가 보어 경을 향해 두 팔을 활짝 벌렸다.

"보어 경!"

"에르쿨 가르시아, 오랜만이구려."

보어 경이 사내와 가볍게 포옹했다.

"저 사람이 에르쿨인가 봐요."

줄리아가 내게 속삭였다.

"그래?"

나는 피식 웃었다.

눈앞의 사내는 절대 에르쿨일 수 없었다. 내가 아는 에르쿨은 손가락이 6개였다. 한데 눈앞의 사내는 에르쿨과 꼭 닮았지만 손가락이 정상이었다.

'시작부터 가짜 패를 들이민다 이거지?'

나는 주변을 획 둘러보았다.

'세르히오 가르시아! 어디 숨었나?'

저 멀리 어디선가 세르히오가 나를 지켜볼 것이란 생각이 들었다.

'세르히오의 특기가 앉아서 10,000킬로미터 밖을 내다보는 것이 아니던가. 그는 분명 나를 훔쳐보고 있을 거야. 크크크!'

나는 맨해튼의 산 페르민 클럽에서 세리히오와 맞부딪쳤었다. 당시에는 상대가 진짜 세르히오인지 긴가민가했다. 하지만 지금은 확신하는 중이었다. 샤피로의 눈을 통해 본 세르히오의 모습이 과거 맨해튼에서 싸웠던 괴노인과 똑같았기 때문이다.

'세르히오! 아니, 하늘의 컨! 나는 싸움을 질질 끄는 것이 싫거든. 그러니까 좋든 싫든 여기서 결판을 내자. 후후후!'

세상 사람들은 모를 것이다..

광전의 현자 세르히오가 문지기라는 사실을!

문지기는 2개의 세상을 동시에 살아간다. 나도 그렇고, 모리나와 미센도 모두 문지기였다. 그리고 내 손에 죽은 왕 쑤이도 문지기였다. 백화문의 2인자인 왕 쑤이는 샤피로 세상에서 또 다른 신분을 지녔다. 숲의 사원을 지배하는 지혜의 화신 바흐다나가 바로 왕 쑤이였다.

처음 그 사실을 깨달았을 때 나는 정말 소스라치게 놀랐다.

한데 알고 보니 세르히오도 왕 쑤이와 마찬가지였다. 빛의 사원의 지배자, 하늘의 컨이 바로 세르히오의 또 다른 신분이었다.

쿠쿵! 기이이잉—

갸짜 에르쿨로부터 환영 인사를 받는 중에 또 다른 비행기가 활주로에 착륙했다. 강한 먼지바람과 함께 새하얀 전용기 동체가 시야를 가득 메웠다.

"짐이 도착했군."

보어 경이 싱긋 웃었다.

막 도착한 전용기의 문이 덜컹 열리고, 계단 위에 건장한 사내가 모습을 드러냈다. 입에 시가를 물고 머리에 카우보이모자를 쓴 사내의 정체는 바로 짐 버플리였다.

짐의 뒤에 알렉산드라의 모습이 보였다. 하늘색 투피스를 입은 알렉산드라는 주변을 압도할 만큼 화려하고 아름다웠다.

알렉산드라 옆에는 체격이 듬직한 주근깨 소년이 서 있었다. 이 소년이 바로 알렉산드라의 육촌 동생 리고 버플리였다.

나는 리고의 혈관 속을 빠르게 탐색했다.

각성률은 15퍼센트.

재능은 변형술사(Morphosist).

물체를 마음대로 변형시키는 변형술사는 보기 드물었다. 기교보다 힘을 중요하게 생각하는 버플리 가문에서는 더더욱 변형술사가 나오지 않았다. 그 때문인지 리고의 각성률은 그리 높지 않았다.

'반면 줄리아의 각성률은 35퍼센트란 말이지.'

천재라 불리는 알렉산드라의 각성률이 30퍼센트 수준이었다. 거기에 비하면 줄리아는 정말 천재 중의 천재였다.

'세르히오가 꼭 집어서 줄리아를 지목한 이유가 그 때문인가 보구나. 이참에 줄리아를 제거해서 우리 반 데어 뤄슨

의 빛나는 미래를 망쳐 버릴 계획이야.'

처음 명단을 보았을 때 나는 이렇게 생각했다.

한데 리고를 보니 내 짐작이 틀린 것 같았다.

'저 소년은 별 볼 일 없잖아. 그럼 뭐지? 세르히오가 무슨 생각으로 줄리아와 리고를 명단에 넣었을까?'

나는 세르히오의 머릿속이 궁금했다.

그렇다고 초조하지는 않았다.

'가만히 기다리다 보면 결국 세르히오의 속셈이 드러날 거야.'

나는 그때를 기다렸다가 녀석의 숨통을 끊을 요량이었다. 세르히오가 무슨 생각을 하건, 그가 어떤 함정을 파 놓았건, 내게는 아무런 장애가 되지 않았다. 개미가 아무리 함정을 파 보았자 사자에게는 통하지 않는 것과 마찬가지 이치였다. 흑고양이 시절의 나라면 혹시 모를까, 창공의 매가 된 내게 세르히오의 발버둥이 통할 리 없었다.

'한번 마음껏 날뛰어 봐라, 세르히오.'

나는 여흥을 즐기는 기분으로 발걸음을 떼었다.

Chapter 5

가르시아 가문의 별장은 메노르카 섬의 서쪽 해안을 따

라 웅장하게 자리했다. 리조트 형식으로 구성된 빌딩 3채가 반원을 그리며 해안을 남북으로 막았고, 그 반원 안에 야자수로 만든 독립채 10개가 섬처럼 자리했다.

외부의 시선이 차단된 이 해안은 오직 가르시아 가문 사람들만이 사용할 수 있는 개인 소유지였다.

"정말 예쁘네요."

줄리아가 해변 풍경에 감탄했다.

세상에 좋은 곳을 많이 다녀 본 줄리아지만 이렇게 아름다운 해변과 견줄 만한 곳은 쉽게 떠올리지 못했다. 해안엔 바위와 모래사장이 적절히 어우러져 있었고, 그 앞에 쪽빛 바다가 넓게 펼쳐져 보는 사람의 눈을 황홀하게 만들었다. 지중해의 따사로운 태양도 주변 풍경과 잘 어울렸다.

반 데어 뤼슨 가문은 독립채 하나와 북쪽 리조트 1층을 배정받았다.

버플리 가문도 독립채 하나와 남쪽 리조트 1층을 배정받았다.

"반 데어 뤼슨과 버플리 가문은 방이 많이 필요하겠네요. 데려온 식구가 많잖아요. 하하하!"

뽀글 머리의 가짜 에르쿨은 반 데어 뤼슨과 버플리의 경호원들을 둘러보면서 이렇게 비꼬았다. 그의 말 속엔 뼈가 담겨져 있었다.

'영국의 해링턴 가문이나 독일의 바이어 가문, 이탈리아의 리엔조 가문은 수행원을 10명씩만 데려왔잖아. 그런데 너희는 왜 그렇게 촌스럽게 30명씩 몰고 다니느냐?'

이것이 가짜 에르쿨의 속뜻이었다.

"큼!"

짐 버플리가 붉어진 얼굴로 헛기침을 했다. 무력 부대를 30명이나 끌고 온 것이 내심 창피했던 모양이었다.

반면 보어 경은 아무렇지도 않게 상대의 말을 받았다.

"그러게 말이오. 가르시아에서 이왕 초대를 한 김에 방을 넉넉히 내주시구려. 허허허!"

"하하하! 당연히 그래야지요. 하하하!"

보어 경과 가짜 에르쿨은 서로에게 가식적인 웃음을 지어 보였다. 그러곤 등을 돌리자마자 표정이 싹 변했다.

"개자식, 비꼬기는."

아무에게도 들리지 않게 보어 경이 내뱉은 말이었다.

"능구렁이 영감탱이! 역시 만만치 않아."

이건 가짜 에르쿨이 중얼거린 소리였다.

나는 이 둘의 기 싸움이 재미있었다. 그러던 한순간, 내 시선이 북쪽 해변을 향했다.

'북쪽 리조트 너머에 뭉쳐 있는 어둠의 기운!'

내 감각에 무언가 걸려들었다. 어둠에서 비롯된 이 음습한 기운의 근원지는 리조트에서 상당히 멀리 떨어져 있었다. 각 가문의 가주들에게 들킬까 봐 병력을 뒤로 물려 놓은 듯한데, 내 감각을 벗어나진 못했다.

한편 리조트 남쪽엔 서릿발처럼 차가운 살기가 넘실거렸다. 수평선 너머 서쪽 바다에도 바늘처럼 따가운 기운들이 쫙 깔렸다.

'세르히오가 주변에 포위망을 깔아 놓은 것은 확실한데, 그 포위망이 아직까지 좁혀져 있지는 않아. 어째 놈들이 오늘 일을 벌일 것 같지는 않군.'

세르히오는 아마도 내일쯤 거사를 치를 생각인 듯했다.

나는 그때까지 기다릴 생각이 없었다. 상대방에게 먼저 얻어맞는 것은 내 취향이 아니었다.

"그렇다면 내가 먼저 일을 벌여 주지. 기대해도 좋아."

나는 가짜 에르쿨의 뒤통수를 노려보면서 입술을 싹 핥았다.

가짜 에르쿨은 사람의 가려운 곳을 긁어줄 줄 알았다. 내가 '어떻게 가르시아 가문을 들쑤셔 줄까?' 라고 고민하던 참이었는데, 가짜 에르쿨이 그 기회를 만들어 주었다.

"여어, 제군들. 모처럼 스페인에 왔는데 이렇게 재미없게 보낼 거야?"

가문의 후계자들이 리조트 로비에 빙 둘러앉아 서로의 안부를 묻고 있을 때, 가짜 에르쿨이 건들건들 다가와 말을 걸었다.

해링턴 가문의 후계자 찰스가 냉큼 그 말을 받았다.

"에르쿨 숙부님, 무슨 의견이라도 있으신가요?"

평소 럭비와 권투, 축구를 즐기는 찰스는 유흥도 곧잘 즐기는 타입이었다. 에르쿨이 슉슉 권투 흉내를 내면서 다가와 찰스의 성향을 자극했다.

"어이, 보스! 오늘 저녁 후계자들끼리 한번 뭉치는 건 어때?"

찰스는 로비에 모인 후계자들 가운데 가장 나이가 많았다. 그래서 에르쿨이 보스라고 불러준 것인데, 그 말을 듣자 찰스의 입이 귀에 걸렸다.

"헤에! 뭉치자고요? 그것도 오늘 당장요?"

"그럼. 동양 속담에 쇠뿔도 단김에 빼랬다고, 오늘 바로 뭉쳐야 제맛이지. 가주님들께선 내일 원탁회의의 안건을 미리 살펴보시느라 바쁠 테지만 우리 젊은이들까지 바쁜 건 아니잖아?"

에르쿨이 씨익 금니를 드러냈다.

찰스의 눈이 반짝였다.

"그렇죠. 숙부님 말씀처럼 저희가 바쁠 일은 없죠. 그런데 어떻게 뭉치면 되나요?"

"하하, 태양의 나라 스페인을 방문한 손님들을 이렇게 밍숭밍숭하게 대접하는 것은 예의가 아니지. 그래서 내가 이비자 섬에 놀 거리를 마련해 놓았는데……."

이비자는 메노르카 인근의 섬으로, 아름다운 자연경관과 함께 밤 문화가 유명했다.

"야호! 이비자!"

그 말이 떨어지기 무섭게 찰스 해링턴이 엉덩이를 들썩였다.

1년 365일 날씨가 궂은 영국 사람들은 태양의 나라 스페인을 무척 부러워했다. 그래서인지 스페인에는 영국 사람들이 즐겨 찾는 관광지가 많았다. 이비자 섬의 클럽도 그 가운데 하나로, 영국의 부유한 젊은이들 사이에선 뉴욕보다 이비자의 클럽이 더 인기가 좋았다.

물론 찰스도 그 부류에 속했다.

"찰스 형, 먼지 나잖아. 그만해."

키가 192센티미터나 되는 찰스가 벌떡 일어나 엉덩이를 들썩이자 루트비히 바이어가 눈을 찌푸렸다.

바이올린 연주자 겸 고등학교 선생님인 루트비히는 차분한 성격이었다.

에르쿨이 찰스의 편을 들어 주었다.

"하하하, 네가 루트비히지? 누가 크리스토프 경의 아들이 아니랄까 봐 그렇게 딱딱하냐? 그러지 말고 이 에르쿨 삼촌의 말을 들어. 내가 오늘 너희들을 좋은 곳으로 안내할게."

에르쿨은 말만 번지르르한 게 아니었다. 좋은 곳에 가자고 권하면서 들썩들썩 리듬을 타는데 그 춤 솜씨가 단번에 여자들을 사로잡았다.

하얀 양복에 하얀 구두, 가슴의 단추는 3개나 풀어 헤치고 머리는 뽀글뽀글 파마, 피부는 지중해 햇볕에 그을린 구릿빛, 게다가 능글맞은 표정과 현란한 스텝까지.

에르쿨은 제법 분위기가 있었다.

"호호호, 재밌어."

찰스의 친척 엘리자베스 해링턴이 까르르 웃음을 터뜨렸다.

엘리자베스는 해링턴 가문의 직계가 아니었다. 그런데도 이번에 세르히오의 초대를 받자 기분이 날아갈 듯 들뜬 상태였다. 거기에 더해서 가르시아의 후계자인 에르쿨이 이렇게 직접 나서서 친한 척을 해 주자 기분이 달나라까지 가버렸다.

바이어 가문의 소녀 니코도 눈을 반짝였다.

니코도 엘리자베스와 입장이 비슷했다. 루트비히 바이어의 사촌 여동생인 니코는 바이어 가문의 직계 혈족이 아니라 에르쿨과 같은 거물과 친해질 기회가 없었다. 그런데 처음 만나 본 에르쿨이 사근사근 대해 주자 마음이 설레었다.

나는 빠르게 두 여인을 훑었다.

먼저 엘리자베스 해링턴.

나이는 29세.

각성률은 18퍼센트. 이 정도면 실망스러운 수준이었다.

엘리자베스의 재능은 마녀에 해당했다.

그다음은 니코 바이어.

나이는 16세.

각성률은 22퍼센트.

사춘기 소녀가 22퍼센트의 각성률이라면 제법 쓸 만했다. 니코의 재능은 엘리자베스와 마찬가지로 마녀였다.

가짜 에르쿨이 니코에게도 바람을 넣었다.

"니코, 네가 루트비히의 사촌 동생 니코 맞지? 하하하, 너도 같이 가자."

"하지만 전 아직 미성년자인데요?"

에르쿨이 손가락을 좌우로 까딱였다.

"괜찮아, 괜찮아. 이 삼촌만 믿어. 오늘을 위해서 내가 이비자 섬의 유명 클럽 2층 룸을 통째로 빌렸거든. 거기서 너희들끼리만 파티를 여는 거야. 그러니까 미성년자도 얼마든지 참석 가능하지. 물론 그러다가 슬쩍 무대에도 내려가고 말이야."

주근깨 소년 리고 버플리가 눈을 번쩍 떴다.

"에르쿨 님, 그럼 저도 가도 돼요?"

"아! 이게 누구야? 네가 바로 리고구나. 알렉산드라의 동생 리고 버플리! 물론이지! 텍사스의 카우보이가 참석하지 않으면 파티가 재미가 없지."

에르쿨의 말에 리고의 얼굴이 확연히 밝아졌다. 에르쿨은 현란하게 스텝을 밟으면서 잘도 아이들을 꾀었다.

에르쿨이 물었다.

"마사는 어때? 당연히 함께할 거지?"

"전……."

마사가 입술을 파르르 떨었다.

마사는 에르쿨을 무척 두려워했다. 매사에 퇴폐적이고 춤과 유흥을 즐기는 마사지만, 독사 같은 친아버지 에르쿨을 앞에 두자 클럽 생각이 저 멀리 사라졌다.

'마사가 에르쿨의 정체를 모르나? 손가락이 정상인데 친아버지인 줄 안단 말이지?'

나는 고개를 갸웃거렸다.

에르쿨이 마사를 향해 능글맞게 웃었다.

"하하! 그러지 말고 마사도 같이 가자. 마르첼로도 그걸 원하잖아."

에르쿨은 마사의 새 남자친구의 이름을 정확하게 말했다.

"앗! 어떻게?"

마사가 깜짝 놀랐다.

마사의 곁에 있던 마르첼로도 흠칫 놀란 표정을 지었다.

"하하하, 뭘 그렇게 놀라지? 세르히오 가주님께선 세상에 모르는 것이 없는 분이시라니까. 그분이 직접 마르첼로를 기사 서임식에 초청하셨는데 내가 왜 모르겠어?"

"네에?"

가짜 에르쿨의 말에 다들 눈을 동그랗게 떴다.

세르히오의 초대를 받은 사람들은 여섯 가문의 직계 혈족, 또는 가까운 친척으로 국한되었다. 줄리아 반 데어 뤄슨이나 리고 버플리, 엘리자베스 해링턴, 니코 바이어 등이 여기에 해당했다.

한데 리엔조 가문은 달랐다. 세르히오는 마사의 친척 대신 남자친구인 마르첼로를 초대했다.

문제는 마르첼로의 신분.

마사의 새 애인은 고귀한 혈통을 이어받은 신인류가 아니라 저급한 돌연변이 신인류였다. 세르히오가 마르첼로를 초대한 이유는 알 수 없었지만, 마사는 기분이 찜찜했다.

'우리 리엔조 가문을 무시한 것인가? 내가 자유분방하게 이 남자 저 남자 사귀고 다녀서?'

마사의 얼굴에 이런 불편한 속내가 드러났다.

가짜 에르쿨이 한 번 더 마사를 자극했다.

"에이, 우리 마사 조카님. 그렇게 뾰로통한 표정 짓지 말고 삼촌 말을 들어. 애인과 함께 클럽에 가서 화끈하게 즐기고 나면 한결 기분이 나아질 거야. 암! 그렇고말고."

짙은 선글라스 뒤에서 에르쿨의 눈이 뱀눈처럼 가늘어졌다.

마사는 얼굴을 일그러뜨렸다. 입술을 달싹이는 것이, 거절을 할 생각인 듯했다.

"마사!"

에르쿨이 좀 더 강하게 마사를 노려보았다.

마사는 결국 에르쿨의 권고를 거절하지 못했다.

"알았어요. 가죠. 가서 흠뻑 놀죠."

결국 마사는 '될 대로 되라.'는 심정으로 고개를 끄덕였다.

"잘 생각했어, 마사."

가짜 에르쿨이 금니를 활짝 드러냈다.

"와, 재미있겠네. 그렇지, 허니?"

마사의 애인 마르첼로는 벌써부터 흥분되는지 슬렁슬렁 몸을 흔들며 마사의 엉덩이에 하체를 밀착시켰다. 그의 머릿속은 벌써부터 이비자 클럽에 가 있는 듯 보였다.

"쯧쯧쯧."

누군가 소리 죽여 혀를 찼다.

각 가문의 후계자들도 마사 커플을 보고 눈을 찌푸렸다. 후계자들은 그 무엇보다 혈통을 중요하게 생각했다. 아무도 마사에게 직접적으로 말을 하지는 않았지만, 이탈리아 리엔조 가문의 후계자인 마사가 저런 돌연변이 신인류와 어울리는 이유를 이해하지 못하겠다는 표정이었다.

마사도 그런 냉랭한 분위기를 눈치챘다. 그러곤 분노와

치욕, 자포자기하는 심정이 뒤섞인 얼굴로 마르첼로의 손길에 몸을 맡겼다.

"마사……."

알렉산드라가 안타까운 듯 발을 굴렀다.

그때 에르쿨이 들썩들썩 스텝을 밟으며 알렉산드라에게 다가왔다.

"안녕, 텍사스 아가씨? 우리 귀한 공주님도 당연히 함께 할 테지?"

알렉산드라가 나를 힐끗 바라보았다.

내가 고개를 끄덕이자 알렉산드라가 에르쿨의 초대에 응했다.

"알았어요. 저도 참석할게요."

"오케이!"

가짜 에르쿨이 손가락을 딱 튕겼다. 그는 내게 참석 여부를 묻지 않고 건너뛰었다.

"어디 보자. 이쪽은 줄리아 아가씨지? 아가씨도 참석?"

나와 알렉산드라가 가는데 줄리아가 빠질 리 없었다.

"당연히 가야죠."

줄리아는 당차게 대답했다.

신이 난 에르쿨이 짝짝 손뼉을 쳤다.

"자! 그럼 마지막으로 우리 딸 유진!"

에르쿨이 마지막으로 부른 사람은 유진이었다. 세르히오

의 손녀이자 에르쿨의 외동딸로 알려진 유진 가르시아 말이다.

사람들의 시선이 유진에게 쏠렸다.

유진의 나이는 36세.

직업은 건축가.

그녀의 머리카락은 에르쿨을 닮아 짙은 밤색이었고, 눈동자는 검고 깊었다. 피부는 하얗고 입술은 피를 바른 듯 붉었다. 몸매는 늘씬하고 얼굴은 지중해의 대표적인 미녀로 손꼽힐 만큼 아름다웠다. 게다가 유진은 아직 미혼이었다.

"와아!"

평소 모습을 잘 드러내지 않던 유진이 클럽에 함께 간다고 하자 다들 환호했다. 특히 찰스의 눈이 반짝반짝 빛났다.

"흥!"

옆에서 마사가 작게 콧방귀를 뀌었다.

마사의 친아버지는 에르쿨 가르시아.

유진의 아버지도 에르쿨 가르시아.

결국 두 여자는 배다른 자매였다.

'호오? 그러고 보니 둘이 좀 닮았군. 마사 디 리엔조와 유진 가르시아. 머리카락 색깔도 다르고 눈빛도 다르지만 분위기가 비슷해.'

나는 유진의 혈관 속을 관찰했다.

재능은 법사 계통.

각성률은 무려 63퍼센트.

36세의 나이에 63퍼센트의 각성률이라면 압도적인 수준이었다. 유진의 각성률은 알렉산드라의 2배가 넘었고, 줄리아보다 더 뛰어났다. 내가 만나 본 젊은 신인류 가운데 오직 마사만이 유진보다 더 강했다.

지금 마사의 각성률은 65퍼센트!

'대신 마사는 유진보다 나이가 한 살 많지. 그러니 마사와 유진은 막상막하인가?'

나는 팔짱을 끼고 두 자매를 관찰했다.

Chapter 6

기이이잉—

가르시아 별장 앞바다에서 출발한 수상비행기가 지중해 섬 사이를 가로질러 저공비행했다. 여섯 가문의 후계자들을 태운 비행기는 얼마 지나지 않아 이비자 섬 상공에 도착했다.

미셴은 이번 파티에 끼지 않았다.

"미셴 누나는 아버지의 곁을 지켜줘."

이곳에 오기 전 나는 미센에게 이렇게 주문했다.

"네, 주인님."

미센은 아주 조그만 목소리로 답했다.

미센은 나의 충직한 종. 아주 오래전부터 나를 섬긴 여종이자, 샤피로 세상에선 지하 세계의 도마뱀이라 불리는 절대자였다. 그런 미센이 옆을 지키고 있으니 보어 경의 신변은 안심해도 좋았다.

나는 비행기 의자 등받이에 편안하게 몸을 기댔다.

부다다다―

수상비행기가 바다 위에 착륙하더니, 프로펠러를 돌려 천천히 선착장으로 다가갔다. 통나무로 만든 선착장에는 하얀 양복을 입은 사람들이 대기 중이었다.

에르쿨이 비행기 문 밖으로 고개를 쑥 내밀었다.

"여기 귀하신 분들이 왔다. 잘들 모셔라."

"네, 에르쿨 님."

양복을 입은 자들이 에르쿨의 말에 고개를 꾸벅 숙였다.

"우리 딸, 아빠 대신에 친구들과 재미있게 놀아."

에르쿨이 유진의 어깨를 툭툭 두드려주었다.

마시가 입술을 꽉 깨물고 그 모습을 바라보았다. 마사의 표정이 복잡하게 변했다.

엘리자베스 해링턴이 불쑥 끼어들어 물었다.

"어라? 에르쿨 님도 함께 가시는 것 아니었나요?"

엘리자베스의 얼굴엔 아쉽다는 기색이 역력했다. 이 당돌한 영국 아가씨는 어이없게도 에르쿨을 마음에 둔 모양이었다.

에르쿨이 금니를 드러내며 웃었다.

"하하하! 숙녀 분을 실망시켜드렸다면 미안해. 하지만 내가 끼면 재미가 없지. 나야 여기 계신 분들의 아버지뻘이잖아. 젊은 사람은 젊은 사람끼리 어울려야지."

에르쿨의 말이 옳았다. 보기엔 젊게 느껴지지만 사실 에르쿨은 이미 70에 가까운 나이었다. 다른 가문이었다면 가주 후계자가 아니라 가주가 될 연배. 에르쿨은 부친인 세르히오가 아직도 정정하기 때문에 가문의 후계자 자리에 머무르고 있을 뿐, 사실 그의 실력이나 연륜은 다른 가문의 가주들과 엇비슷했다.

"자, 그럼 흠뻑들 놀아. 수상비행기는 내일 새벽 5시 넘어야 보내 줄 테니까 그때까지는 무조건 여기에 갇힌 셈이라고. 으하하하!"

에르쿨이 능글맞은 표정으로 손을 흔들었다. 에르쿨을 태운 수상비행기가 프로펠러를 요란하게 돌리며 바다 위로 떠올랐다.

"뭐? 내일 새벽에나 비행기를 보내 준다고?"

루트비히가 얼굴을 구겼다.

선착장에 내린 후계자들 사이에 잠시 침묵이 흘렀다.

그 침묵을 깬 사람은 찰스였다.

"뭐해? 여기서 밤 샐 거야?"

찰스는 유진을 지목했다.

"유진, 네가 우리를 안내해 줘야지."

"알았어요."

유진이 앞장섰다.

여기는 가르시아의 영토. 유진이 길 안내를 하는 것이 당연했다.

양복을 입은 사내들이 선착장 앞으로 고급 밴을 끌고 왔다. 밴에 나눠 타고 클럽으로 이동하는 중에 찰스가 분위기를 띄웠다.

"암네시아 클럽 룸에서 술 한 잔하고 있으면 폼 파티(Foam Party: 거품 파티)가 시작할 거야. 그럼 스테이지에 내려가서 실컷 놀자."

"폼 파티?"

루트비히의 질문에 엘리자베스가 대신 대답했다.

"바이어 가문의 후계자께선 그것도 모르세요? 대포로 거품을 막 쏘면서 음악을 즐기는 파티 말이에요."

"대포로 거품을 쏜다고요?"

"그렇죠. 거품 목욕할 때 사용하는 그 거품을 막 쏘죠. 퓽퓽퓽!"

"윽! 그럼 옷이 젖잖아."

루트비히가 눈을 찌푸렸다.

영국 아가씨 엘리자베스는 어이없다는 듯이 되물었다.

"엥? 그럼 수영복도 가져오지 않은 거예요? 지중해 한복판에 오면서 수영복이 없다고요? 그건 마치 전쟁터에 나가면서 총을 잊어버린 것과 같잖아요."

"그, 그건!"

엘리자베스의 송곳 같은 비유에 루트비히가 당황했다.

루트비히의 사촌 니코도 엘리자베스의 편을 들었다.

"쯧쯧! 역시 샌님 오빠답구나. 도무지 답이 없어요. 쯧쯧쯧!"

"와하하하!"

"호호호!"

니코의 당돌한 태도에 다들 깔깔거리며 웃었다.

찰스가 물었다.

"루트비히 같은 숙맥이 또 있나 볼까? 혹시 수영복이 없는 사람 손들어 봐."

"난 비키니를 가져왔어요."

"나도 있어요."

알렉산드라도, 줄리아도, 그리고 니코도 모두 비키니를 준비했다고 답했다. 심지어 한창 머리가 복잡할 마사도 비키니를 가져왔단다.

어느새 그런 것들을 챙기는지, 여자들의 준비성은 놀라

웠다.

"여기 나도 있지."

마사의 애인 마르첼로가 민망하도록 작은 삼각 수영복을 꺼내 흔들었다. 노란색에 검은 줄무늬가 있는 형광 수영복이었다.

"그만해."

마르첼로의 행동이 창피했는지 마사가 눈을 찌푸렸다.

찰스가 리고에게 물었다.

"리고, 너는?"

"저도 수영복이 있어요."

주근깨 소년 리고가 자신 있게 대답했다.

결국 수영복이 없는 사람은 나와 루트비히뿐이었다.

"이런! 한스 이사도 준비가 안 되었구나! 이걸 어쩌지? 보통 폼 파티에서는 겉에 옷을 입고 속에만 수영복을 입기도 하는데, 하필 오늘은 비키니 데이거든. 파티 참가자 전원이 수영복을 착용해야 한다고."

찰스가 혀를 찼다.

다행히 유진이 구원의 손길을 내밀었다.

"한스 이사님, 루트비히 님, 두 분 치수 좀 불러 주세요. 제가 미리 전화를 해서 한 벌씩 준비해 놓으라고 할게요."

"아, 감사합니다."

우리는 유진에게 감사 인사를 건넸다.

둥둥둥두둥!

암네시아 클럽은 열기가 뜨거웠다. 붉고 푸른 레이저가 클럽 허공을 빠르게 가로지르고 현란한 조명이 번쩍번쩍 빛을 토했다. 나를 포함한 젊은 신인류들은 에르퀼이 예약한 룸에 둘러앉아서 가볍게 목을 축였다.

에르퀼이 준비한 술은 모두 고급 양주들이었다.

"캬아!"

마사가 독한 꼬냑을 벌컥벌컥 들이켰다. 안주는 입에 대지도 않았다. 그녀는 어느새 가느다란 담배를 꺼내 손가락 사이에 끼고는 길게 연기를 내뿜었다.

담배 한 모금에 술 한 모금.

마사에게는 마치 담배가 안주인 듯했다. 마사의 애인 마르첼로가 그녀를 등 뒤에서 끌어안고 가슴을 주물럭거렸다.

노골적인 애무에 다들 눈살을 찌푸렸다.

"험, 험!"

찰스가 불쾌한 듯 눈치를 주었건만, 마사와 마르첼로는 꿈쩍도 안 했다.

"마사."

알렉산드라가 마사를 말렸다.

"아아, 설교는 사양할게."

마사는 귀찮다는 듯 손을 내저었다.

지금 마사의 정신 상태는 아주 위태로웠다. 에르쿨을 만난 것 때문인지, 실종되었던 코라가 연락을 해 온 것 때문인지, 아니면 배다른 동생 유진에게 경쟁심을 느꼈기 때문인지 알 수 없었다. 어쩌면 세 가지 모두일지도 몰랐다.

마사 때문에 분위기가 어색해졌다.

때마침 거품 파티가 시작되었다. 평소보다 몇 시간 이른 시작이었는데, 아마도 가르시아 가문에서 손을 쓴 것 같았다.

두두두두둥—

비키니 차림의 늘씬한 여자들이 무대 위에 올라와 엉덩이를 씰룩거리고 가슴을 좌우로 흔들었다. 빠른 템포의 음악과 함께 무대 위에 설치된 대포가 하얀 비누 거품을 뭉텅뭉텅 쏟아내었다.

"꺄아아악!"

"와아! 거품 파티다!"

사람들은 팔을 위로 들고 빙글빙글 돌렸다. 그런 사람들의 머리 위로 하얀 거품이 우수수 쏟아졌다. 다들 소리를 지르고 즐거워했다.

"파티가 시작되었구나. 우리도 스테이지로 내려가자."

찰스가 단숨에 잔을 비우고 스테이지로 내려갈 준비를 했다. 룸에는 탈의 및 샤워를 할 수 있는 시설이 3개나 갖춰져 있었는데, 찰스가 먼저 선수를 쳤다.

하지만 결국엔 마사가 더 빨랐다. 그녀는 탈의실에도 들어가지 않고 사람들 앞에서 옷을 훌훌 벗었다. 비키니를 준비했다는 마사의 말은 거짓이었다. 그녀는 비키니가 아니라 속옷 차림으로 춤을 출 생각이었다.

"훗!"

그런 마사를 보면서 유진이 입꼬리를 비틀었다. '천박한 것!' 이란 생각이 유진의 얼굴에 드러났다.

그런 유진을 보면서 마사는 눈매를 매섭게 씰룩였다. '재수 없는 년!' 이란 생각이 마사의 표정에 엿보였다.

그때 마르첼로가 마사의 미끈한 허리를 잡고 저질 춤을 추었다.

"위휴우! 몸매 멋진데? 역시 우리 마사가 최고야."

눈치도 없는 마르첼로는 애인 엉덩이에 하복부를 밀착시킨 다음, 발정 난 강아지처럼 엉덩이를 앞뒤로 움직였다.

"하아!"

알렉산드라가 고개를 절레절레 흔들었다.

그러자 마사가 알렉산드라를 향해 달려들었다.

"알렉산드라, 너도 가자. 우리 내려가서 춤추자. 으응? 알렉산드라."

마사는 알렉산드라의 손목을 잡아끌었다. 술에 취하고 마음이 복잡한 마사에게 알렉산드라는 유일한 탈출구였다.

"한스 이사님!"

알렉산드라가 곤란한 듯 나를 돌아보았다.

나는 알렉산드라에게 손짓을 했다.

"먼저 내려가. 나도 옷 갈아입고 쫓아갈게."

"그래도……."

알렉산드라가 뭉그적거렸다.

"치잇! 알렉산드라, 어서 가자니까."

마사가 좀 더 강하게 잡아끌었다.

마사가 도와달라고 하자 마르첼로도 알렉산드라의 손목을 잡아당겼다. 마르첼로는 알렉산드라의 육감적인 몸매를 훔쳐보며 입에 군침을 삼켰다.

이런 것을 데자뷰라고 하던가?

나는 예전 이탈리아에서 이와 비슷한 일을 겪었다.

마사는 오래전부터 양성애자로 유명했다. 남자 애인과 함께 유명 여자 모델들을 침대로 끌어들여 스리섬을 즐긴다는 소문이 자자했다. 예전에 이탈리아에서 마사는 전 애인 부르몽과 함께 알렉산드라에게 추파를 던졌었다.

지금도 마찬가지.

마사는 술기운에 취해 비틀거리다가 오른손으로 마르첼로, 왼손으로 알렉산드라를 끌어안고 깔깔거렸다.

그런 마사와 내가 눈이 마주쳤다.

"헉!"

마사의 몽롱하던 눈이 확 뜨였다. 술이 확 깬 표정이다. 마사는 내 진짜 모습을 안다. 아프리카에서 그녀는 내 과격한 폭력성과 무서움을 절실하게 겪었다. 알렉산드라를 잡아끌던 마사의 손에서 힘이 빠졌다.

"아름다운 알렉산드라, 우리 같이 가서 춤 춰요."

어리석은 마르첼로는 그것도 모르고 알렉산드라에게 치근거리는 중이었다. 이탈리아 억양이 잔뜩 섞인 마르첼로의 영어가 귀에 거슬렸다.

하지만 나는 아무렇지도 않게 알렉산드라에게 무대로 내려가라고 권했다. 이어서 줄리아의 등까지 떠밀었다.

"줄리아도 함께 내려가 있어. 곧 쫓아갈게."

알렉산드라만 해도 보기 드문 미인인데 청초한 미인 줄리아가 옆에 서자 마르첼로의 눈이 휘둥그레졌다.

"흥!"

"칫!"

알렉산드라와 줄리아는 동시에 나를 째려보고는 쿵쿵 발소리를 내어 탈의실로 들어갔다.

이윽고 두 여자가 비키니만 입고 등장했다. 알렉산드라는 정열적인 붉은색 비키니, 줄리아는 귀여움이 돋보이는 주황색 비키니였다.

"우와! 아름다워. 진짜 아름다워."

마르첼로가 침을 뚝뚝 흘렸다. 그러면서 마르첼로의 한

손은 마사의 엉덩이 부근을 더듬었다.

알렉산드라와 줄리아가 슬쩍 내 눈치를 보았다. 자신들의 비키니 몸매를 내게 뽐내고 싶은 눈치였다.

나는 무표정하게 그녀들을 대했다.

화가 난 알렉산드라가 새쭉한 표정으로 줄리아의 팔짱을 꼈다.

"가자, 줄리아."

"그래요, 언니."

줄리아도 알렉산드라의 팔짱을 끼고는 룸 밖으로 나갔다. 물론 룸을 나서기 전 나를 향해 혀를 내밀어 "메롱"을 하는 것도 잊지 않았다.

"저기, 한스 이사님……."

마사가 두려움이 섞인 눈빛으로 나를 돌아보았다. 그녀는 아프리카에서 내게 얻어맞은 기억이 아직도 생생한 듯했다.

하지만 나는 마사에게 눈길도 주지 않았다.

결국 마사도 마르첼로의 손에 이끌려 룸 밖으로 나갔다.

"뭐야? 벌써 갔어?"

탈의실에서 나온 찰스가 텅 빈 룸을 둘러보더니 이렇게 소리쳤다. 어이없게도 찰스의 수영복은 산타클로스의 썰매를 형상화한 것이었다. 수영복 앞쪽에 빨간 코의 루돌프가 툭 튀어나와 있어 보기에 남세스러웠다.

"찰스 형, 어서 가기나 해."

나는 손을 휘휘 저었다.

"응, 한스 이사도 어서 쫓아와."

산타클로스 수영복을 착용한 찰스가 후다닥 무대로 뛰어 내려갔다. 나이가 마흔 줄에 이르고 키는 190센티미터가 넘는 거구의 사내가 저런 앙증맞은 복장으로 계단을 2개, 3개씩 뛰어 내려가는 모습을 보자 뭐라 할 말이 없었다.

"에효!"

나는 가볍게 한숨만 내쉬었다.

이어서 루트비히가 수영복으로 갈아입고 나왔다. 루트비히는 비쩍 말랐지만 잔근육이 은근히 발달해 보기에 좋았다.

"다들 발동을 걸었나 보네요?"

루트비히가 어색하게 물었다.

"이제 막 시작인걸요. 먼저 내려가시죠. 저도 수영복 갈아입고 쫓아가렵니다."

나는 손가락을 들어 스테이지를 가리켰다. 그곳엔 허벅지까지 거품에 잠긴 사람들이 깔깔거리며 파티를 즐기는 중이었다.

"네. 무대에서 보시죠."

루트비히도 주섬주섬 아래층으로 내려갔다.

솔직히 루트비히는 이런 클럽 문화를 달가워하지 않는

듯했다. 단지 미성년자인 사촌 동생 니코가 걱정되어서 쫓아간다는 기색이 역력했다.

물론 나도 클럽이 익숙하지 않기는 마찬가지였다. 최근에 희한하게도 클럽과 엮이는 일이 많은데, 이건 내 취향과는 거리가 멀었다.

다들 사라지고 난 룸 한복판.

나는 수영복으로 갈아입을 생각을 하지 않았다. 대신 룸 천장을 향해 중얼거렸다.

"한가하게 춤이나 추려고 여기에 온 게 아니잖아. 이제 그만 시작하자고."

뉴욕 맨해튼의 산 페르민 클럽에서 나는 광전의 현자 세르히오와 맞붙었다.

세르히오는 제법 운치를 아는 자였다. 그때 당한 복수를 하려고 이렇게 비슷한 무대를 꾸민 것을 보면 말이다.

쿠르릉!

내 말이 떨어지기 무섭게 룸 한쪽 벽이 빙글 돌아갔다. 벽 안에 콘크리트로 만들어진 비밀 계단이 드러났다.

그 어두운 계단이 내게 손짓을 하는 것처럼 느껴졌다.

두쿵두쿵! 두쿵두쿵!

밖에선 음악 비트가 높아졌다. 사람들의 환호도 더 격렬해졌다.

두근! 두근! 두근!

내 심장도 덩달아 펌프질했다. 나는 혀를 내밀어 입술을 싹 핥았다.

이제 쇼 타임(Show Time)이다.

제4회
쇼 타임

Shapiro

Chapter 1

계단을 내려가는 동안 나는 산 페르민 전투를 회상했다. 그때 내 손에 죽은 호르디 영감은 내게 많은 정보를 남겨주었다.

호르디의 고백에 따르면, 가르시아 가문엔 4개의 비밀 조직이 있다고 했다.

'세르히오 가주가 가문의 1,000년 번영을 위해 창설한 조직이라던가?'

나는 비밀 조직의 이름을 떠올렸다.

가디언 엘(Guardian L)!

가디언 에이(Guardian A)!

가디언 아이(Guardian I)!

가디언 케이(Guardian K)!

이 가운데 가디언 엘(L)은 라이트닝(Lightning: 번개)을 의미했다. 가디언 에이(A)는 에어(Air: 공기)의 약자였다. 가디언 아이(I)는 아이스(Ice: 얼음)를 뜻하고, 가디언 케이(K)는 나이트(Knight: 기사)를 나타냈다.

가디언 엘(L)의 특기는 전격계 마법의 일종인 일렉트릭 포지(Electric Forge: 전기 용광로)!

우두머리는 호르디 가르시아!

과거 산 페르민 클럽에서 나는 일렉트릭 포지 마법을 직접 겪어 보았다. 이 마법은 포지리움이라는 금속을 사용하는 것이 특징이었는데, 특이하게도 샤피로 세상의 라이트닝 체인(Lightning Chain: 번개의 사슬)과 유사한 점이 많았다.

게다가 그 위력이란!

결국엔 내 손에 가디언 엘(L)이 무너지고 호르디도 죽었지만, 그때 내가 받은 공격은 손에 꼽힐 만큼 강렬했었다.

"그러니 공기와 얼음, 기사들도 기대가 돼. 부디 나를 실망시키지 않았으면 좋겠어."

나는 계단을 내려가면서 이렇게 중얼거렸다.

호르디의 고백에 따르면 가디언 에이(A)의 특기는 공기와 관련된 마법이라고 했다. 우두머리는 후안 가르시아.

한편 가디언 아이(I)의 특기는 얼음 마법이었다.

우두머리는 미리엄 가르시아!

"가디언 조직의 우두머리들 가운데 미리엄이 가장 강하다고 했지?"

호르디는 내게 "존엄하신 세르히오 가주님을 제외하면 미리엄이 가문의 최강자"라고 말했다. 나는 어서 미리엄을 만나고 싶었다. 그녀가 정말 강한지 직접 겪어 볼 생각이었다.

가디언 조직 가운데 마지막은 가디언 케이(K)!

그곳의 우두머리는 에르쿨 가르시아라고 했다. 또한 호르디는 에르쿨에게 배다른 동생이 있다고 언급했다.

세상에 알려지지 않은 그 동생의 이름은 에몰 가르시아.

'뽀글 머리의 능글맞은 가짜 에르쿨이 어쩌면 에몰일지도 몰라. 그럼 에몰이 손가락 6개인가?'

그건 아닐 수도 있었다. 형 에르쿨이 손가락 6개인지, 아니면 동생 에몰이 6개인지 판단하기엔 아직 일렀다.

"하긴! 누가 에르쿨이고 누가 에몰이면 어떠랴. 어차피 둘 다 내 손에 죽을 놈들이잖아."

나는 불필요한 상념을 털어 버리고 계단 끝까지 내려갔다.

비밀 계단을 따라 도착한 곳은 지하 5층 깊이의 밀실이었다. 밀실 사방의 벽은 모두 두꺼운 쇳덩어리로 되어 있었고, 빛 한 점 들지 않았다.

쿠쿠쿵!

내가 밀실 바닥에 내려서자 기다렸다는 듯이 계단이 붕괴했다. 계단 위에는 굵은 철문이 우르릉 굴러 내려와 입구를 완전히 틀어막았다.

"이제 보니 여긴 감옥이네. 지하 감옥."

나는 여유롭게 주변을 둘러보았다. 깜깜한 어둠도 내게는 장애가 되지 않았다.

감옥의 규모는 대략 100평 수준.

뚜둑, 뚜두둑.

완전히 밀폐된 감옥 안에서 나는 목을 좌우로 한 번씩 꺾었다.

그때 밀실 철벽에서 하얀 연기가 뭉게뭉게 뿜어져 나왔다. 찬 기운이 엄습했다.

연기는 냄새가 없었다. 독가스 종류는 아니었다.

대신 감옥 철벽에 수증기가 응결되어 서리가 꼈다. 연기의 정체는 물체를 급속 냉동시킬 때 사용하는 드라이아이스, 혹은 액체헬륨인 듯했다.

차가운 연기가 100평의 감옥을 가득 채우고 내 몸을 휘감았다. 나는 아무런 저항 없이 연기에 갇혔다.

직후, 감옥의 철벽 천장에서 빛이 솟구쳤다.

쫑!

캄캄한 감옥이라 그런지 빛이 그리 밝지 않은데도 눈이 부셨다. 빛은 3미터 크기로 'III' 자 문양을 형성하더니, 그대로 폭발했다.

빛 안에서 강렬한 바람이 몰아쳤다.

이건 자연이 만들어 낸 바람이 아니었다. 인위적으로 공기를 한 점에 강렬하게 집중한 에어 제트(Air Jet)! 쇠도 자른다는 그 에어 제트 같았다.

눈 깜짝할 사이에 에어 제트가 내 몸을 'III' 자 모양으로 가르며 지나갔다.

나는 그 자리에서 허물어졌다.

"됐다!"

철벽 뒤에서 환호가 들렸다.

"으흐흐, 몸이 급속 냉동된 상태에서 후안 님의 에어 제트 마법에 난자를 당했으니 쓰러질 수밖에."

"역시 후안 님은 대단하셔. 저 두꺼운 철벽 바닥을 50센티미터 깊이로 뚫어 버리잖아."

"아마 탱크 부대가 몰려와도 후안 님의 상대는 되지 못할 거야."

이어서 이렇게 중얼거리는 소리가 들렸다.

나는 유령처럼 다시 일어났다. 그다음 소리가 들린 곳을 향해 손을 휘저었다.

"거기쯤 숨었나?"

내 팔뚝에서 돋아난 투명한 나뭇가지가 어느새 열 갈래, 스무 갈래로 갈라져 철벽을 횡으로 그었다. 전에는 하얀 나뭇가지였는데, 매로 부활한 이후엔 투명하게 변했다. 위력도 한층 강력해졌다.

썽둥썽둥!

나뭇가지가 스쳐 지나가자 1미터 두께의 단단한 강철 벽이 종잇장처럼 찢겼다. 내 손에서 뻗은 스무 갈래의 나뭇가지는 철벽을 가로로 잘라 버리며 안으로 파고들어 철벽 안에서 중얼거리던 쥐새끼 십여 명의 목숨을 단숨에 앗아갔다.

"주, 죽지 않았다!"

"놈이 살아 있어!"

쥐새끼들이 스페인어로 비명을 질렀다.

나는 스페인어도 모두 알아들었다.

감옥 천장에 다시 한 번 빛 무리가 어렸다. 이번에도 'III' 자 모양.

쭈중!

빛이 번쩍 터진 순간, 강하게 응집된 에어 제트가 내 몸을 체로 썰듯이 훑고 지나갔다.

하지만 내 몸은 전혀 영향을 받지 않았다. 강한 에어 제트는 내 몸을 그냥 통과해 버렸고, 내가 휘저은 투명한 나뭇가지가 그 에어 제트를 바로 뒤쫓아 가 철벽을 확 쓸어버렸다.

"크!"

철로 만든 바닥에서 비명이 들렸다.

그 주변에 핏물이 살짝 번진다 싶더니 검은 옷을 입은 노인이 비틀거리며 일어났다. 노인은 피가 뚝뚝 흐르는 왼팔을 오른손으로 꽉 움켜쥔 채 나를 노려보았다.

"어떻게 알았느냐?"

노인이 물었다.

나는 시큰둥하게 대꾸했다.

"뭘 어떻게 알아?"

"바람보다 더 빠른 내 행적을 어떻게 뒤쫓았느냔 말이다!"

"풋!"

웃음이 빵 터졌다.

"바람보다 빠르긴. 굼벵이처럼 느리던데 어떻게 그걸 놓칠 수가 있겠어?"

"이 어린놈이 감힛!"

화가 난 노인이 내게 오른손을 뻗었다. 노인의 손바닥에서 발출된 푸른빛이 'III' 자 형태를 만들며 나를 훑고 지나갔다.

동시에 무너진 철벽 뒤에서 은빛 로브를 입은 자들이 우르르 쏟아져 나와 내게 석궁을 쏘았다.

"일제히 공격하라!"

퓨퓨퓨퓻!

놈들이 쏜 화살이 허공에서 8개로 나뉘었다.

상대의 숫자는 모두 32명!

산 페르민에서 부딪쳤던 가디언 엘(L) 조직보다 두 배가 더 많았다. 32명의 적들이 쏜 32발의 화살이 각각 8개로 쪼개졌으니 화살은 총 256개였다. 그 많은 화살 다발이 각기 다른 방향에서 나를 공격했다. 어떤 화살은 위로 솟구쳤다가 잠수함처럼 뚝 떨어져 내 하체를 노렸다. 어떤 화살은 넓은 지하 감옥을 시계 방향으로 빙 돌아 우회하다가 내 옆구리를 노렸다. 또 다른 화살은 포물선을 그리며 내 머리 위로 떨어졌다. 눈알을 노리고 일직선으로 빠르게 파고드는 화살도 있었다.

예전에 산 페르민 클럽에서 이 공격을 받았을 때는 좀 놀라웠는데, 한 번 겪어 보아서 그런지 식상했다.

게다가 화살들이 왜 이리 느린지.

"흥!"

나는 손으로 부채질을 하며 느긋하게 기다렸다.

빠버벙!

날아오던 화살들이 공중에서 갑자기 폭발음을 냈다.

"옳거니! 화살 중심부에 장착된 약실이 터진 거지? 이래야 좀 재미있지."

나는 하품이 나오려는 것을 겨우 참았다.

2차 추진력을 얻은 256개의 화살이 지금보다 몇 배는 더 빠른 속도로 파고들었다. 화살들은 마치 자석이라도 달린 듯 일제히 나를 향했다. 그 모습이 마치 이지스함에서 쏜 소형미사일 256개가 나를 향해 달려드는 것 같았다.

나는 일단 몸 주변에 보톰과 보난트리를 소환해 화살 공격을 막았다. 분홍 잎사귀를 뚫고 나무 방패마저 관통한 화살 파편들이 내 몸에 찰싹 달라붙었다. 나는 보톰을 하나 더 소환해 노인이 쏘아낸 에어 제트도 방어했다.

순간 32명의 적들이 나를 둥글게 둘러쌌다. 그들은 일제히 주문을 외웠다.

산 페르민에서 가디언 엘(L)이 주문을 외우자 화살 파편들이 일제히 전기를 쏘아 냈다. 그것이 바로 세르히오가 창안한 일렉트릭 포지 마법이라고 했다.

"이번엔 어떤 공격일까?"

나는 기대 어린 눈빛으로 적들의 공격을 맞아 주었다.

주문이 끝나자 256개의 화살 파편들이 하얗게 달아올랐다.

그러곤 빠벙! 빠버벙!

굉음과 함께 파편들이 폭발했다. 순간적으로 발생한 공기가 내 몸에 닿아 펑펑 터졌다. 그 기포 하나하나가 에어 제트를 능가하는 고압 기체를 내뿜었다. 공기라서 눈에 보이지는 않지만, 내 눈에는 그 기포 방울들이 가시가 송송 박힌 밤송이처럼 보였다. 혹은 잠수함을 잡는 기뢰처럼 느껴졌다.

화악!

그 순간 내 몸에서 고열이 치솟았다.

10,000도, 100,000도, 어쩌면 그 이상!

헬륨 융합을 하는 태양보다도 더 높은 고온이 순간적으로 발생해 주변을 하얗게 백열시켰다. 지구를 통째로 불바다로 만들 수 있는 그 엄혹한 열기에 기포 따위는 단숨에 증발해 버렸다.

주변 공기가 일제히 상승해 대류를 일으켰다. 멀쩡하던 감옥 철벽이 흐물흐물 녹아 시뻘건 용암처럼 변했다. 감옥 천장이 뚝뚝 녹아 흘렀다.

사람이 그 열기를 견딜 수는 없었다.

은빛 로브를 입은 가디언들은 눈 깜짝할 사이에 재로 변했다.

고열이 휩쓸고 지나간 시간이 어찌나 짧았던지 가르시아 가문의 가디언들은 사람의 형태 그대로 재가 되어 내 주변을 둘러싸고 있었다.

"후우!"

내가 입으로 바람을 불자 사람 형태의 재가 푸스스 흩어져 주변에 깔렸다.

"뭐, 뭐야?"

에어 제트를 쏟아내던 노인이 눈을 껌뻑였다.

노인의 수염은 까맣게 타서 가루가 되었고, 나를 향해 뻗었던 노인의 오른손은 어깨까지 녹아 하얀 뼈가 드러났다. 노인은 의복도 모두 타서 벌거숭이 차림이었다. 노인의 몸에는 의복이 타다가 눌어붙은 흔적이 군데군데 남았다. 얼굴은 절반도 넘게 화상을 입어 흉하게 일그러졌다.

"대, 대제 무, 무신 일이 버러져냥고?"

노인이 절규했다.

노인의 발음이 잔뜩 꼬였다. 혀까지 화상을 입은 탓이었다.

하지만 나는 노인의 말뜻을 정확하게 알아들었다. 노인은 지금 내게 "대체 무슨 일이 벌어졌냐고?"라고 묻고 싶었을 것이다.

나는 대답 대신 질문을 던졌다.

"이봐, 늙은이. 준비한 것이 고작 이게 다는 아니겠지? 제발 아니라고 말해 줘."

"으으, 으으윽!"

노인이 비척비척 뒷걸음질 쳤다.

나는 성큼 다가섰다.

"후안 가르시아! 늙은이가 바로 후안 가르시아구나?"

"으으으으!"

"이봐, 후안. 제발 이게 전부가 아니라고 말해 줘. 나를 너무 실망시키지 말라고."

"으으으으!"

후안이 더 부지런히 뒷걸음질 쳤다. 후안은 정말 절실하게 뒷걸음질 치고 싶었다. 하지만 다리에 화상이 심해서 잘 움직일 수 없었다.

후안과 나 사이의 거리가 점점 좁혀 들었다. 후안의 얼굴은 하얗다 못해 새파랗게 질렸다.

내 어깨에서 솟구친 투명한 나뭇가지가 후안의 목을 빙글 휘감았다. 나뭇가지를 위로 치켜들자 후안의 몸뚱어리가 허공에 대롱대롱 매달렸다.

"세르히오는 어디 있나?"

후안에게는 이미 흥미를 잃었다. 나는 세르히오의 행방을 물었다.

"으윽! 흐으윽!"

후안이 목을 움켜쥐며 바동거렸다.

"세르히오는 어디 있냐고?"

나는 한 번 더 후안을 다그쳤다.

"크윽! 끄으윽!"

후안이 고통스럽게 몸을 뒤틀었다.

그때 등 뒤에서 차가운 목소리가 들렸다.

"후안 님을 풀어 줘라."

얼음장처럼 차가운 여자의 음성!

기다리던 바였다. 나는 빙글 몸을 돌리며 두 팔을 활짝 벌렸다.

"어서 와, 미리엄."

Chapter 2

내 등 뒤에 나타난 여인은 눈처럼 하얀 은발에 하얀 눈썹을 지녔다. 나이는 가늠하기 어려웠으나 대략 40대 초반 같았다.

나는 여인을 향해 두 팔을 활짝 벌렸다.

"미리엄, 미리엄 가르시아 맞지?"

"읏!"

상대가 몸을 움찔 떨었다.

"역시 미리엄이 맞네. 하하하, 반가워."

나는 기분 좋게 웃었다.

입으론 웃고 있는데 내 눈은 웃지 않았다.

"으읏!"

미리엄이 다시 한 번 몸서리를 쳤다. 그러다 마음을 꽉 다잡고는 내게 명령했다.

"어서 후안 님을 놔주지 못할까!"

"어라? 지금 내게 명령하는 거야?"

나는 나뭇가지로 후안을 대롱대롱 매단 채 미리엄을 향해 다가갔다.

미리엄이 움찔 물러섰다. 그다음 입술을 꽉 깨물고는 벼락처럼 내게 손을 뻗었다.

"이놈! 죽엇!"

차가운 기운이 내 발을 꽉 붙잡았다.

예전의 나였다면 순간적으로 발바닥이 바닥에 붙어 몸을 움직이지 못했을 것이다. 그리고 뒤이어 작렬한 얼음 화살에 상처를 입었을지도 모르겠다.

미리엄의 얼음 화살은 독특했다. 그녀의 화살은 손끝에서 출발하지 않았다. 활시위에서 출발한 것도 아니었다. 허공을 뛰어넘어 내 심장 바로 앞의 공기가 꽝꽝 얼면서 얼음 화살로 변했다. 그러곤 그 화살이 곧장 심장으로 파고들었다.

이렇게 심장 바로 앞에서 무기가 솟구치면 정말 막기 어려웠다. 내 반응속도가 아무리 빠르다고 해도 공간을 뛰어넘어 심장을 푹 찌르면 상처를 입는 것이 당연했다. 예전의 나였다면 제법 곤혹스러웠을 것이다.

하지만 지금의 내게는 미리엄의 공격이 통하지 않았다.

내 심장 바로 앞에서 응결되어 만들어진 얼음 화살은 불과 0.1밀리미터밖에 날아오지 못하고 치이익 녹았다. 그러곤 바로 이어서 한 줌의 수증기로 변했다.

"어떻게 이런 일이!"

미리엄이 충격을 받았다.

나는 히죽 웃었다.

"이런 걸로 놀라면 곤란하지."

이번엔 내가 손을 뻗었다.

미리엄은 황급히 얼음 갑옷을 만들어 몸에 둘렀다. 하지만 어느 곳에서도 공격이 없자 어리둥절한 표정을 지었다.

"속았지?"

내가 빙글빙글 놀리자 미리엄이 얼굴을 와락 구겼다.

"이놈이 감히!"

그 순간 미리엄의 발바닥 아래서 뾰족한 나뭇가지가 용수철처럼 튀어 올라왔다. 그 투명한 나뭇가지는 미리엄의 발바닥을 뚫고 허벅지로 튀어나왔다.

"크악!"

미리엄이 비명을 질렀다.

나는 다시 한 번 상대를 놀렸다.

"또 속았지?"

화가 난 미리엄이 다시 손을 뻗었다.

내 발이 순간적으로 꽝꽝 얼어붙었다. 내 두 눈 앞쪽과 심장 앞쪽, 복부 전면, 사타구니 앞, 목덜미 뒤쪽에 총 5개의 얼음 화살이 돋아났다.

아니, 돌아나는 것처럼 보였다.

실제로는 얼음 화살이 형성되기도 전에 치이익 증발해 수증기로 날아갔다.

"아아아! 이럴 수가!"

미리엄이 절망적인 표정을 지었다.

나는 나뭇가지를 움직였다. 내 발바닥에서 출발한 나뭇가지가 강철 바닥을 뚫고 미리엄의 등 뒤로 솟구쳤다.

푹!

독 오른 코브라처럼 치솟은 투명한 나뭇가지 두 가닥은 미리엄의 목덜미로 파고들어 그녀의 척추를 타고 내려왔다.

"끄읍!"

미리엄의 눈에서 피눈물이 솟았다. 미리엄은 벼락이라도 맞은 듯 온몸을 바르르 떨었다.

나는 후안 가르시아와 미리엄 가르시아를 양쪽에 포획한 채 몸을 빙글 돌렸다.

"으으, 악마다!"

"이건 괴물이야!"

하얀 로브를 입은 법사 16명이 주춤주춤 물러섰다.

"이번엔 흰 옷이네. 가디언 엘(L)은 금색 로브, 가디언 에이(A)는 은색 로브, 가디언 아이(I)는 흰색 로브인가 보지?"

내 추측이 맞는 것 같았다.

하얀 로브를 입은 법사들은 손에서 차가운 기운을 일으켜 내게 집어 던졌다. 얼음의 기운을 잔뜩 품은 하얀 구체들이 포탄처럼 내게 쏟아졌다.

피슈슈! 피슈슈슈슈슈—!

그 구체들이 허공에서 폭발하면서 얼음 알갱이들이 폭발적으로 터져 나왔다. 그 파편 하나하나가 철벽을 뚫고 들어갈 만큼 예리했다.

고작 이 정도로 나를 막을 수는 없었다. 나는 아무런 망설임 없이 전진했다.

내 몸에서 다시 한 번 고열이 방출되었다.

벼락이 치는 것처럼 아주 짧게 화악!

물론 나는 이것보다 훨씬 더 길게 열기를 내뿜는 것도 가능했다. 하지만 이런 극도의 초고열을 오래 내뿜으면 이비자 섬 전체가 용암으로 변할 것이다.

나는 짧은 방출로 주변 100평 영역만 바짝 구웠다.

그것만으로도 충분했다. 내 앞에는 재로 변한 16명의 흔적이 동상처럼 남았을 뿐, 더 이상 살아 숨 쉬는 생명체가 없었다.

물론 미리엄과 후안은 예외.

"끄윽! 어떻게 이런 일이!"

"말도 안 돼!"

눈앞에 펼쳐진 끔찍한 광경에 미리엄과 후안이 두 눈을 부릅떴다.

1미터 두께의 철벽도 용암처럼 녹여 버리는 초고온이 훑고 지나갔건만 미리엄와 후안은 아직 죽지 않았다.

이들이 그만큼 강하다는 뜻은 아니었다. 내가 의도적으로 미리엄과 후안 주변의 온도를 낮췄기 때문에 살았다.

"너희들은 미끼가 되어야 해. 세르히오 그 늙은이를 내 앞으로 데려올 미끼 말이야."

"으으!"

"크으으!"

미리엄과 후안은 뭐라고 대꾸도 하지 못했다. 그저 벌레처럼 꿈틀거리며 신음할 뿐이었다.

호물호물.

꽉 막힌 철문이 엿가락처럼 녹았다. 나는 1미터가 넘는 두꺼운 철문을 가볍게 녹여 버리고는 계단으로 올라왔다.

2명의 포로는 내 뒤에 대롱대롱 매달렸다.

좁은 계단을 거의 다 올라왔을 즈음, 압축 공기가 날카롭게 쏟아졌다. 지름 50센티미터의 압축 공기는 콘크리트 벽을 동그랗게 도려냈다. 그다음 그 둥그런 바람의 칼날이 내 옆구리를 그대로 강타했다.

후안 가르시아의 것보다 더 날카로운 공격!

나는 팔뚝으로 옆구리를 막았다.

어느새 돋아난 투명한 나뭇가지가 둥글게 뭉쳐 방패 모양을 갖추었다. 적의 공격은 내가 소환한 방패를 뚫지 못하고 가가가각! 방패 표면만 긁었다. 유리처럼 투명한 방패 표면에서 불똥이 튀었다.

나는 뻥 뚫린 콘크리트 벽을 향해 손을 뻗었다.

츄릿!

내 손끝에서 뱀처럼 튀어나간 나뭇가지 열여덟 가닥이 나를 기습한 적을 난자했다.

한데 아무런 감촉이 느껴지지 않았다. 분명히 무언가 썰리는 느낌이 들어야 하는데, 빈 허공만 휘저었다.

이번엔 콘크리트 천장이 둥글게 뚫렸다. 둥그런 칼날이 내 머리통 위에서 날아들었다.

나는 다시 나뭇가지를 뭉쳐 방패를 만들었다. 머리 위에서 쇠 긁히는 소리가 요란했다. 불똥이 사방으로 튀었다.

나는 방어와 동시에 공격도 퍼부었다. 머리 위 뻥 뚫린 콘크리트 안으로 초고열을 방출했다.

화악!

콘크리트 벽도 내가 뿜은 초고열을 견디지는 못했다. 콘크리트가 벌겋게 달아오르더니 흐물흐물 녹기 시작했다.

"큭!"

시뻘겋게 달아오른 구멍 사이로 짧은 신음이 들렸다. 무척 괴로워하는 신음이었지만, 숨이 끊기는 소리는 아니었다.

"엉? 이 정도 고열에도 죽지 않아?"

나는 눈에 이채를 띠었다.

Chapter 3

고열이 통하지 않으면 다시 나뭇가지 공격이다.

휘릭, 휘리릭!

유리처럼 투명한 나뭇가지가 다시 한 번 콘크리트 천장 안으로 파고들었다. 내가 쏘아낸 나뭇가지는 천장 안쪽 공간을 세밀하게 난자했다. 나는 우선 나뭇가지로 1밀리미터 간격의 그물망을 형성한 다음, 그 그물망 안에 걸린 모든 것들을 썰어 버렸다.

"어라?"

그래도 걸리는 것이 없었다.

아무런 소득 없이 빈 허공만 휘저은 것이 영 기분 나빴다.

"혹시 혼령체인가?"

실체가 없는 혼령체라면 내 공격을 이렇게 피할 수 있다. 나는 공격 방법을 바꾸기로 마음먹었다. 이번엔 어둠의 기운을 끌어 올렸다. 심장에서 출발한 음차원의 기운이 내 오른손 검지 끝에 도달했다. 손톱이 시퍼렇게 물드는가 싶더니, 이윽고 푸른 해골 문양이 허공에 돋아났다.

—크아앙!

해골은 영혼을 울리는 포효와 함께 콘크리트 구멍으로 파고들었다.

그 어떤 혼령체도 이 해골의 공격을 버틸 수 없다.

"쿠앗!"

역시 비명이 터졌다. 귀신불처럼 아른거리는 푸른 해골은 무언가 허연 덩어리를 입에 물고 콘크리트 구멍 밖으로 되돌아왔다.

한데 상대는 혼령체가 아니었다. 이 괴상하고 허연 덩어리는 몇 번 꿈틀거리다가 해골의 이빨 사이에서 바람처럼 빠져나왔다. 그 모습이 마치 기체로 이루어진 요정이 손아귀 사이에서 빠져나와 스르륵 흩어지는 것 같았다.

나는 눈을 부릅떴다.

"어라? 이건 빛의 사원의 마법이잖아!"

샤피로의 세상엔 이와 같은 마법이 존재한다. 빛의 사원과 관련이 깊은 마법이다. 그중에서도 다섯 번째 신인과 연관이 깊다.

지금까지 빛의 사원은 총 8명의 신인이 지배해왔다.

첫째, 하늘의 컨!

둘째, 늪의 테닛!

셋째, 불의 링!

넷째, 우레의 지니!

다섯째, 바람의 솜노!

여섯째, 물의 가르멜!

일곱째, 산의 칸노!

여덟째, 땅의 코온!

이상 8명의 신인들 가운데 다섯 번째인 바람의 솜노가 이런 신기한 재주를 지녔다. 솜노의 몸은 온통 기체로 이루어져 있기에 그 누구도 실체를 잡을 수 없었다. 한데 솜노와 똑같은 능력을 가진 자가 스페인에 나타나다니!

"어억!"

내 입에서 '빛의 사원' 이라는 단어가 튀어나오자 허연 덩어리가 헛바람을 집어삼켰다.

나는 눈을 부리부리하게 치켜뜨고 상대의 목줄을 휘어 감았다.

"솜노! 너는 솜노로구나!"

"크! 크우욱!"

솜노가 꿈틀거렸다.

녀석은 말 그대로 바람 그 자체였다. 실체가 없기에 손으로 붙잡는 것이 불가능했다. 혼령체가 아니기 때문에 네크로맨서 술법으로 속박하는 것도 한계가 있었다.

그런 솜노가 내 손아귀를 벗어나지 못했다. 녀석이 아무리 꿈틀거리고 발버둥 쳐도 내 손아귀에 붙잡혀서 도망칠 수 없었다.

공기는 온도의 영향을 많이 받기 때문이다. 기체가 움직일 수 있는 근본적인 힘이 무엇이던가? 세상에 바람이 부는 이유가 무엇이던가? 바로 온도 차이 때문이다. 온도 차이 때문에 골바람과 산바람이 부는 것이고, 대류가 일어난다.

물론 편서풍처럼 큰 바람은 지구 자전의 때문에 발생한다. 하지만 온도만 잘 조절하면 바람 따위는 얼마든지 조종이 가능했다.

내가 주변의 온도를 적절히 조절해서 투명한 벽을 만들자 솜노는 그 안에서만 바동거릴 뿐, 밖으로 빠져나오지 못했다.

이대로 온도를 초고열로 확 올려서 진공상태를 만들면 그만! 그러면 솜노는 갈가리 찢겨 흔적도 없이 사라질 것이다.

솜노도 그 사실을 깨달았다.

죽음을 코앞에 둔 솜노는 부들부들 떨다가 마침내 사람의 형체를 드러내었다. 허공의 공기가 뭉클뭉클 뭉치더니 서서히 사람의 형상을 띠어 갔다. 수백 년 동안 그 누구도 본 적 없는 솜노의 실체가 드디어 내 앞에 드러난 것이다.

"솜노! 빛의 사원의 솜노! 네가 바로 솜노구나!"

내 입에서 우레가 터졌다.

"아으, 아으으!"

패닉 상태에 빠진 솜노는 말도 제대로 하지 못하고 와들와들 떨었다.

나는 솜노의 목을 꽉 움켜쥐어 바닥에 패대기쳤다. 그다음 솜노의 이마에 손가락을 푹 찔렀다.

내 손끝에서 튀어나온 푸른 해골이 솜노의 뇌에 박혀 씨앗을 뿌렸다. 그 씨앗이 발아해 솜노의 뇌에 뿌리를 내리고 가지를 뻗었다.

솜노의 두개골을 뚫고 투명한 가지가 돋았다. 그 가지에서 잎사귀가 피고 꽃망울이 맺혔다. 이 투명한 잎사귀와 꽃은 나와 솜노의 눈에만 보였다.

"으우우! 으아아아!"

난생처음 겪는 경험에 놀라 솜노가 찔끔찔끔 오줌을 지렸다.

나는 솜노의 머리에 자라난 꽃을 따서 먹었다.

사람의 뇌에서 피어난 식물.

네크로맨서들은 이 마법의 식물을 '굴레'라고 부른다. 한 번 피면 절대 시들지 않고 영원히 뇌를 장악하는 식물. 그래서 이름이 굴레다. 또한 이 식물의 꽃을 섭취한 자에게서 영원히 벗어나지 못하기에 굴레라고 불린다.

나는 솜노를 굽어보며 으르렁거렸다.

"너는 정체가 뭐냐? 넌 분명 문지기가 아니다."

"크흑!"

솜노가 머리를 감싸 쥐며 고통스러워했다.

나는 문지기였다. 내 여종 모리나와 미센도 나와 마찬가지로 문지기였다. 나는 이 세상에 존재하던 또 다른 문지기인 왕 쑤이도 겪어 보았다.

그래서 나는 문지기의 냄새를 맡을 줄 알았다.

솜노는 분명 문지기가 아니었다. 그는 오직 샤피로의 세상에서만 살아가는 존재였다. 그런 솜노가 이 세상에 나타났다.

"이게 어찌 된 일이냐? 네가 어떻게 이 세상으로 건너왔지?"

내 말 한 마디, 한 마디가 우레가 되어 솜노의 귀로 파고들었다.

"아으으으!"

솜노는 손을 머리 위로 들어 싹싹 빌었다.

"말해! 네가 어떻게 여기 있지?"

"아으으으으!"

솜노는 벌벌 떨기만 할 뿐 대답을 하지 않았다.

"아직 정신을 차리지 못했군. 네가 입을 열지 않아도 나는 네 비밀을 알아낼 수 있다."

나는 솜노의 멱살을 잡아 허공에 휙 던졌다. 동시에 솜노를 가두고 있던 투명한 벽을 거두었다.

이게 웬 기회냐 싶었을 것이다. 사람 모양으로 뭉쳐 있던 공기가 빠르게 흩어져 자취를 감추었다. 솜노는 후다닥 도망치려고 했다.

"끄악!"

그 순간 솜노의 뇌에 지독한 고통이 작렬했다. 솜노의 뇌에 파고든 굴레의 뿌리가 강하게 발악을 했고, 두개골 위로 솟구친 잎사귀는 솜노의 머리통을 철썩 철썩 후려쳤다.

"끄악! 크아아악!"

솜노가 데굴데굴 굴렀다.

—네가 굴레를 벗어날 길은 없다. 네 뇌를 장악한 식물은 네가 죽은 뒤 네 영혼까지 쫓아갈 것이니라.

내 말이 천둥이 되었다.

솜노가 펄쩍 뛰었다.

나는 입으로 말하지 않았다. 내 의지가 솜노의 뇌에 곧바로 전달되었다.

—이제 깨달았느냐? 거리가 아무리 멀리 떨어져도 나는 네게 말을 걸 수 있다.

"아으!"

—어디 그뿐인 줄 아느냐? 나는 네가 품은 생각, 네가 하는 대화, 네 행동, 심지어 네가 보고 느끼는 것까지 모두 알

수 있다.

"아으으!"

—심지어 너는 내 속박에서 벗어날 마음을 품을 수도 없어. 속으로 불손한 생각을 품는 순간, 네 뇌를 장악한 굴레의 뿌리가 네 뇌를 쥐어짜서 곤죽으로 만들어 버릴 테니까.

"아으으으!"

솜노는 미친 듯이 몸을 뒤틀다가 내 발밑에 납죽 엎드렸다.

—솜노, 내가 거짓말을 하는 것 같으냐?

"아으으!"

솜노가 다시 형체를 드러내며 도리질했다.

나는 솜노의 앞에 쪼그려 앉아 상대의 뺨을 툭툭 쳤다.

—이제 머릿속에 떠올려 봐라. 어떻게 이 세상에 건너왔는지, 그 과정을 상세하게 떠올려 봐.

솜노는 겁먹은 강아지처럼 바르르 떨었다.

Chapter 4

솜노의 기억을 읽는 중에 환청처럼 고함이 들렸다.

"이런 바보 같은 놈! 멀리 떨어진 곳에서 관찰만 하라 했거늘 멍청하게도!"

의자 팔걸이를 내려치면서 분노한 사람은 세르히오였다. 샤피로의 시야를 통해 세르히오의 모습이 생생하게 잡혔다.

'옳거니! 지금 세르히오가 예지력으로 나를 훔쳐보고 있구나!'

나는 세르히오가 예지력으로 유명하다는 사실을 떠올리고는 속으로 쾌재를 불렀다.

하지만 겉으로는 아무런 내색도 하지 않았다. 나는 세르히오의 시선을 모르는 척하면서, 거꾸로 샤피로의 시야를 통해 세르히오를 탐색했다.

지금 세르히오가 머무는 곳은 어두운 방 안이었다.

주변은 어두웠다. 벽에 걸린 시계는 새벽 1시를 가리켰다.

'시간대가 이곳 이비자 섬과 똑같구나. 지금 놈은 스페인 어딘가에 있어.'

나는 세르히오의 주변 환경부터 파악했다.

사방이 유리로 둘러싸인 방 한복판, 세르히오는 푹신한 의자에 누워 눈을 감고 나를 탐색 중이었다. 나는 20분 전으로 기억을 되감았다.

내가 처음 지하 계단으로 내려와 후안 가르시아의 공격을 받을 당시, 세르히오는 지금과 똑같은 자세로 가죽의자에 누워서 나를 관찰 중이었다.

후안의 에어 제트가 'III' 자 모양으로 내 몸을 훑고 지나갔을 때, 세르히오의 손이 움찔거렸다. 아마도 세르히오는 후안의 기습 공격이 먹혔다고 생각한 듯했다.

하지만 후안의 공격은 내게 아무런 상처도 주지 않았다.

"끄응!"

세르히오는 안타까운 듯 미간을 찌푸렸다.

이어서 가디언 에이(A) 소속 마법사들이 내게 마법을 퍼부었다. 석궁으로 쏜 화살들이 하늘을 날고 끔찍한 살상력을 갖춘 에어 버블이 내 몸 주변에서 펑펑 터졌다. 후안도 힘을 보태 내게 공격을 퍼부었다.

"잘한다!"

이때까지만 해도 세르히오는 한 가닥 기대감을 품고 전투 결과를 기다렸다. 세르히오의 표정에 그 기대감이 역력하게 드러났다.

하지만 내가 초고열을 내뿜자 세르히오의 안색이 딱딱하게 굳었다.

"뭐야?"

가죽 의자에 누워 있던 세르히오가 벌떡 상체를 일으켰다.

"빛이 번쩍한 것 같은데, 대체 뭐지?"

세르히오는 내 공격을 제대로 파악하지 못했다. 그저 무언가 번쩍 터지고, 뒤이어 가디언 에이(A)가 전멸한 모습을 발견했을 뿐이다.

"으으음!"

세르히오가 무거운 신음을 터뜨렸다.

이어서 미리엄이 등장했다.

세르히오가 두 주먹을 불끈 쥐었다.

"아직 데이터가 부족해. 반 데어 뤄슨의 저 어린놈이 무슨 마법을 사용하는지 제대로 파악하지 못했다고. 미리엄, 제발 오래 버텨라. 내가 저놈의 마법을 파악할 수 있게 버텨 줘."

세르히오는 이렇게 중얼거렸다.

결국 후안 가르시아와 미리엄 가르시아는 세르히오가 내 무력 수위를 파악하기 위해 던져준 미끼에 불과했다. 이 두 사람뿐 아니라 가디언 에이(A)와 가디언 아이(I)의 마법사들도 미끼 수준을 벗어나지 못했다.

아쉽게도 미끼들은 제 역할을 하지 못했다.

미리엄의 얼음 화살이 단숨에 수증기가 되어 막혔다. 가디언 아이(I)의 마법 공격도 내 손짓 한 방에 허무하게 붕괴되었다.

미리엄은 후안과 마찬가지로 내 포로 신세가 되었다.

"이런 멍청한 것들! 둘이 함께 공격하라니까 내 명령을 어기더니 고작 그 꼴이냐?"

어두운 방 안, 세르히오가 무섭게 얼굴을 구겼다.

부하들을 파병하기 전 세르히오는 후안과 미리엄을 불러서 “반드시 둘이 함께 공격해라.”라고 명령을 내린 모양이었다.

그런데 부하들이 세르히오의 명령을 어겼다.

‘아마도 알력 때문일 테지. 가디언 조직들은 세르히오를 향해 충성심 경쟁을 하는 중이라 공을 독차지하고 싶었을 거야.’

서로 손발이 맞지 않아 후안이 먼저 공격을 했고, 미리엄이 그 뒤를 따랐다.

‘세르히오의 말대로 둘이 함께 공격을 했으면 좀 나았을까?’

아니다. 후안과 미리엄이 함께 공격을 했어도 내게는 통하지 않았을 것이다. 가디언 에이(A)와 가디언 아이(I)가 몽땅 달려들어도 내게는 아무런 위협이 되지 못했다.

그 사실을 모르는 세르히오는 불같은 노여움을 토했다.

“이 밥버러지 녀석들! 내 명령을 거역하고 저희 멋대로 공격 순서를 정하다니! 내가 그렇게 당부를 했건만, 이런 머저리들!”

광전의 현자 세르히오가 부하들을 향해 입에 담지 못할 욕설을 퍼부었다.

그 즈음 나는 2명의 포로를 나포해서 계단을 오르는 중이었다.

솜노가 콘크리트 벽 뒤에서 나를 뒤쫓았다.

"솜노!"

세르히오는 숨죽이면서 그 모습을 지켜보았다.

그러던 한순간, 솜노가 기습적으로 손을 뻗어 나를 후려쳤다. 콘크리트 벽이 둥글게 잘리더니 그 안에서 솜노의 공격이 쏟아져 나왔다. 솜노는 내 옆구리를 노렸다.

의자에 누워 있던 세르히오가 기겁하며 일어났다.

"안 돼! 나서지 말고 감시만 하라니까!"

안타깝게도 세르히오의 목소리는 솜노에게 들리지 않았다.

내가 뻗은 투명한 나뭇가지가 솜노의 몸을 그냥 통과해 버렸다. 천장으로 자리를 옮긴 솜노가 재차 공격을 감행했다.

그렇게 몇 번을 툭탁거리다가 결국 솜노가 내 손에 붙잡혔다.

세르히오는 예지력을 통해 그 모습을 보았다.

"으으으! 번쩍 터지는 빛! 저 녀석은 무쇠도 녹이고 콘크리트도 녹여 버리는 초고열의 빛을 가졌어. 그리고 손과 어깨, 발바닥에서도 뭔가가 튀어나오는 것 같아. 날카로운 무기 같은데 눈에 보이지가 않아. 어엉? 뭐가 또 있어? 저 녀석의 손끝에서 발출된 저 푸른 해골은 뭐지? 대체 저 어린놈의 정체가 뭐야? 정말 저놈도 문지기인가?"

후안과 미리엄은 세르히오의 기대에 부응하지 못했다. 하지만 솜노는 내 손에서 제법 버텼고, 그 덕분에 내 주력 무기 몇 가지가 세르히오에게 노출되었다.

물론 세르히오는 솜노를 이렇게 허무하게 미끼로 던질 생각은 없는 듯했다.

“솜노, 이 멍청한 녀석! 빛의 사원의 주력인 네가 이렇게 허무하게 무너지면 어쩌란 말이냐? 나는 너를 소모품으로 사용하려고 이 세상에 부른 것이 아니란 말이다. 이 어리석은 솜노야!”

세르히오는 안타깝게 발을 굴렀다.

그 모습을 엿보던 나는 눈을 번쩍 떴다.

‘솜노의 기억을 통해 엿봤던 것이 사실이었구나! 세르히오, 아니, 하늘의 컨이 바람의 솜노를 이 세상에 불러들인 거야. 문지기에게 이런 능력이 있었다니! 새로운 사실을 알았어!’

나는 문지기의 새로운 가능성을 깨달았다. 저쪽 세상의 사람을 이 세상으로 데려올 수 있는 그 독특한 능력 말이다.

이어서 내 생각이 다른 곳에 미쳤다.

‘가만! 가르시아 가문의 가디언들이 사용하던 그 포지리움이라는 금속! 그건 분명 지구의 물질이 아니었어. 그렇다면 혹시 그것도 샤피로 세상에서 가져온 걸까?’

내 예상이 맞을 것이란 생각이 들었다.

'갖고 싶다.'

나는 군침을 꿀꺽 삼켰다.

'내가 모르는 문지기의 능력! 세르히오만이 알고 있는 그 전송 능력! 샤피로 세상의 물건과 사람을 이곳 지구로 불러올 수 있는 그 전송 능력을 빼앗고 싶어. 나도 그런 능력을 갖고 싶다고!'

아니다. 표현이 잘못되었다. '나도' 그런 능력을 갖고 싶은 것이 아니라, '오직 나만이' 그런 능력을 갖길 원했다.

물론 방법은 있었다.

우선 세르히오를 족쳐서 능력의 비밀을 알아내야 할 것이다. 그런 다음 세르히오를 죽여야 하리라. 그럼 세상에서 오직 나만이 그 능력을 갖게 될 것이다.

더불어 한 가지 더!

나는 세르히오의 텔레포트 능력도 탐을 내었다. 공간 삭제 능력도 빼앗고 싶었다.

'반드시 가질 거야. 세상의 신비한 능력들은 오로지 내 소유여야만 해.'

나는 끝 모를 욕심의 화신!

강한 탐욕의 불길이 내 가슴 깊은 곳에서 치솟았다.

Chapter 5

"잠시 하늘에서 대기해라."

내가 손을 들자 투명한 나뭇가지 두 가닥이 로켓처럼 쏘아져 올라갔다. 미리엄 가르시아와 후안 가르시아는 나뭇가지에 몸이 꿰뚫린 채 상공으로 날아갔다.

포로들을 임시로 처리한 뒤 나는 클럽으로 돌아갔다.

룸 안에선 알렉산드라와 줄리아가 팔짱을 낀 채 나를 맞았다.

"오빠, 어디 갔다 오는 거예요?"

"저 통로는 대체 뭐죠?"

30분이 지나도 내가 오지 않자 알렉산드라와 줄리아가 나를 찾아 룸으로 돌아온 것이다.

나는 어깨를 으쓱했다.

"별거 아냐. 탈의실에서 발견한 버튼을 눌렀더니 이런 계단이 나오더라고. 호기심에 안으로 들어가 봤는데, 완전 폐허지 뭐야."

"저 안이 폐허라고요?"

"응. 궁금하면 직접 들어가 봐. 콘크리트가 무너져서 중간에 계단이 끊겼어. 아마도 이곳 클럽에서 비상 탈출용으로 이런 시설을 만든 것 같은데, 지저분하기만 하지 쓸모가 없더라고."

나는 입에 침도 바르지 않고 거짓말을 했다.

"그래요?"

"화재 대비용 계단인가?"

그럴 듯한 내 변명에 알렉산드라와 줄리아가 넘어갔다.

나는 두 사람을 향해 손뼉을 짝짝 쳤다.

"와아! 그나저나 둘 다 엄청 섹시하네. 거품에 젖어서 더 예쁘게 보이는 것 같아."

이건 거짓말이 아니었다. 두 여자 모두 노출이 심한 비키니에 머리카락이 젖은 상태였다. 몸에는 거품이 군데군데 묻어 있어 더욱 유혹적이었다.

"어머나! 호호호!"

"에이, 오빠도 참!"

알렉산드라와 줄리아가 부끄러운 듯 몸을 꼬았다. 평소 무뚝뚝하던 내가 섹시하다고 칭찬을 해 주자 기분이 붕 뜬 모양이었다.

"그나저나 이럴 때가 아니죠. 지금 스테이지에서 다들 오빠를 기다리고 있어요. 어서 수영복 갈아입고 내려와요."

줄리아가 나를 재촉했다.

알렉산드라는 한 술 더 떴다.

"안 돼, 줄리아. 우리가 그냥 내려가고 나면 이 재미없는 사내가 어디로 튈지 몰라. 한스 이사님, 빨리 옷을 갈아입어요. 우리가 여기서 기다리고 있을 테니까 빨리요."

"맞아! 언니, 말 잘했어. 오빠, 들었죠? 오빠가 준비를 마칠 때까지 우리는 여기서 기다릴 거예요."

줄리아와 알렉산드라는 평소 개와 고양이처럼 으르렁거리다가도 이럴 때면 죽이 잘 맞았다.

"알았어."

나는 쓴웃음을 지으며 탈의실로 들어갔다.

문제는 탈의실 안에서 발생했다.

'유진 가르시아는 대체 무슨 생각인 것인지!'

나는 울화가 치미는 것을 간신히 참았다.

유진이 준비한 수영복은 눈에 잘 띄는 붉은 형광 색이었는데, 손바닥 크기에 뒤쪽이 끈으로 되어 있어 티팬티에 가까웠다.

"으으! 이런 걸 어떻게 입으라고!"

유진이 루트비히에게 준 수영복은 분명 평범했다.

그런데 왜 내 것만 이 모양이란 말인가!

나는 탈의실을 박차고 나갔다.

"오빠, 다 갈아입었……."

"뭐예요? 왜 그냥 나왔어요?"

알렉산드라와 줄리아가 화난 표정을 지었다.

나는 알렉산드라에게 내 수영복을 휙 던져주었다.

"이걸 어떻게 입어? 해도 너무하잖아."

"예에?"

티팬티 같은 수영복을 보자 알렉산드라도 뭐라고 하지 못했다. 줄리아는 얼굴을 발그레 붉혔다. 그 와중에도 두 사람은 "한스 이사님이 이거 입은 모습을 한번 보고 싶은데." 또는 "나도요, 언니."라고 수군거렸다.

"나 이런 거 안 입어."

나는 수영복 착용을 단호하게 거부했다.

알렉산드라가 울상을 지었다.

"그럼 어떻게 해요? 다들 한스 이사님을 기다리고 있다고요."

"맞아요. 심지어 찰스 해링턴 님은 더 괴상한 수영복도 입었는걸요. 오빠, 다시 한 번 생각해 봐요."

줄리아의 말에 찰스의 산타클로스 수영복이 떠올랐다. 그 흉측한 모습을 연상하자 구역질이 나왔다. 나는 "에이, 눈만 버렸잖아."라고 투덜거리며 머릿속에서 찰스의 영상을 지웠다.

"제가 다시 수영복을 구해 올까요?"

알렉산드라가 물었다.

나는 그녀의 팔목을 잡아끌었다.

"아니, 그냥 이대로 내려갈래. 거품에 옷이 좀 젖으면 어때?"

"그래도 오늘은 비키니 데이잖아요. 그런 차림은 좀……."

알렉산드라와 줄리아가 난감한 표정을 지었다. 아무래도 오늘 이 두 사람이 작정을 하고 나를 골려줄 생각인 듯했다. 아니면 내가 저 민망한 수영복을 입은 모습을 보고 싶어 하는 것도 같았다. 둘 다 용납할 수 없었다.

나는 단호하게 말을 끊었다.

“그럼 난 그냥 여기 있을래. 안 내려가.”

결국 알렉산드라와 줄리아가 양보했다.

“알았어요. 이대로 그냥 가요.”

“오빠 원하는 대로 하세요.”

나는 두 미녀를 양옆에 끼고 스테이지로 내려갔다.

무대 오른쪽, 에르쿨 가르시아의 부하들이 빙 둘러싸서 공간을 확보해 놓았다.

“워! 워워! 워! 워워!”

그곳에서 찰스가 물개 소리를 내면서 춤을 추고 있었다. 이 덩치 큰 영국 남자가 엉덩이를 씰룩거릴 때마다 썰매에 탄 산타클로스의 얼굴이 역동적으로 움직였다. 그 앞쪽 사타구니 부위에 뾰족하게 돌출된 루돌프는 입을 뻐끔거리며 벌렸다 닫았다를 반복했다.

난생처음 보는 그 모습이 민망하기도 하고 우습기도 했다. 엘리자베스와 니코가 찰스를 보고 자지러지게 웃었다. 마사도 모처럼 시름을 잊고 배꼽을 잡았다. 심지어 얼음장 같은 유진도 피식 실소를 머금었다.

"여기 한스 이사님을 모셔왔어요."

알렉산드라가 손을 흔들며 무리에 합류했다.

"뭐야? 그 성의 없는 복장은."

찰스가 나를 향해 눈을 흘겼다.

나는 천연덕스럽게 답했다.

"수영복이 너무 작아서 그만 찢어졌지 뭐예요."

"어엉? 수영복이 찢어졌다고? 너무 작아서 맞지 않았단 말이지? 야아, 우리 한스 이사, 이제 보니 거물이었구나."

찰스가 콧구멍을 크게 키워 벌렁거렸다. 그러곤 유진을 나무랐다.

"이거 오늘 파티의 안주인께서 실수를 하셨네. 한스 이사의 사이즈도 제대로 몰라보고 말이야. 우흐흐흐."

"흥!"

찰스의 농담이 불쾌했는지 유진이 고개를 홱 돌렸다.

"아, 미안, 미안."

찰스는 손바닥을 들어 유진에게 사과를 하고는, 내 목에 굵은 팔뚝을 둘렀다.

"한스 이사, 그렇다고 이런 차림으로 오면 어떻게 해? 한스 이사 때문에 분위기가 다 깨지잖아. 우리가 가르시아의 손님이 아니었다면 이미 이 클럽에서 쫓겨났을 거라고. 게다가 이건 반칙이야. 숙녀 분들도 모두 비키니 차림인데 마땅히 한스 이사도 몸매를 보여 줘야지. 이렇게 나오면 이건 예의가 아니지."

"찰스 형, 미안해요. 그리고 유진 이사님."

"네?"

"죄송한데 수영복 하나만 더 준비해 주세요. 제게 맞는 걸로요."

나는 유진에게 눈을 찡긋했다.

"흥!"

유진이 한 번 더 콧방귀를 꼈다. 하지만 별다른 대꾸 없이 부하들에게 뭐라고 속삭였다. 평범한 수영복을 하나 가져오라는 주문이었다.

"네, 아가씨."

가르시아의 경호원 가운데 한 명이 무대 밖으로 뛰어나갔다.

그 와중에도 계속 거품이 쏟아지고 음악이 귀를 때렸다.

Chapter 6

내가 이 클럽에서 깨달은 특이한 점 두 가지.

첫째, 클럽 디제이 가운데 패리스 힐튼도 있었는데, 그녀의 음악 선곡이 좋다는 생각은 들지 않았다.

둘째, 싸이의 강남스타일이 이곳 지구 반대편에서도 인

기가 많았다. "오빤 강남스타일~"로 시작되는 흥겨운 음악이 울리자 사람들이 환호를 지르며 좋아했다.

"워! 워워! 워! 워워!"

찰스가 물개 소리를 내면서 무대를 휘저었다.

엘리자베스의 춤 솜씨도 여간이 아니었다.

마사는 마르첼로와 몸을 바짝 밀착한 채 관능적인 웨이브를 그렸다. 주변 사람들이 그 모습을 힐끗거리는 것으로 보아 잘 추는 춤이 분명했다.

클럽이 익숙하지 않은 루트비히는 뻣뻣한 몸짓으로 박수만 쳤다.

"그러게 오빠도 좀 놀 때는 놀라니까."

니코가 루트비히 옆에 붙어서 잔소리를 해댔다.

루트비히는 점점 더 불편한 기색이었다.

나도 클럽이 맞지 않기는 마찬가지였다. 하지만 루트비히처럼 통나무 춤을 추지는 않았다. 눈썰미가 좋은 나는 곧 동작 몇 가지를 파악하고는 적당히 분위기를 맞추었다. 게다가 내 몸의 전 주인인 한스 반 데어 뤄슨이 워낙 클럽 마니아라서 몸에 춤이 배어 있었다.

빨간 비키니를 입은 알렉산드라가 어디서 산타클로스의 모자를 구해 와서 머리에 쓰고는 내 옆을 맴돌았다.

줄리아도 제법 춤을 즐길 줄 알았다.

"우우우!"

미녀 2명이 내 주변을 맴돌자 찰스 등이 야유를 보냈다.

마르첼로가 그 모습이 부러웠나 보다. 그는 한 손으로 마사의 엉덩이를 잡고 현란하게 골반을 움직이다가 슬금슬금 알렉산드라에게 접근했다.

사실 이곳에 놀러온 여자들 가운데 마르첼로에게 눈길을 주는 사람이 많았다. 마르첼로는 어지간한 미남 배우보다 더 잘생겼고 몸매도 좋았으며, 거친 남성미가 물씬 풍겼다. 그리고 솔직히 이 자리의 남자들 가운데 마르첼로가 가장 세련되게 춤을 추었다.

주변의 시선이 집중되자 마르첼로는 우쭐해졌다. 그리고 그 자신감 때문에 실수를 했다. 알렉산드라의 엉덩이에 손을 뻗은 것은 분명한 마르첼로의 실수.

짝!

"이게 무슨 짓이에요?"

알렉산드라가 소리가 날 정도로 마르첼로의 손등을 후려쳤다.

단지 소리만 큰 것이 아니었다. 알렉산드라의 타격엔 불의 기운이 담겨 있기에 마르첼로의 손등에 난 털들이 순식간에 화르륵 타 버렸다. 손등에 벌겋게 물집이 잡혔다.

"큭!"

마르첼로가 손을 움켜잡았다.

마사가 눈을 찌푸렸다.

"알렉산드라!"

"마사, 이건 아니지. 남자친구 관리 좀 잘 해."

이번엔 알렉산드라도 양보하지 않았다. 단호하게 마사를 나무랐다.

문제는 마르첼로.

마사가 오냐오냐해 주니까 눈에 뵈는 것이 없었나 보다.

"이런 퍽킹!"

마르첼로는 알렉산드라를 향해 욕설을 내뱉었다.

"어디서 감히!"

그 즉시 내 손이 마르첼로의 목을 붙잡아 바닥에 짓눌렀다. 그다음 발로 상대의 얼굴을 꽉 밟았다.

"큽!"

마르첼로는 비명도 제대로 지르지 못하고 무대 바닥에 엎어졌다. 그의 뾰족한 코가 바닥에 납작하게 눌렸다. 마르첼로도 제법 힘을 쓰는 신인류지만, 내 무력을 감당할 수는 없었다.

하얀 거품이 성인 어깨까지 차오른 터라 주변의 일반인들은 이 사태를 눈치채지 못했다. 하지만 신인류들은 모두 심각한 상황을 인식했다.

"한스 이사! 자중해."

찰스가 고개를 가로저었다. 찰스의 얼굴엔 '마사는 나도 감당할 수 없는 여자야. 한스 이사의 불쾌한 심정은 알겠는데, 마르첼로를 그냥 놔 줘. 부탁해.'라는 말이 쓰여 있었다. 찰스는 진심으로 나를 걱정해 주었다.

반면 루트비히는 달랐다. 마녀 계열인 루트비히는 내 무력을 약간이나마 짐작하고 있었기에, 내가 아니라 마사를 걱정했다. 성격이 불같은 마사가 내게 달려들었다가 크게 다칠까 봐 걱정하는 것이다.

유진은 흥미진진한 얼굴로 우리를 지켜보았다.

나도 유진의 눈치를 몰래 살폈다.

지하 감옥에서 벌어진 싸움에 대해서 유진은 전혀 모르는 눈치였다. 나는 유진도 포로로 잡을까 생각했다가 마음을 접었다.

"마, 마사! 큭, 크읍!"

마르첼로가 내 발에 얼굴이 짓눌려 버둥거렸다.

모두들 긴장해서 나와 마사를 바라보았다.

다들 마사가 내게 달려들 것이라 예상했지만, 의외로 마사는 얌전했다. 사실 마사는 얌전한 것이 아니라 겁에 질린 상태였다. 그녀는 하얗게 질린 얼굴로 나를 바라보았다.

'제발 그만해요.'

마사는 눈으로 내게 이렇게 애원했다.

알렉산드라가 나를 말렸다.

"한스 이사님, 저는 괜찮아요. 이제 그만 마르첼로를 놓아주세요."

줄리아도 나를 말렸다.

"오빠, 재미있게 놀자고 온 거잖아요. 그만 화를 풀어요."

나는 잠시 마사를 바라보다가 마르첼로를 발끝으로 툭 차서 마사에게 돌려주었다.

"큭!"

내 발끝이 닿은 부위, 즉 마르첼로의 갈비뼈가 툭 부러졌다.

"마르첼로!"

마사가 마르첼로를 부축했다.

겨우 풀려난 마르첼로는 여전히 똥오줌 가리지 못했다. 그는 벌떡 일어나 내게 달려들려 했지만, 마사가 어깨를 꽉 움켜쥐어 움직일 수 없었다.

"마사! 이거 놔!"

마르첼로가 외려 화를 내었다.

마사는 좀 더 강하게 마르첼로의 어깨를 붙잡아 앉혔다.

"마, 마사!"

어깨뼈가 으스러지는 듯한 고통에 마르첼로가 당황했다.

마사는 굳은 얼굴로 마르첼로에게 눈짓을 하고는, 자리에서 일어나 우리에게 사과했다.

"분위기 망쳐서 미안. 오늘 마르첼로가 좀 취한 것 같아. 우린 먼저 룸에 올라갈게."

"크!"

마르첼로는 납득하지 못한다는 표정이었지만 마사를 이기지는 못했다. 마사가 마르첼로를 꽉 붙잡아 룸으로 올라갔다.

나도 흥이 깨졌다. 나는 우선 유진과 찰스에게 사과했다.

"유진 이사님, 모처럼 즐거운 시간을 만들어 주셨는데 제가 망친 것 같네요. 죄송합니다. 그리고 찰스 형, 미안해요. 다음에 뉴욕에 놀러오면 제가 오늘의 이 무례함을 톡톡히 갚을게요. 그때 우리 같이 클럽에 가요."

마침 에르쿨의 부하가 수영복 하나를 사 들고 무대로 돌아온 참이었다. 나는 수영복을 받지도 않고 룸으로 올라왔다.

"한스 이사님, 같이 가요."

"오빠, 저도요."

알렉산드라와 줄리아가 내 뒤를 쫓았다.

"우리도 그만 가자."

시끄러운 음악이 싫었던 루트비히도 이게 웬 기회냐 싶어서 니코를 데리고 룸으로 올라왔다.

"힝! 나는 더 놀고 싶은데."

니코가 울상을 지었지만 소용없었다.

다들 자리를 뜨자 찰스와 유진도 룸으로 올라올 수밖에 없었다.

"갈 사람은 가요. 나는 끝까지 춤이나 추렵니다."

오직 엘리자베스만이 끝까지 스테이지에 남아서 몸을 불살랐다. 이 영국 아가씨는 찰스의 친척답게 끈질겼다.

또 한 명.

텍사스에서 온 카우보이 소년 리고가 엘리자베스 옆에 끝까지 남았다. 엘리자베스와 리고를 제외한 나머지 사람들이 룸 안에 다시 모였다.

처음에 룸 안 분위기가 싸늘했다.

나는 술병을 들어 찰스에게 따라주었다.

"찰스 형, 미안하다는 뜻으로 한 잔 드릴게요."

"그래, 술이나 마시자."

찰스는 사내답게 내 잔을 받아주었다.

"저도 한 잔 주세요."

알렉산드라가 빈 잔을 들고 끼어들었다. 알렉산드라는 냉랭해진 분위기를 다시 녹이기 위해 생글생글 웃으며 노력했다.

"나만 빼면 안 되죠."

거기에 줄리아가 끼어들었고, 유진과 루트비히가 술잔을 들이밀었다. 미성년자인 니코는 스파클링 음료로 대신했다.

찰스가 끈덕지게 권하자 마사도 다시 술자리에 합류했다. 마르첼로도 마사 옆에 앉았는데, 내게는 시선도 돌리지 않았다.

나도 딱히 마르첼로에게 말을 걸지 않았다.

젊은 신인류들의 파티는 다시 그렇게 이어졌다.

한 차례, 두 차례, 세 차례, 술이 연거푸 돌았다.

그렇게 새벽 4시 30분이 넘어서야 거품 파티가 끝났다. 디제이들이 물세례를 퍼부어 사람들 몸에 붙은 거품을 씻어 주었다.

"꺄악!"

"이쪽으로도 쏴 줘!"

사람들은 물대포를 맞으며 한 번 더 즐거워했다.

엘리자베스와 리고가 다시 룸으로 돌아온 것도 그 즈음이었다. 둘은 흠뻑 젖은 채 깔깔대며 웃었다.

제5화
세르히오의 선택

Shapiro

Chapter 1

세르히오가 공을 들여 키워 낸 4개의 조직 가운데 3개가 내 손에 공중분해 되었다. 가디언 엘(L)은 뉴욕에서 박살났고, 우두머리인 호르디가 죽었다. 가디언 에이(A)와 가디언 아이(I)는 지난밤에 전멸했고, 후안 가르시아와 미리엄 가르시아는 내 포로가 되었다. 심지어 세르히오가 다른 세상에서 데려온 바람의 솜노마저 내 노예로 전락했다.

이제 남은 조직은 가디언 케이(K)뿐.

"이런 상황에서 세르히오는 어떤 선택을 할까?"

처음 계획대로 원탁회의와 기사 서임식을 진행할까? 그럴 경우 세르히오는 나와 정면으로 마주칠 수밖에 없었다.

"세르히오가 감히 나와 마주칠 용기가 있을까?"

그걸 기대하기는 힘들었다. 내가 아는 세르히오는 극도로 조심성이 많아 돌다리도 두드려 보고 건너는 성격이었다. 그런 세르히오가 아무런 대책 없이 나를 만날 리 없었다.

"그렇다고 갑자기 원탁회의와 기사 서임식을 취소할 수도 없겠지. 광전의 현자라는 이름으로 템플 기사단의 여섯 가문을 소집했는데 이제 와서 무슨 핑계로 취소하겠어?"

명예를 생각하면 회의 취소도 쉽지 않은 일이었다. 나는 여우 같은 세르히오가 무슨 수를 쓸 것인지 궁금했다.

답은 아침에 나왔다.

2월 28일 오전 9시엔 세르히오의 주재로 원탁회의가 열릴 예정이었다.

같은 날 오후 2시엔 세르히오가 각 가문의 후계자들을 대상으로 직접 기사 서임식을 진행하기로 약속했다.

템플 기사단의 각 가문들은 원탁회의에 앞서 조찬 모임을 가졌다. 반 데어 뤄슨 가문도 7시에 식당에 모여서 아침을 함께 먹었다.

"어제 젊은 사람들끼리 모임을 가졌다더구나?"

보어 경이 빵에 크림치즈를 바르며 물었다.

"네, 아버님. 에르쿨 숙부님이 자리를 마련해 주셨더라고요.”

나는 어젯밤의 파티를 대략적으로 보고했다. 물론 가디언 조직과 싸운 사실은 비밀에 부쳤다. 솜노의 일도 당연히 숨겼다.

“그런 자리라면 미센도 데려가지 않고.”

보어 경이 혀를 찼다.

미센이 손사래를 쳤다.

“아유, 저는 그렇게 시끄러운 자리가 싫어요. 아버지도 제 성격 아시잖아요.”

“이 녀석아, 사람이 어떻게 좋은 일만 하고 산다더냐? 싫더라도 참석할 자리엔 참석해야지. 그래야 인맥도 쌓고 혼처도 찾을 게 아니냐.”

보어 경은 유독 ‘혼처’라는 단어를 강조했다. 내가 짝을 찾자 보어 경의 압력이 미센 누나에게 집중되는 것 같았다.

“아버지, 그 이야기는 나중에 해요.”

미센이 딱 잘라 거절했다.

월란이 부녀의 대화에 끼어들었다.

“그나저나 가주, 이상하구려.”

“숙부님, 이상하다니 그게 무슨 말씀입니까?”

보어 경이 되물었다.

“허어! 이상하지 않고. 가르시아 가문에 뭔가 구린 구석이 있다고 해서 나까지 가주를 쫓아온 것 아니오? 그리고 우리 반 데어 뤄슨의 무력 부대도 30명이나 끌고 왔지."

"그런데요?"

"그런데 가주는 어젯밤에 한스와 줄리아의 밤 외출을 허락하지 않았소? 가르시아 가문이 의심스럽다면서 이 아이들만 밖에 내보내다니, 그건 앞뒤가 맞지 않는구려."

윌란의 지적은 예리했다. 게다가 그의 말투엔 줄리아에 대한 걱정이 톡톡히 묻어났다.

보어 경이 씨익 웃었다.

"숙부님, 가르시아가 구린내를 풍기는 것은 분명한 사실입니다. 하지만 그렇다고 이 아이들의 외출을 금하면 다른 가문에서 우리를 어찌 보겠습니까? 이럴 때는 배짱 한번 튕겨 줘야지요."

"허어어! 그럼 가주는 우리 아이들의 안전을 걸고 배짱을 부려 본 거란 말이오? 해칠 테면 한번 해쳐 봐라, 뭐 이런 생각으로?"

윌란이 콧구멍을 벌렁거렸다.

보어 경이 손사래를 쳤다.

"아이고, 숙부님. 노여움을 푸십시오. 제가 어찌 한스와 줄리아의 목숨을 걸고 배짱을 튕기겠습니까? 다만 각 가문의 후계자들이 모두 모이는 자리이니 저들도 함부로 손을 쓰지 못할 것이라 생각한 게지요. 그리고 한스 이 능글맞은 녀석이 호락호락 당할 것 같지도 않고요."

보어 경은 은근히 나를 치켜세웠다.

그제야 윌란의 표정이 풀렸다.

"험험! 뭐 그렇다면 나도 할 말이 없지. 하여간 나는 가주만 믿겠소. 부디 우리 줄리아를 잘 보살펴 주시오."

말을 하면서 윌란은 내게 시선을 던졌다. 윌란의 마지막 말은 나에게 부탁하는 소리였다.

"할아버지도 참!"

줄리아가 양손으로 뺨을 감쌌다.

그 모습에 다들 웃음보를 터뜨렸다.

"허허! 녀석, 부끄러워하기는."

"하하하하!"

그렇게 화기애애하게 아침을 먹고 있을 때 변고가 시작되었다.

해링턴 가문의 식탁에서 갑자기 폭음이 터졌다. 식탁 중앙에서 녹색 연기가 무럭무럭 피어올랐다. 사람들은 손수건으로 입을 막고 자세를 낮추었다.

"독연기다!"

누군가 고함을 질렀다.

그 경고가 끝나기도 전에 해링턴 측 식탁 주변에 녹색 구슬 열댓 개가 또르르 굴러왔다. 구슬은 해링턴 가문의 신인류들 사이에서 푸슈슈 연기를 뿜으며 터졌다.

"모두 숨을 멈춰!"

해링턴의 가주 파드리그가 황급히 앞에 나섰다. 파드리그가 하얀 지팡이를 휘젓자 녹색 연기가 나선을 그리며 지팡이로 빨려들었다.

이때까지만 해도 인명 피해는 나지 않았다. 하지만 파드리그가 소매로 이마의 땀을 훔치는 사이 끔찍한 비명이 뒤에서 울렸다.

"끄아악!"

가장 후방에 있던 해링턴의 식솔 한 명이 얼굴에 피 칠갑을 한 채 나뒹굴었다. 피해자의 몸뚱어리엔 피부가 갈색인 괴물이 올라타서 목을 물어뜯는 중이었다.

"저건 구울이구나!"

파드리그가 괴물의 정체를 알아보았다.

역사상 구울이 등장한 것은 딱 한 차례.

9세기 무렵 육존 가운데 한 명이자 다크 카디날로 악명을 떨치던 이반 가슈파로비치가 구울을 만들어 세상에 뿌렸다. 당시의 신인류들은 구울 부대의 끔찍한 위력에 벌벌 떨어야 했다.

한데 그 끔찍한 괴물이 1,200년 만에 다시 등장했다. 그것도 평범한 구울이 아니라 갑옷으로 중무장한 구울이었다.

사람의 목을 뜯어먹던 구울이 파드리그에게 고개를 돌렸다. 갈색 얼굴에 동그랗고 새빨간 눈, 피범벅이 된 입가!

그 피의 주인은 파드리그가 아끼던 부하였다. 파드리그는 분노로 몸을 떨었다.

"이런 죽일 놈!"

파드리그가 구울을 향해 손을 뻗었다. 그의 손에서 뿜어진 푸른 광채가 구울의 단단한 머리통을 그대로 날려 버렸다.

구울은 입에 살점을 한 움큼 물어뜯은 채 머리가 으깨졌다. 그래도 바로 죽지 않고 삐걱삐걱 몸을 일으켜 파드리그에게 달려들었다.

"이노옴!"

파드리그가 재차 손을 뻗었다.

조금 전보다 더 눈부신 푸른 광채가 뿜어져 구울의 온몸을 부쉈다. 파드리그의 손을 떠난 광채는 여섯 갈래로 나뉘더니, 유도탄처럼 날아가 구울의 몸에 구멍을 숭숭 뚫었다.

파드리그의 무력은 역시 대단했다. 비록 보어 경보다는 실력이 뒤처지지만 그래도 69퍼센트의 각성률이면 몬스터급 신인류에 해당했다.

"역시 가주님이시다!"

파드리그의 무력에 해링턴 가문의 식솔들이 환호를 질렀다.

하지만 그 환호는 오래 가지 않았다.

꾸우어어! 꾸우어!

구울들이 연달아 나타났다. 놈들은 식당 천장을 뚫고 뚝 떨어지고, 벽을 뚫고 난입하고, 창문을 깨고 달려들었다. 한꺼번에 등장한 구울이 무려 50구가 넘었는데, 그 많은 구울들이 해링턴 가문의 식솔들을 집요하게 노렸다.

"모두 내 뒤로 물러서라!"

파드리그가 앞에 나섰다. 그의 양손이 푸른 광채로 짙게 물들었다. 마치 지름 80센티미터의 푸른 공 2개를 양손에 매단 듯한 모습이었다.

"죽어랏!"

파드리그는 푸른 구체를 만들어 적들을 향해 천천히 내밀었다.

구체가 둥실 떠올라 구울과 맞부딪쳤다.

꾸어!

가장 앞 열의 구울들이 손을 휘저어 푸른 구체를 터뜨렸다. 그렇게 터진 빛의 구체가 작은 구슬 알갱이로 변해 사방으로 흩어졌다.

아니, 잠시 흩어지는 것처럼 보였을 뿐 구슬은 다시 뭉쳤다. 조그맣고 푸른 구슬 알갱이들이 쇠사슬처럼 서로 연결되더니 선두의 구울 10구를 빙 둘러 포위했다.

푸른 사슬이 구울을 강하게 조였다. 그 사슬에 닿자 구울의 갈색 피부가 허연 연기를 내면서 타들어 갔다.

꾸어어! 꾸억!

사슬 안에 갇힌 구울들이 고통에 몸부림쳤다. 구울들은 난폭하게 손을 휘저었다. 하지만 파드리그의 마력이 구울보다 더 강했다. 파드리그가 만든 푸른 사슬은 구울의 팔과 몸통 속으로 파고들어 강하게 조이더니 구울 10구의 허리를 그대로 잘라 버렸다.

꾸어어어!

선두가 무너져도 뒤 열의 구울들이 계속 달려들었다.

"이놈들!"

파드리그가 다시 손을 썼다. 푸른 구체가 허공에 둥실 떠올라 구울들에게 날아갔다. 생각이 없는 구울들은 그 구체를 다시 건드렸고, 잘게 흩어진 구슬 알갱이가 줄줄이 엮여 푸른 사슬을 이루었다. 이 사슬이 구울 8구를 휘감아 허리를 끊었다.

그래도 구울들은 물러서지 않았다.

꾸어어어어!

세 번째 열의 구울들이 긴 울음과 함께 달려들었다.

"이 지독한 놈들!"

파드리그는 양손을 번갈아 가며 떨쳤다.

이번엔 4구의 구울만 사슬에 포박당했다. 성난 구울들이 파도처럼 밀려들었다.

"헉헉!"

파드리그의 이마에 진땀이 흘렀다. 마력이 바닥나 더 이상 손을 쓰기 힘들었다.

찰스가 파드리그의 앞을 가로막았다.

"아버님, 제가 돕겠습니다."

파드리그는 법사였지만 그의 아들 찰스는 기사였다. 찰스는 어느새 식탁 다리를 뽑아 양손에 들고는 코앞까지 달려든 구울의 머리통을 후려쳤다.

투구까지 쓴 구울의 머리는 쇠보다 더 단단해서 식탁 다리로 내려쳐 봤자 소용없었다. 하지만 찰스의 공격엔 일반 사람들은 흉내 낼 수 없는 강한 힘이 실려 있었다. 오른손으로 내려친 식탁 다리가 구울의 투구를 부수고 두개골 전면에 10센티미터나 파고들었다. 이어서 왼손으로 후려친 식탁 다리가 구울의 목을 분질렀다.

구울이 비틀거리는 사이 파드리그가 다시 기운을 모았다.

"아들, 교대하자."

파드리그는 찰스와 자리를 바꾸더니, 비틀거리는 구울의 머리통을 손바닥으로 내리찍었다.

퍼석!

파드리그의 손에 어린 푸른 광채가 구울의 머리통을 완전히 으깼다. 머리를 잃은 구울이 방향감각을 잃고 허둥거렸다.

파드리그는 몸뚱어리만 남은 구울을 발로 차서 쓰러뜨리

고는, 다시 한 번 양손에 푸른 기운을 모았다.

꾸어어어!

구울들이 떼를 지어 파드리그에게 달려들었다.

파드리그는 푸른 사슬로 구울 다섯을 해치웠고, 다시 거칠게 숨을 몰아쉬었다.

“가주님을 지켜라!”

“저 사악한 몬스터들을 막아!”

해링턴 가문의 신인류들이 파드리그 앞을 에워쌌다.

그 위로 구울 부대가 덮쳤다.

푸우우!

젊은 법사 한 명이 입에서 불을 뿜어 구울 한 구를 불덩이로 만들었다.

하지만 뒤이어 달려든 구울이 법사의 얼굴을 손으로 후려쳤다. 법사의 두개골이 퍼석 부서졌다. 피가 사방으로 튀었다.

일단 피가 튀자 구울들의 행동이 바뀌었다.

꾸억! 꾸어어억!

구울들은 바닥에 뿜어진 핏물을 손으로 찍어 자신들의 가슴에 X 자를 그렸다.

“피해!”

멀리서 누군가 고함을 질렀다.

하지만 경고가 너무 늦었다. 그때는 이미 몸에 X 자를 그린 구울들이 해링턴 가문 식솔들을 향해 몸을 던진 뒤였고, 그 즉시 폭발이 시작되었다.

구울의 가슴에 묻은 피가 부글부글 끓었다. 어느 순간 피가 비등점을 넘어서자 구울의 가슴이 X 자로 쩍 쪼개졌다.

Chapter 2

X 자 모양으로 가슴 해체!

그리고 폭발!

"안 돼! 크아악!"

파드리그는 젖 먹던 힘까지 쥐어짰다. 그는 몸속의 피가 역류하는 것도 무시하고 푸른 구체를 4개나 띄웠다.

그 푸른 구체가 일제히 터져 사슬망을 이루었다. 여러 겹의 사슬들이 겹쳐서 빽빽한 방어막을 만들었다.

온몸을 던져 자폭한 구울이 무려 15구!

파드리그가 소환한 사슬망은 놀랍게도 그 폭발의 대부분을 받아 내었다. 하지만 일부에 구멍이 뚫리는 것은 막을 수 없었다.

퍼억! 퍽! 퍽! 퍽!

쇳덩이처럼 단단한 구울의 살점이 파드리그의 목과 가슴, 배를 동시에 뚫었다.

"크억!"

파드리그가 털썩 무너졌다. 다행히 경동맥과 심장을 피해 즉사하지는 않았다. 하지만 쉽게 일어서기 힘든 중상이었다.

"안 돼! 아버님!"

"가주님!"

찰스와 엘리자베스가 동시에 파드리그에게 달려들었다. 해링턴 가문의 신인류들은 무기를 들고 그 주변을 둘러쌌다.

"아버님, 정신 차리십시오! 아버님!"

찰스가 옷을 찢어 파드리그의 상처를 감쌌다.

아직 남은 구울들이 쓰러진 파드리그를 향해 한꺼번에 달려들었다.

안타깝게도 이 자리엔 저 구울들을 막을 만한 실력자가 없었다. 파드리그는 이번 원탁회의에 무력 부대 대신 외교 사절 위주로 데려왔다.

따라서 지금 파드리그를 둘러싼 자들은 전투 경험이 거의 없었다. 이런 급박한 상황에 무슨 일을 어떻게 해야 할지 감도 잡지 못했다. 그들이 할 수 있는 일이라고는 그저 자신들의 몸을 던져서 인간 방패가 되는 것뿐이었다.

"누가 좀 도와줘!"

찰스가 고함을 질러 도움을 청했다.

한데 아무도 도울 수 없었다. 지금 다른 가문들도 격렬한 전투에 휘말려 정신이 없었다.

템플 기사단에서 맨 처음 공격을 받은 곳은 해링턴 가문이었다. 하지만 곧이어 등장한 흑마법사들이 나머지 가문들을 몰아쳤다.

흑마법사 가운데 10명은 노란 로브를 입었다. 그리고 이 노란 로브의 흑마법사 한 사람당 주홍색 로브를 입은 흑마법사 5명이 보좌로 달라붙었다. 이렇게 6인 1조를 이룬 흑마법사들이 템플 기사단을 향해 무자비한 공격을 퍼부었다.

딸랑딸랑딸랑!

노란 로브의 흑마법사 2명이 시뻘건 오브(Orb)를 흔들었다. 오브에 매달린 방울이 요란한 소리를 냈다.

잠시 후 녹색의 물컹한 식물이 소환되어 바이어 가문을 향해 달려들었다. 넝쿨처럼 생긴 식물이었는데, 줄기 중간에 녹색 구슬이 열매처럼 열려 있었다. 그 구슬이 펑펑 터지면서 지독한 독 연기가 주변을 에워쌌다.

바이어 가문의 가주 크리스토프는 각성률 77퍼센트의 강자였다. 또한 크리스토프는 기사와 법사의 재능을 동시에 갖춘 인물이었다.

크리스토프가 허리띠를 뽑아 허공에 8자를 그렸다. 빳빳하게 선 그의 허리띠가 쐐액 하고 바람 소리를 냈다. 그렇게 형성된 바람이 녹색 구슬을 휘감아 흑마법사들에게 돌려보냈다.

“으헉!”

“안 돼!”

녹색 구슬이 날아오자 흑마법사들도 당황했다.

주홍색 로브를 입은 흑마법사들이 구울을 방패로 내세워 녹색 구슬을 막았다. 그 사이 노란 로브의 흑마법사들이 크리스토프를 공격했다.

흑마법사의 오브에서 하얀 실이 술술 풀려나왔다. 거미줄을 닮은 이 실은 크리스토프의 허리띠에 달라붙어 칭칭 휘감았다.

“흥!”

크리스토프가 허리띠를 홱 잡아 뺐다. 그러면서 허리띠 주변의 마찰계수를 0으로 만들어 거미줄이 달라붙지 않도록 조치를 취했다.

노란 로브의 흑마법사가 크리스토프를 향해 입을 쩍 벌렸다. 놀랍게도 그의 입에서도 하얀 거미줄이 뭉텅이로 쏟아졌다.

“이제 보니 사람이 아니구나!”

로브 속에서 드러난 흑마법사의 얼굴은 반은 인간이지만 반은 거미였다.

“인간이기를 포기한 자여! 내 손에 죽어라.”

성난 크리스토프가 허리띠를 검처럼 휘두르며 흑마법사에게 접근했다.

확실히 크리스토프의 실력은 흑마법사들을 압도했다. 단지 그를 보좌하는 바이어 가문의 신인류들이 발목을 잡았을 뿐이었다.

크리스토프도 파드리그 해링턴과 똑같은 실수를 했다. 무력 부대를 데려왔어야 했는데, 외교 사절만 끌고 온 것이 문제였다.

크리스토프는 허리띠를 검처럼 휘둘러 구울 3구의 목을 베고 주황색 로브의 흑마법사 둘을 연달아 해치웠다. 그다음 노란 로브의 흑마법사를 공격했다.

그때 바이어 가문의 식솔들 사이에서 비명이 울렸다.

"아악!"

구울 한 구가 방어망을 뚫고 달려들어 크리스토프의 부하를 붙잡았다. 이어서 끔찍한 비명과 함께 그 부하의 팔이 찢겨 나갔다.

"이런!"

크리스토프는 흑마법사를 공격하다 말고 몸을 되돌렸다. 적들을 해치우는 것도 좋지만, 그 전에 식솔들부터 구해야 했다.

한숨 돌린 흑마법사들이 구울을 앞세웠다.

"크리스토프가 아니라 그 식솔들을 노려라. 그게 크리스토프의 약점이다."

흑마법사들은 교활하고 집요했다.

"으윽! 이 비겁한 놈들!"

크리스토프가 크게 발을 굴렀다.

하지만 흑마법사들의 집요한 공세에 점점 손발이 어지러워졌다. 부하들을 구하려다가 자칫 본인이 당할 상황이었다.

같은 시각, 리엔조 가문도 한창 전투 중이었다.

다행히 마사는 무력 부대를 끌고 왔다. 비록 숫자는 10명에 불과하지만 그 하나하나가 리엔조의 정예병들이었다.

마사는 부하들을 이끌고 흑마법사들을 무섭게 몰아쳤다.

"호호호호! 잘 나타났다. 다 죽여주마!"

마사는 흑마법사들을 지극히 증오했다. 사랑하는 아버지를 납치한 원수들을 그냥 두고 볼 마사가 아니었다.

마사가 양손 엄지와 검지를 모아 직사각형을 만들자, 그 직사각형 안에서 강한 중력 왜곡이 발생했다.

꾸득! 꾸드득!

"크아악!"

마사가 겨냥하는 곳마다 흑마법사들이 척추가 으스러져 주저앉았다. 마사는 흑마법사들의 척추를 부숴 무력화시킨 다음, 중력을 더 집중해서 적들의 머리통을 으깨 버렸다.

"저 계집을 해치워라."

"저년이 리엔조 가문의 핵심이다."

그런 마사를 향해 흑마법사들이 악을 썼다.

명령을 받은 구울들이 마사에게 집중적으로 달라붙었다.

하지만 마사는 구울에게 신경 쓰지 않았다. 리엔조의 무력 부대가 접근하는 구울들을 하나씩 박살 내면서 철저하게 방어해 주었다.

솔직히 크리스토프나 파드리그가 마사보다 훨씬 더 강했다.

하지만 크리스토프와 파드리그에게는 지켜야 할 사람이 너무 많았다. 그 때문에 신경이 분산되어 제대로 공격하지 못했다.

반면 마사는 모든 정신을 공격에만 집중했다. 방어는 부하들이 맡아서 해 주었다.

전투가 시작된 이래 노란 로브의 흑마법사 2명이 마사의 손에 죽었다. 주홍색 로브의 흑마법사는 8명이나 해치웠다.

짐 버플리의 경우는 마사보다 한 술 더 떴다.

"으하하하! 이 어리석은 놈들!"

짐 버플리는 이곳에 무력 부대를 30명이나 데려왔을 뿐 아니라 신무기도 가져왔다. 개머리판이 황금으로 장식되었고, 총신에 나이프가 장착된 총검이 짐의 신무기였다.

짐은 이 총검을 빙글빙글 휘둘러 구울의 머리통을 부수

고 심장을 으깼다. 그러다 가끔 기분이 내키면 총탄을 발사해 흑마법사의 얼굴을 산산조각 냈다. 짐의 총에서 발사된 산탄은 박격포보다 더 위력이 강해 흑마법사의 얼굴뿐 아니라 몸통까지 산산이 찢었다.

"으하하하!"

입에 시가를 물고 날뛰는 짐 때문에 흑마법사들은 정신이 쏙 빠졌다.

"자폭 부대를 총동원해라."

흑마법사들이 악을 썼다. 구울들이 가슴에 X 자로 피를 칠하고 우르르 달려들었다. 하지만 그 전에 버플리 가문의 무력 부대가 나서서 화염을 쏘고 식탁을 집어 던졌다. 구울들은 짐 버플리에게 가까이 접근하지도 못하고 펑펑 폭발했다.

Chapter 3

"거미 부대도 투입해!"

노란 로브의 흑마법사가 악을 썼다.

어디서 나타났는지 거대한 거미가 성큼성큼 기어와 버플리 가문을 공격했다. 사람의 얼굴에 거미의 몸을 가진 이 괴물들은 등에 구울을 태우고 등장했다. 그러곤 천장으로 기어 올라가 버플리 병력의 한가운데에 구울을 투척했다.

펑펑! 퍼퍼펑!

구울이 천장에서 뚝 떨어지면서 폭발했다.

"크윽!"

"으아악!"

결국 버플리 가문도 피해를 입었다.

"버플리를 도와라."

보어 경이 명령을 내렸다.

"넷, 가주님."

반 데어 뤄슨의 정예부대가 움직였다. 마침 두 가문은 가까이 붙어 있어 서로를 돕기 쉬웠다.

보어 경도 직접 전투에 뛰어들었다. 보어 경은 크리스토프 바이어처럼 2개의 재능을 가졌는데, 기사보다는 법사의 능력이 더 뛰어났다.

보어 경이 손가락을 뻗을 때마다 새하얀 빛이 일직선으로 날아가 흑마법사의 이마를 꿰뚫었다.

"컥!"

거미 부대를 조종하던 흑마법사가 보어 경의 공격에 맞아 고꾸라졌다. 그러자 거미 인간들이 허둥지둥 갈피를 잡지 못하고 쩔쩔맸다.

거미의 등에 올라탄 구울도 제때 자폭하지 못했다.

"고맙네, 보어."

짐이 보어 경에게 손을 흔들었다.

보어 경도 마주 손을 흔들고는 흑마법사 한 명을 또 저격했다.

반 데어 뤄슨과 버플리 가문이 힘을 합쳐 승기를 잡았다. 노란 로브의 흑마법사가 벌써 6명이나 죽었다. 마사가 해치운 자들까지 합치면 8명이었다.

이제 남은 자는 단 2명.

주홍색 로브를 입은 흑마법사들까지 모두 합쳐도 13명에 불과했다.

보어 경이 남은 잔당들을 가리켰다.

“반 데어 뤄슨의 기사들이여, 이제 바이어 가문을 돕자.”

“네, 가주님.”

“명을 받들겠습니다.”

반 데어 뤄슨의 정예부대는 구울 부대를 밀어내며 식당 중앙으로 진격해 바이어 가문을 도왔다.

그 무렵 크리스토프는 왼팔이 부러지고 발목에 피를 철철 흘리면서 고군분투하던 중이었다. 그러던 참에 보어 경이 도우러 오자 크게 반색했다.

“보어 경! 정말 고맙소.”

물론 바이어 가문의 피해는 컸다. 크리스토프가 크게 다쳤을 뿐 아니라 바이어 일족 7명이 죽었다. 하지만 가문의 후계자인 루트비히와 니코는 죽지 않았다.

반 데어 뤄슨 가문이 식당 중앙으로 진격한 사이, 짐 버플리는 식당 북쪽으로 진출해 리엔조 가문을 도왔다.

"고맙습니다, 숙부님. 고마워, 알렉산드라."

마사는 짐과 알렉산드라에게 고맙다는 인사를 하고는 후퇴하는 흑마법사들에게 달려들어 끝까지 공격했다.

주홍빛 로브를 입은 흑마법사들이 마사의 중력 마법에 당해 픽픽 고꾸라졌다.

싸움이 얼추 끝날 즈음 마사는 바닥에 쓰러진 마르첼로에게 다가왔다. 마사의 남자친구 마르첼로는 치열한 전투의 와중에 심장이 뚫려 숨이 멎은 상태였다.

"잘 가, 마르첼로."

마사가 손수 마르첼로의 눈을 감겨 주었다. 그러곤 마르첼로의 이마에 마지막 키스를 했다. 마사의 볼을 타고 한 줄기 눈물이 흘렀다.

이제 식당 중앙과 북쪽, 서쪽, 남쪽은 모두 탈환했다. 흑마법사들이 활개를 치는 곳은 식당 동쪽뿐이었다.

구울과 거미 인간, 흑마법사들로 둘러싸인 식당 동쪽.

그 한복판에서 해링턴 가문이 큰 위기를 맞았다. 구울들이 자폭 공격을 하면서 파드리그 가주가 무너졌다. 그 위로 남은 구울들이 달려들었다.

"아아아, 안 돼!"

해링턴 가문엔 이 구울들을 막을 힘이 없었다. 때를 맞춰 에르쿨이 돕지 않았다면 해링턴 가문은 정말 큰 위기를 맞았을 것이다.

"파드리그 가주!"

에르쿨은 식당 창문을 뚫고 뛰어들더니 파드리그를 향해 전력으로 달려왔다.

나는 에르쿨의 손을 눈여겨보았다.

'손가락이 6개! 아프리카에서 만난 그 사자가면이구나!'

이번에 등장한 에르쿨은 아프리카에서 만난 바로 그자였다. 어젯밤 우리를 유혹해 이비자 섬의 클럽으로 데려간 에르쿨이 아니었다.

나는 흥미진진한 얼굴로 에르쿨을 지켜보았다.

꾸어어!

구울 10구가 일사불란하게 움직여 에르쿨의 앞을 가로막았다.

내가 아는 에르쿨의 실력이라면 이 정도 구울쯤은 충분히 해치울 수 있었다. 한데 에르쿨은 구울을 상대하지 않았다. 여기서 시간을 허비하다가는 파드리그를 잃기 때문이었다.

"이이익! 비켜라!"

에르쿨은 구울의 공격을 온몸으로 맞으며 돌파했다. 그 탓에 에르쿨의 옆구리가 깨지고 갈비뼈가 4대나 부러졌다.

귀도 조금 찢겼고, 허벅지는 길게 긁혀 피가 철철 흘렀다. 상처가 순식간에 부패해 곪기 시작했다.

하지만 에르쿨은 눈 하나 깜짝하지 않았다. 이 모든 고통을 감내한 채 독수리처럼 날아올라 파드리그 앞을 막아섰다.

파드리그의 발목을 움켜잡았던 구울이 에르쿨의 발차기에 나동그라졌다.

구울들이 우르르 달려들었다.

에르쿨은 그 구울들을 상대로 검을 뽑았다. 끝이 뾰족한 펜싱용 검이었다.

쩌어엉!

에르쿨의 손에 들린 검이 구울 무리를 향해 황금빛 광채를 뿜어내었다.

화려한 빛에 노출되자 구울의 동작이 눈에 띄게 느려졌다. 이어서 에르쿨의 검 끝에서 강한 전기가 튀었다.

빠캉! 빠지직!

사방으로 스파크가 튀었다. 구울들이 새카맣게 타들어갔다. 에르쿨의 공격은 범위가 무려 10미터나 되었기에 구울들이 집단으로 타격을 받았다. 거리가 10미터 이상 떨어진 곳에 서 있던 구울도 입에서 허연 연기를 내뿜으며 주저앉았다.

이 한 방이 결정타 역할을 했다.

이제 흑마법사는 단 둘만 남았다. 둘 다 노란 로브를 입은 흑마법사들이었다. 그들이 에르쿨과 파드리그를 향해 동시에 달려들었다.

“제기랄! 이번 작전은 실패다.”

“하지만 이대로 무너질 수는 없어. 템플 기사단의 가주들 가운데 한 명이라도 죽여야 해.”

흑마법사들은 눈에 독기를 품었다.

둘 중 한 명이 에르쿨에게 달려들었다. 흑마법사는 노란 로브를 벗어 던지고 풀쩍 뛰어오르더니 오브에 검은 기운을 모아 에르쿨의 얼굴을 찍었다.

같은 시간 동료 흑마법사가 파드리그를 덮쳤다.

“안 돼!”

에르쿨은 자신에게 날아오는 공격을 막지 않았다. 대신 검을 던져 파드리그를 덮친 흑마법사의 등을 꿰뚫었다.

푹!

“크헉!”

파드리그를 공격하던 흑마법사가 먼저 죽었다.

뒤이어 에르쿨이 검은 기운에 얼굴을 얻어맞아 피를 뿌렸다.

이 두 가지 사건이 동시에 일어났다.

“에르쿨 님!”

가르시아의 기사들이 고함을 지르며 달려왔다. 그들은

구울을 밀치고 거미 인간들을 두 동강 내며 달려와 에르쿨을 부축했다. 에르쿨을 공격했던 흑마법사는 가르시아 기사의 검에 목이 관통되어 죽었다.

"에르쿨 님, 괜찮으십니까?"

"에르쿨 님, 제발 정신 차리십시오."

가르시아의 기사들은 에르쿨의 몸을 잡고 흔들었다. 한눈에 보기에도 에르쿨의 상처는 심각했다. 하지만 에르쿨은 자신보다 파드리그를 먼저 챙겼다.

"파드리그 가주는 무사한가?"

"예, 무사하십니다. 파드리그 님은 무사하십니다."

"다른 가주님들은? 다들 무사하신가? 그분들은 우리 가르시아의 손님들이다. 우리가 몸을 던져서라도 지켜야 해!"

"에르쿨 님! 크흑!"

피범벅이 된 얼굴로 손님의 안전을 챙기는 에르쿨의 모습에 다들 감동을 받았다.

실제로 이번 흑마법사의 기습 공격에 가장 큰 피해를 입은 곳이 바로 가르시아였다. 흑마법사 일당은 이곳 식당뿐 아니라 리조트 전체를 공격했다. 에르쿨은 선두에서 구울과 싸우고 피로 길을 뚫어 이곳 식당까지 온 것이다.

그 사실을 알게 된 사람들은 가르시아 가문의 희생에 경의를 표했다. 독일의 바이어도, 영국의 해링턴도, 심지어 버플리 가문도 에르쿨 가르시아를 향해 목례를 했다.

“어허! 내가 에르쿨을 오해했던가?”

보어 경도 마음이 흔들리는 눈치였다.

하지만 나는 아니었다. 에르쿨이 아무리 피를 흘리며 희생을 해도 나를 속일 수는 없었다.

‘크크! 이거 참! 대단하군. 에르쿨의 연기력이 저렇게 뛰어날 줄이야!’

하지만 곧 생각이 바뀌었다.

‘아니지. 에르쿨은 배우에 불과할 뿐, 실제로는 이런 상황을 연출해 낸 세르히오가 대단한 거지. 하하하, 아주 좋아. 마음에 들어.’

나는 마음속으로 세르히오에게 박수를 쳐 주었다.

Chapter 4

사람들이 하나둘 에르쿨의 주변으로 모여들었다.

에르쿨은 피가 밴 붕대로 얼굴의 절반을 가린 채 건물 기둥에 기대앉았다. 에르쿨의 부하들이 상황을 보고했다.

“에르쿨 님, 리조트에 난입한 흑마법사가 총 240명이 넘는 것으로 파악되었습니다.”

“이 가운데 주홍색 로브를 입은 자들은 일반 흑마법사

들이고, 노란 로브를 입은 자들은 네크로맨서로 파악됩니다."

"네크로맨서들이 소환한 구울이 적어도 1,000구는 넘은 것으로 집계되었습니다."

"거미 인간도 250마리 이상입니다."

"적들의 공격 패턴을 분석해 보면, 네크로맨서 한 명당 일반 흑마법사 5명이 붙어서 한 조를 이루는 형태입니다. 이들 조원이 함께 움직이면서 공격을 퍼부었습니다."

가르시아 가문의 보고를 들으면서 사람들은 입을 쩍 벌렸다.

오늘 기습 공격에 동원된 네크로맨서가 무려 40명이라고 했다.

일반 흑마법사는 200명이 넘었다.

게다가 구울이 1,000구, 거미 인간이 250이란다.

1,200년 전 이반 가슈파로비치가 동유럽을 휩쓸고 서유럽으로 진출했을 당시 동원한 네크로맨서가 13명이었다. 그런데도 전 유럽이 휘청거리고 템플 기사단이 큰 타격을 입었다.

한데 오늘 이곳에 쳐들어온 네크로맨서는 그 3배가 넘었다.

"네크로맨서 40명? 흑마법사들의 전력이 이렇게 막강했단 말인가!"

짐 버플리가 탄식을 흘렸다.

"으으으, 네크로맨서!"

크리스토프 바이어는 두 주먹을 불끈 쥐었다.

바이어 가문 사람들은 네크로맨서라면 자다가도 벌떡 일어날 정도로 증오했다. 1,200년 전 슬라브 민족을 통일한 이반 가슈파로비치는 동유럽을 지나 중부 유럽으로 진격하면서 독일의 바이어 가문과 정면으로 충돌했다.

당시 바이어 가문의 선조들은 목숨을 걸고 이반과 맞서 싸웠다.

하지만 역부족.

바이어 가문의 정예병들이 아무리 목숨을 걸고 덤벼도 육존 가운데 한 명인 이반 가슈파로비치를 막을 수는 없었다.

이반의 음침한 눈길이 한 번 훑고 지나가면 아군이 정신을 제압당해 적군으로 돌변했다. 이반의 손길이 스쳐 지나갈 때마다 수십 구의 시체들이 무덤을 뚫고 일어섰다. 쇠보다 더 단단한 몸뚱어리에 행동은 표범보다 더 날렵한 구울이 등장한 것도 바로 이 때였다.

바이어 가문은 이반의 군대 앞에 처절하게 무릎을 꿇었다. 단지 항복한 정도가 아니라 바이어 가문의 생존자들 대부분이 네크로맨서의 실험체가 되었다.

바이어 가문이 다시 부활한 것은 그로부터 한참 뒤의 일.

이반이 죽고 네크로맨서들이 유럽에서 자취를 감춘 뒤에야 바이어 가문은 겨우 되살아났다. 그것도 간신히 명맥만 잇는 수준이었다. 바이어 가문이 과거의 영화를 되찾기까지는 무려 500년이 넘는 세월이 걸렸다.

이러한 역사적 아픔 때문에 바이어 사람들은 네크로맨서를 원수로 여겼다.

크리스토프는 바이어의 가주였다. 당연히 네크로맨서를 떠올리는 것만으로도 피가 거꾸로 솟았다.

에르쿨이 부하들에게 물었다.

"가주님께선 지금 어디 계시는가? 지금쯤 마드리드를 떠나 이곳에 오실 시간인데?"

세르히오의 등장 소식에 사람들이 귀를 쫑긋 세웠다.

에르쿨의 부하 한 명이 고개를 가로저었다.

"조금 전 세르히오 님께서 연락을 보내셨습니다. 이곳으로 오시는 도중 비행기 폭발 사고가 있었다고 합니다."

"뭣? 세르히오 님께서 탑승하신 비행기가 폭발을 해? 크윽!"

에르쿨이 벌떡 일어섰다. 그다음 가슴의 상처를 움켜쥐며 다시 주저앉았다.

다른 사람들도 모두 놀랐다.

"그게 정말인가? 세르히오 님의 비행기가 폭발을 일으켰다고?"

크리스토프가 물었다.

짐 버플리도 끼어들었다.

"그분께서는 무사하신가? 설마 비행기 폭발 정도로 부상을 당하시진 않았겠지?"

다들 심각한 얼굴로 답변을 기다렸다.

에르쿨의 부하는 냉큼 대답했다.

"세르히오 가주님께서는 다행히 무사하십니다. 하지만 세르히오 님의 수발을 들던 식솔들이 상당히 죽거나 다친 모양입니다. 이에 분노하신 세르히오 님께서는 손수 몸을 날려 비행기 폭발 사고의 주범을 추적 중이라고 하셨습니다."

"주범? 비행기 사고의 용의자를 알아내셨단 말인가?"

보어 경이 고개를 갸웃했다.

"네, 세르히오 가주님께선 예지력을 발휘하여 이번 사건의 음모자를 찾으셨다고 합니다."

"그게 누구인가?"

"그 범인이 대체 누구란 말인가?"

다들 침이 바짝 말랐다.

"비행기 폭발의 원인은 구울이었습니다. 10구의 구울이 동시에 자폭을 해서 비행기 날개 하나를 박살 냈다는 전언입니다."

"으으으! 구울!"

"또 네크로맨서란 말인가? 놈들이 우리와 세르히오 님을 동시에 노린 게야?"

각 가문의 가주들은 분통을 터뜨렸다.

에르쿨의 부하가 고개를 힘차게 끄덕였다.

"그렇습니다. 네크로맨서들이 이곳 리조트와 세르히오 님의 전용기를 동시에 공격했습니다. 아! 그리고 세르히오 님께서 한 가지 말을 덧붙이셨습니다."

"그게 뭔가?"

크리스토프가 바짝 다가서서 물었다.

"예지력으로 네크로맨서들을 추적하다 보니 러시아의 드네르프 조직과 연관성이 발견되었다고, 여러 가주님들께 그렇게 전해 달라고 하셨습니다."

"러시아의 드네르프! 크으윽! 역시 그놈들이 배후였구나!"

크리스토프가 발을 굴렀다.

짐도 콧김을 푹푹 내뿜었다.

"크흥! 내 이럴 줄 알았어. 원래 네크로맨서들은 이반 가슈파로비치의 부하였잖아. 그리고 이반은 러시아 드네르프 조직의 추기경이었다고. 그러니 이번에 등장한 네크로맨서들도 드네르프와 관련이 깊을 수밖에!"

각 가문의 가주들이 웅성웅성 떠들었다.

에르쿨의 부하가 쐐기를 박았다.

"아 참! 한 가지 더 말씀드릴 것이 있습니다."

"그게 무언가?"

사람들이 이목이 에르쿨의 부하에게 쏠렸다.

"정신 교란과 이간질은 드네르프의 주특기가 아닙니까. 세르히오 님께선 각 가문의 가주님들께서 이 점을 주의해 달라고 당부하셨습니다."

사람의 판단을 흐리게 만드는 정신 교란!

아군끼리 싸우게 만드는 이간질!

이 두 가지는 드네르프가 종종 써먹는 수법들이었다.

"아! 그렇다면 혹시!"

크리스토프가 무릎을 쳤다.

짐이 물었다.

"크리스토프 경, 뭔가 짚이는 것이 있소?"

크리스토프는 대뜸 고개를 끄덕였다.

"짐도 알다시피 지금 가르시아 가문이 오해를 받고 있지 않소. 일본에서 등장한 그 사자가면 때문에 가르시아에 의혹의 눈길이 쏠린 것 아니오."

"그런데?"

"그게 혹시 드네르프 놈들의 이간질이 아닐까 싶소."

"아!"

신인류들이 동시에 탄성을 흘렸다.

듣고 보니 그럴 듯했다. 지금 신인류들 사이엔 "가르시아 가문이 흑마법사들의 배후라더라."라는 소문이 알게 모르게 퍼져 있었다. 한데 크리스토프의 말을 듣고 보니 이 모든 것이 드네르프 조직의 이간질인 것 같았다.

짐이 손바닥을 딱 쳤다.

"그렇지! 이간질이지! 그게 아니고선 오늘 벌어진 일들을 설명할 수가 없어. 자, 다들 주변을 보라고. 네크로맨서와 흑마법사가 가르시아 가문에 쳐들어와서 우리의 목숨을 노렸어. 그 와중에 가르시아 가문은 우리를 지키려다 막대한 피해를 입었지. 어디 그뿐이야? 네크로맨서들은 감히 세르히오 님까지 저격했다. 만약 가르시아 가문이 음모의 배후라면 왜 이런 일이 벌어졌겠어? 저 음흉한 드네르프 놈들이 가르시아 가문을 음해한 게야."

"그렇지! 짐 가주의 추측이 옳은 것 같소."

크리스토프가 고개를 주억거렸다.

"역시 진짜 배후는 따로 있었구나!"

사람들도 짐의 말에 동의했다.

이제 가르시아 가문은 의혹을 씻었다. 대신 드네르프가 모든 의혹을 뒤집어썼다.

'웃기는군.'

나는 속으로 웃었다.

드네르프는 샤늘루루가 다스리는 조직이었다. 그 드네르프가 나나 샤늘루루의 명령도 없이 가르시아 가문을 공격할 리 없었다.

나는 세르히오에게 한 번 더 박수를 쳐 주었다.

'역시 세르히오는 연출 능력이 뛰어나. 스스로 가르시아 가문을 쳐서 희생하게 만들고는, 그 희생을 바탕으로 모든 의혹을 벗어던졌단 말이지. 게다가 나를 피해 도망치기까지 했어. 그렇다면 나도 장단을 맞춰 줘야지. 세르히오가 만든 연극에 함께 끼어들어 흥을 돋워 줘야지.'

나는 세르히오의 거짓말을 까발릴 생각이 없었다.

'내가 진실을 밝힌들 내 말을 믿을 사람도 없지.'

여기 모인 신인류 가운데 내 말을 믿어 줄 사람은 보어 경밖에 없었다. 젊은 나보다 광전의 현자 세르히오의 말이 더 무게를 가지는 것이 당연했다.

'게다가 사람들을 애써 설득한들 무얼 하겠어?'

설령 사람들이 내 말을 믿어 준다고 해도 내가 얻는 것은 없었다. 차라리 세르히오에게 장단을 맞추어 한바탕 크게 휘저어 버리는 것이 더 속 시원했다. 나는 주변 사람들이 눈치채지 못하게 어둠의 기운을 끌어 올렸다.

내가 부리는 어둠의 기운은 조금 전 네크로맨서의 허접한 능력과는 비교도 할 수 없었다. 나는 어둠 그 자체!

깊은 심연 밑바닥을 차고 올라온 순수한 어둠이 내 심장을 통해 온몸으로 퍼져나갔다. 그다음 내 손끝을 타고 세상 밖으로 튀어나왔다.

제6화
메노르카 연합

Shapiro

Chapter 1

내가 보유한 권능 가운데 주력으로 꼽힐 만한 것은 모두 세 가지였다.

첫째, 태양의 힘!

둘째, 어둠의 힘!

셋째, 생명과 숲의 힘!

나는 이 가운데 두 번째 권능을 끌어 올렸다.

무의식의 심연 밑바닥에서 기어 올라온 지독한 어둠의 기운이 내 몸속 혈관을 타고 한 바퀴 순환했다. 그 기운은 마치 살아 있는 생명체처럼 내게 칭얼거렸다. 왜 이제야 자신을 불러 주었느냐고, 좀 더 자주 자신을 불러 달라고!

녀석이 혈관 한 가닥 한 가닥을 통과할 때마다 그 칭얼거림이 내게 들렸다.

나는 빙그레 웃음으로 화답했다.

그러자 어둠의 기운은 부모에게 칭찬받은 아이처럼 기분 좋게 포효했다. 그다음 내 손끝을 타고 세상 밖으로 튀어나왔다.

내가 사는 이 지구에 어둠의 근원이 소환된 것은 지금이 처음이었다. 녀석은 크게 꿈틀거리며 땅속으로 스며들었다.

그 즉시 일이 시작되었다. 어둠의 근원이 땅에 스며드는 것과 동시에 대지의 성질이 바뀌었다. 지금 이 순간부터 이곳 메노르카 섬은 지구의 법칙을 따르지 않았다. 오직 어둠의 법칙, 음차원의 규율만 적용되었다.

음차원의 규율 하나!

이 안에서 어둠의 족속들은 무한한 생명력을 갖는다.

음차원의 규율 둘!

목숨이 다했던 어둠의 족속들도 끊임없이 되살아난다.

음차원의 규율 셋!

모든 어둠의 족속들은 지배자에게 귀속된다.

메노르카 섬은 이상의 규율이 적용되는 세상으로 바뀌었다. 하지만 신인류들 가운데 그 누구도 이런 변화를 깨닫지 못했다.

오직 한 명.

나의 여종 미센만이 변화를 인지했다. 사실 미센도 어둠의 족속 가운데 하나였다. 메노르카 섬의 변화를 가장 빨리 눈치챌 수밖에 없었다.

'아아! 위대하신 주인님!'

미센은 두 손을 가슴에 꼭 모았다. 그녀가 지켜보는 가운데 일이 시작되었다.

뎅!

난데없이 종소리가 울렸다.

섬 전체를 떨어 울릴 만큼 큰 소리였지만, 이 자리에 있는 그 누구도 종소리를 듣지 못했다.

붉은 쇠로 만든 악마의 종 키키로!

샤피로가 가진 보물 중 하나인 위대한 탈라히 세트(Great Talahi Set)에 포함된 그 악마의 종 키키로가 차원을 뛰어넘어 곡소리를 토했다.

음차원의 규율 첫 번째와 두 번째!

땅에 쓰러진 족속들이여, 어둠이 지배하는 공간 안에서 너희는 끊임없이 되살아나고 절대 죽지 않으리니, 다시 일어나 싸우라! 적들을 모두 섬멸하여 그 승리의 영광을 어둠의 신, 우리의 주인께 바치라!

메노르카 섬 전체가 키키로의 곡소리에 호응했다.

땅이 우우웅 울었다. 공기가 우르르 요동쳤다. 머리가 부서지고 심장이 터진 시체들이 꾸물꾸물 움직였다.

어깨 부위에서 뚝 잘려 바닥에 나뒹굴던 구울의 팔이 스르륵 기어가 다른 구울의 발목에 들러붙었다. 반쯤 뭉그러진 거미 인간이 슬금슬금 움직여 구울의 시체를 붙잡더니 그 구울의 시체로 자신의 뭉그러진 반을 채웠다. 허리가 잘린 흑마법사의 시체가 손을 뻗어 구울의 다리를 붙잡고는, 그 다리를 자신의 허리 아래에 붙였다.

리조트 정원에 쌓인 구울의 시체가 300구가 넘었다. 그 시체들이 꾸물꾸물 움직여 한 덩어리로 뭉쳤다. 거대한 벌레처럼 뭉친 이 괴물의 몸통에는 구울의 팔과 다리 수백 개가 무질서하게 붙었고, 몸통 곳곳에 구울과 거미 인간의 머리통이 박혀 입을 쩍쩍 벌렸다.

벌레를 닮은 괴물이 몸통을 일으켰다. 괴물의 몸에 박힌 수백 개의 머리통이 동시에 괴성을 내질렀다.

꾸어엉!

그 엄청난 포효에 리조트가 무너질 듯 뒤흔들렸다.

거대한 벌레의 정체는 스티처(Stitcher: 바늘땀 괴물)!

구울 300구와 거미 인간 89마리, 흑마법사 19명, 네크로맨서 2명이 하나로 붙어 만들어진 어둠의 족속이었다.

스티처의 외형은 그 이름과 딱 맞았다. 여러 생명이 하나로 붙어서 만들어진 덕분에 온몸에 바늘땀 자국이 가득했다. 게다가 길이는 100미터에 몸통 굵기는 35미터나 되었다.

"저게 뭐야?"

"으으으! 네크로맨서들의 공격이 아직 끝나지 않았구나!"

에르쿨 주변에 모여 있던 사람들이 기겁했다. 가르시아 기사들은 검을 들고 다시 전투 진형을 갖췄다.

나는 가르시아 사람들의 표정을 관찰했다.

가르시아 기사단 대부분은 긴장한 표정으로 스티처를 바라보았다. 이들은 스티처를 사악한 흑마법사 집단의 2차 공격으로 알고 있었다.

'저들은 아무것도 모르는군. 세르히오가 자기 부하들도 속인 거야.'

반면 에르쿨은 당황했다.

'이게 뭐지? 저런 괴물이 존재한다는 사실은 듣지 못했는데? 저 괴물도 아버님이 만드신 것인가?'

에르쿨의 얼굴엔 이런 당혹스런 속내가 고스란히 드러났다.

에르쿨 주변의 몇몇 지휘부들도 당황하긴 마찬가지였다.

"이, 이럴 리가 없는데?"

"흑마법사들이 2차 공격을 한다는 얘기는 없었잖아?"

가르시아 가문의 수뇌부 몇 명이 이렇게 속닥였다. 대부분의 사람들은 그 속삭임을 듣지 못했지만 내 귀엔 똑똑히 들렸다.

나는 터져 나오려는 웃음을 속으로 삼켰다.

꾸어어엉!

스티처가 하늘을 향해 한 번 더 포효했다. 그다음 가르시아 기사들을 향해 그대로 쏟아져 내렸다. 길이 100미터에 몸통 지름이 35미터나 되는 거대한 생명체가 온몸으로 덮치자 마치 산이 무너져 내리는 듯한 착각이 들었다.

거대한 그림자가 먼저 하늘을 뒤덮었고, 이어서 굉음이 작렬했다. 리조트 전체가 지진을 만난 듯 뒤흔들렸다. 정원에 깔린 대리석 바닥이 산산이 으깨져 지상 10미터 높이로 비산했다. 뿌연 먼지구름이 그보다 더 높게 솟구쳤다.

몸이 민첩한 자들은 스티처의 공격을 피했다.

요행히 운이 좋은 자들도 스티처의 육탄 돌격에서 벗어났다.

하지만 가르시아의 기사들 가운데 20명 정도는 스티처에게 깔렸다. 그 육중한 덩치에 깔렸으니 무사할 리 없었다. 대부분은 온몸의 피가 사방으로 팍 터졌다. 압사를 피해 생명을 건진 자들도 하반신이 납작하게 짓눌려 불구가 되었다.

"네크로맨서의 2차 공격이다!"

"저 괴물을 죽여라!"

가르시아 기사들이 눈에 불을 켜고 달려들었다. 그들은 검에서 황금빛 광채를 내뿜으며 몸을 날리더니 스티처의 몸뚱어리를 난도질했다.

꾸어엉! 꾸어어엉!

스티처의 일부가 되어 버린 구울의 머리통들이 일제히 입을 벌려 고통을 호소했다. 스티처의 몸에 박힌 수많은 팔다리가 힘을 모아 기사들에게 대항했다.

스티처의 몸통 곳곳에서 팔다리가 불쑥불쑥 튀어나왔다. 구울의 팔뚝이 가르시아 기사가 휘두른 검을 맨손으로 붙잡았다. 갈색 손이 썽둥 잘리고 허연 뼈가 드러났다. 그렇게 잘린 손목이 바닥에 떨어지면서 쾅! 폭발했다.

"크악!"

가르시아의 기사는 스티처의 손목 하나를 자른 대신 허벅지에 깊은 상처를 입었다. 그렇게 기사가 휘청거리자 또 다른 구울의 손이 기사의 몸을 붙잡아 바짝 끌어당겼다. 기사의 몸뚱어리를 붙잡은 손이 무려 15개가 넘었다.

"으윽! 안 돼! 안 돼!"

기사가 발버둥 쳤다. 하지만 구울의 힘을 이기지 못하고 질질 끌려가 스티처의 흉측한 피부에 찰싹 달라붙었다.

이윽고 끔찍한 일이 벌어졌다.

바늘땀 자국이 잔뜩 남아 있는 스티처의 피부가 진흙처

럼 꾸물꾸물 움직이더니 가까이 딸려온 기사의 몸을 그대로 집어삼키기 시작했다.

"으아악! 안 돼! 크아아아악!"

기사가 끔찍한 비명을 질렀다.

하지만 얼마 지나지 않아 그 기사는 스티처에게 파묻혀 스티처의 일부가 되었다. 스티처의 몸뚱어리에 기사의 얼굴이 불쑥 튀어나왔다. 기사의 손도 불룩 튀어나왔다. 그 손엔 황금빛 광채를 뿌리는 펜싱 검이 들렸다.

"이 괴물아, 죽어랏!"

또 다른 기사가 스티처에게 달려들었다. 가르시아의 명예를 소중하게 생각하는 이 기사는 용감하게 싸워 구울의 팔 6개와 다리 8개를 베어 버렸다. 구울의 머리통도 2개나 날렸다. 하지만 정신없이 싸우느라 머리 위를 제대로 살피지 못했다.

스티처의 몸통에 돋아난 거미 인간의 머리통이 기사의 머리 위로 슬금슬금 접근했다. 그다음 입을 쩍 벌려 거미줄을 쏘았다.

"윽! 이게 뭐야?"

기사는 하얀 거미줄에 휘감겨 몸부림쳤다.

동작이 둔해진 그 짧은 순간을 놓치지 않고 구울의 팔 19개가 동시에 달려들어 기사의 몸을 붙잡았다.

"아, 안 돼!"

기사의 얼굴이 하얗게 질렸다.

일단 잡히면 끝!

아무리 발버둥 쳐도 구울의 팔뚝 19개가 잡아끄는 힘을 버텨 낼 수는 없었다. 결국 용감한 기사는 복날 강아지처럼 질질 끌려가 스티처의 몸통에 파묻혔다.

의지로 빛나던 기사의 초롱초롱한 눈빛이 탁하게 물들었다. 스티처의 일부가 되어 버린 기사는 스티처의 몸통 한복판에 불쑥 얼굴을 내밀더니 동료들을 공격하기 시작했다.

"우아아!"

가르시아의 기사들이 진형을 갖춰 함께 달려들었다. 그들의 검에서 솟구친 황금빛 광채가 커다란 막을 이루었다.

스티처가 뒹굴 몸을 뒤집었다. 지름 35미터의 거대한 통나무가 굴러오는 듯, 스티처는 온몸으로 가르시아의 기사들을 깔아뭉갰다.

황금빛 막이 스티처의 몸통을 자르고 구울의 머리통을 우수수 베었다.

그래 봤자 스티처에겐 통하지 않았다. 그저 표면이 긁혔을 뿐이었다.

가르시아 기사들이 내지른 뾰족한 펜싱 검이 스티처의 몸통에 손잡이 부근까지 푹 박혔다.

그래 봤자 스티처는 꿈쩍도 하지 않았다. 1미터 길이의 검이 박힌 것은 바늘에 찔린 정도에 불과했다. 고통스럽기는 하지만 죽을 정도의 상처는 아니었다.

꾸어엉!

성난 스티처가 오른쪽 왼쪽으로 번갈아 가며 굴렀다.

리조트 정원 바닥이 우르릉우르릉 소리를 내면서 뒤틀렸다. 스티처에게 깔린 기사들은 그대로 몸이 터져 죽었다.

그 무시무시한 광경에 신인류들의 얼굴이 하얗게 질렸다.

더 무서운 일은 그 뒤에 발생했다. 납작하게 육포가 된 기사들의 시체가 꾸물꾸물 움직여 스스로 스티처의 일부가 되었다. 애써 잘래낸 구울의 머리통도 이빨을 딱딱 부딪치며 뛰어가 다시 스티처의 몸에 달라붙었다.

"으아아! 이건 악몽이야!"

"어디서 저런 괴물이 나타났단 말인가!"

가르시아 기사단은 후퇴를 모르는 정예병들이었다. 그렇게 자긍심 높은 기사들이 주춤주춤 뒷걸음질을 쳤다.

꾸어어엉!

스티처가 다시 몸통을 높이 들었다.

그 큰 덩치에 하늘의 해가 가렸다. 리조트 정원에 짙은 어둠이 깔렸다.

그다음은 자유낙하!

지상 50미터 높이까지 몸통을 들었던 스티처가 온 힘을 다해 내리꽂혔다.

"아, 안 돼!"

기사들이 팔로 얼굴을 가렸다.

거대한 산이 허물어지면서 가르시아 기사들을 짓뭉갰다. 귀청을 찢는 굉음이 뒤를 따랐고, 모래 먼지와 대리석 파편이 하늘 높이 솟구쳤다.

꾸어엉!

스티처가 다시 몸통을 들었을 때 바닥에 보이는 것은 피떡이 된 자국 30여 개였다.

결국 가르시아의 수뇌부가 나섰다. 에르쿨 주변에 모여 있던 자들이 망토를 펄럭이며 달려가 스티처를 공격했다.

황금빛 갑옷을 입은 기사들!

'저들이 바로 가디언 케이(K)구나!'

가르시아의 일반 기사들은 세르히오의 음모를 알지 못했다. 어찌 보면 그들은 억울한 희생양들이었다.

하지만 가디언 케이(K)는 달랐다. 그들은 세르히오가 만든 무대에서 연극을 하는 배우들이었다.

'그러니까 가디언 케이(K)는 꼭 해치워야지.'

나는 입술을 살짝 핥았다.

Chapter 2

—죽여라! 황금빛 갑옷을 입은 자들을 반드시 해치워라.

내 의지가 스티처에게 전달되었다.

꾸엉!

스티처가 즉시 공격 방향을 틀었다.

가디언 케이(K)는 총 48명으로 구성되어 있었는데, 세르히오는 그중 12명을 이곳 리조트에 배치했다. 그 12명 가운데 에르쿨을 제외한 11명이 스티처에게 달려들었다.

나는 가디언 케이(K)의 움직임을 유심히 살폈다.

가디언 케이는 2인 1조로 움직였다.

그중 한 조가 스티처의 남쪽에 자리를 잡았다.

두 번째 조는 북쪽을 차지했다.

세 번째 조는 서쪽.

네 번째 조는 동쪽을 맡았다.

특이하게도 다섯 번째 조는 높이 뛰어올라 스티처의 머리 위 허공에 자리를 잡았다.

2명씩 5조니까 총 10명.

'그럼 한 명이 남는데?'

남은 한 명이 스티처를 향해 직접 달려들었다.

꾸어엉!

스티처가 수백 개의 입을 동시에 벌려 포효했다. 그러곤 가디언 케이(K)를 향해 돌진했다.

그 순간 스티처의 동서남북과 머리 위를 선점한 가디언

케이(K)의 기사들이 일제히 빛을 뿜었다. 기사들의 검에서 방출된 빛이 레이저처럼 일직선으로 날아가 서로 연결했다.

동서남북, 4개의 꼭짓점이 연결되어 땅바닥에 정사각형을 그렸다.

동쪽과 허공의 꼭짓점, 서쪽과 허공의 꼭짓점, 남쪽과 허공의 꼭짓점, 북쪽과 허공의 꼭짓점이 각각 빛으로 연결되어 커다란 삼각형 4개를 만들었다.

'저건 피라미드잖아!'

하나로 연결된 빛줄기는 거대한 피라미드 모양이 되었다. 나는 호기심 가득한 눈으로 가디언 케이(K)를 살폈다.

쭈주주주중!

피라미드의 5개 꼭짓점에서 다시 황금빛 광채가 쏘아졌다. 레이저처럼 쭉 쏘아진 빛줄기는 피라미드의 내부 중심점에서 서로 만났다. 피라미드의 모든 힘이 모이는 그 중심점엔 가디언 케이(K)의 11번째 기사가 자리했다.

'혹시 피라미드가 에너지를 증폭해 주나?'

나는 미간을 살짝 좁혔다.

내 예상이 맞았다. 피라미드의 다섯 꼭짓점에서 출발한 빛은 피라미드 중심에 모이면서 극대화되었다. 그리고 그 증폭된 에너지가 11번째 기사에게 집중되었다.

11번째 기사가 내뿜는 기운이 갑자기 10배, 100배로 늘어났다. 그렇게 순간적으로 증폭된 기운은 템플 기사단의 가주들 몇 명이 힘을 합친 것보다 더 강했다.

꾸어엉!

11번째 기사를 향해 스티처가 달려들었다.

"죽어랏!"

11번째 기사도 스티처를 향해 검을 찔렀다.

피르미드에 의해 증폭되고 하나로 뭉쳐진 에너지가 기사의 검을 타고 뻗어 나와 스티처에게 작렬했다.

쭈웅!

마치 레이저 포로 미사일을 저격하는 것처럼 지름이 1미터나 되는 굵은 빛의 다발이 스티처의 몸을 관통했다.

그 상태에서 11번째 기사가 검을 위로 치켜들었다.

그러자 1미터 굵기의 거대한 광선 다발이 스티처의 몸을 세로로 쪼갰다.

꾸어어어!

몸이 반쪽으로 갈린 스티처가 괴성을 토했다. 스티처의 몸통에 박힌 수백 개의 머리통들이 일제히 비명을 질렀다.

11번째 기사가 다시 검을 횡으로 그었다.

황금빛으로 빛나는 거대한 광선 다발이 스티처의 몸뚱어리를 가로로 자르고 지나갔다.

스티처는 네 조각으로 잘려 바닥에 후두둑 떨어졌다.

"이것이 가르시아 가문의 힘인가!"

보어 경이 입을 딱 벌렸다.

"아아, 역시 세르히오 님이시구나!"

짐 버플리도 벌어진 입을 다물지 못했다.

스티처를 단숨에 조각내 버린 가디언 케이(K) 11명이 바닥에 착지했다. 그들은 오만한 눈으로 스티처를 바라보았다.

스티처는 더 이상 움직이지 않았다.

가디언 케이(K) 11명이 검을 검집에 꽂았다. 11명의 행동이 완벽하게 일치해서 '찰칵' 소리는 한 번만 들렸다.

뎅!

그때 다시 키키로의 종이 울렸다.

영혼을 울리는 곡소리와 함께 어둠의 찬미가가 울려 퍼졌다.

음차원의 규율 첫 번째와 두 번째!
땅에 쓰러진 족속들이여, 어둠이 지배하는 공간 안에서 너희는 끊임없이 되살아나고 절대 죽지 않으리니, 다시 일어나 싸우라! 적들을 모두 섬멸하여 그 승리의 영광을 어둠의 신, 우리의 주인께 바치라!

사람들의 귀에는 이 음울한 노래가 들리지 않았다. 이것은 오직 어둠의 족속들에게만 들렸다.

꾸억? 꾸어억!

네 조각으로 갈린 스티처가 노랫소리를 듣고 다시 일어섰다.

지름 35미터에 길이 100미터이던 스티처가 4개로 나뉘어 뭉쳤다. 지름 23미터에 길이 50미터의 크기로 바뀌어 다시 고개를 치켜들었다.

"저, 저것!"

바이어 가문의 가주 크리스토프가 손가락으로 스티처를 가리켰다.

"이럴 수가!"

에르쿨이 입을 쩍 벌렸다.

"놈이 아직 죽지 않았다."

"저 괴물이 다시 살아났어."

오만한 미소를 짓던 가디언 케이(K)의 기사들도 안색이 싹 굳었다.

이건 시작에 불과했다.

식당에 널려 있던 네크로맨서와 흑마법사, 구울과 거미 인간의 시체가 하나로 뭉쳐 길이 80미터에 굵기 33미터의 스티처를 이루었다.

꾸어어엉!

이 스티처는 요란한 포효와 함께 식당 건물을 부수며 등장했다.

꾸어어어엉!

북쪽 리조트에서도 괴성이 터졌다. 5층짜리 리조트 건물을 둘로 가르며 새로운 스티처가 모습을 드러냈다.

꾸엉! 꾸어엉!

남쪽 리조트에서도 화답이 울렸다. 거대한 스티처가 남쪽 리조트를 깔아뭉개며 솟구쳐 정원으로 진격했다.

네 조각으로 잘려 크기가 줄어든 스티처가 네 마리!

식당에서 새로 등장한 거대한 스티처가 한 마리!

북쪽과 남쪽 리조트에서 발생한 스티처가 두 마리!

크기가 다른 스티처 일곱 마리가 괴성을 동반한 공격을 감행했다.

쿠앙! 터어엉!

식당에서 몸을 일으킨 스티처가 산이 허물어지는 것처럼 육탄 돌격해서 가디언 케이(K) 분대를 내리찍었다.

11번째 기사가 명령을 내렸다.

"모두 흩어져!"

"넵!"

가디언 케이(K) 전원이 벼락처럼 빠르게 몸을 피했다.

11번째 기사의 신속한 지휘 덕분에 아무도 다치지 않았다. 대신 폭음과 함께 흙먼지가 뿌옇게 비산했다. 사람들의 시야가 잠시 동안 차단되었다.

"우욱! 먼지!"

"시야가 보이지 않아."

다들 흙먼지에 눈을 찌푸리며 손을 휘휘 휘저었다.

그 사이 식당에서 탄생한 스티처가 새로운 공격을 선보였다.

스티처의 몸통에 박힌 네크로맨서 10명의 머리통이 동시에 주문을 읊었다. 열 번이나 중첩된 저주가 검은 그림자로 형상화되었다.

땅바닥을 타고 스르륵 흘러간 검은 그림자는 가디언 케이(K) 기사들의 발목에 착착 달라붙었다. 사방에 흙먼지가 날리는 중이라 가디언 케이(K)의 기사들은 그 사실을 깨닫지 못했다.

꾸어엉!

크기가 줄어든 스티처 네 마리가 가디언 케이(K)를 덮쳤다.

"괴물들이 다시 공격한다. 모두 흩어져라. 그다음 전열을 정비하여 반격한다."

11번째 기사가 명령을 내렸다.

"넷!"

가디언 케이(K) 소속 기사들은 그 명령에 따라 몸을 날렸다.

아니, 날리려고 했다.

"억! 발이 떨어지지 않아!"

"움직일 수가 없어!"

가디언 케이(K)의 기사들이 당황했다.

11번째 기사도 얼굴이 딱딱하게 굳었다. 그 역시 다른 기사들과 마찬가지였다. 아무리 애를 써도 발이 떨어지지 않았다. 신발을 벗어 던지려고 해도 그 신발까지 발바닥에 찰싹 달라붙었다.

그 사이 스티처 네 마리가 접근했다. 커다란 덩치의 스티처는 의외로 이동 속도가 신속했다.

꾸엉!

그중 한 마리가 11번째 기사의 코앞에서 몸통을 일으켰다. 11번째 기사의 머리 위로 거대한 그림자가 드리웠다.

"으아악! 안 돼!"

그때까지도 11번째 기사는 땅에서 발을 떼지 못했다.

그가 어찌나 힘을 주었는지 발바닥에서 핏물이 흘렀다. 발바닥의 살점이 쩍쩍 찢겼다. 그래도 발을 뗄 수 없었다.

높이 솟구쳤던 스티처의 몸통이 11번째 기사의 머리 위로 뚝 떨어졌다.

쿠앙!

가디언 케이(K)를 이끌던 조장이 비명도 지르지 못하고 육포가 되었다.

스티처가 다시 몸통을 일으켰을 때 그의 배에는 11번째 기사가 붙어 있었다. 평소 오만하고 자존심이 강하던 11번째 기사는 이제 스티처의 일부가 되어 탁한 눈으로 주변을 둘러보았다.

또 다른 스티처가 가디언 케이(K) 소속의 기사를 덮쳤다.

기사는 발이 땅에 달라붙은 채로 끝까지 저항했다. 펜싱 검을 화려하게 휘둘러 스티처의 몸에 상처를 입히고 구울과 흑마법사의 머리통을 잘라 내었다.

하지만 결국 스티처에게 붙잡혀 질질 끌려갈 수밖에 없었다.

"으아악! 싫어! 저리 가! 으아악!"

기사의 비명은 처절했다.

땅바닥에 찰싹 달라붙어 있던 기사의 발이 그제야 풀려났다. 기사는 30개가 넘는 구울의 손과 16개의 거미 다리에 붙잡혀 스티처의 몸통에 파묻혔고, 결국 스티처의 일부가 되었다.

가디언 케이(K) 소속의 또 다른 기사가 스티처에게 잡아먹혔다.

처음엔 이 기사도 젖 먹던 힘을 짜내 끝까지 저항했다. 발을 땅에서 떼지 못한다는 단점에도 불구하고 기사는 쉽게 당하지 않았다. 기사의 저항이 워낙 거세서 구울들도 가까이 접근을 못 했다.

그러자 식당에서 탄생한 스티처가 몸통의 일부를 쭈욱

내밀었다. 몸에서 혓바닥이 돋아나는 것처럼 쭈우욱!

그 혓바닥의 끝에 붙어 있는 것은 놀랍게도 가디언 케이(K)의 11번째 기사였다.

푹!

11번째 기사가 휘두른 검이 동료의 등을 찔렀다.

"컥! 조, 조장!"

뒤를 돌아본 가디언 케이(K) 기사는 아찔한 절망감을 느꼈다. 검을 든 팔에서 힘이 쭉 빠졌다.

11번째 기사는 탁한 눈으로 동료를 바라보았다. 그다음 검을 다시 들어 동료의 심장에 정확하게 찔러 넣었다.

기사가 꾸르륵 소리를 내면서 무릎을 꿇었다.

11번째 기사는 동료를 향해 입을 벙긋거렸다.

인간의 말을 이미 잊어버린 터라 의사를 제대로 전달할 수는 없었다. 하지만 11번째 기사의 입술은 "너도 나와 함께 가자. 여기가 더 좋아. 친구들도 많고 더 황홀해."라고 말하고 있었다.

가디언 케이(K) 소속 기사들이 하나둘 쓰러졌다. 그들은 어김없이 스티처의 일부가 되었고, 과거의 동료에게 검을 휘둘렀다.

뿌옇게 떠오른 흙먼지가 다시 가라앉을 즈음 가디언 케이(K)는 남아 있지 않았다. 11명 모두 스티처에게 잡아먹혔다.

"어떻게 이런 일이 벌어졌지? 이건 아니야. 이건 우리 계획이 아니야. 아버님은 내게 이런 말씀을 해 주신 적이 없다고."

에르쿨이 망연자실해서 중얼거렸다. 어찌나 큰 충격을 받았던지 에르쿨은 말해선 안 될 내용까지 내뱉었다.

"계획?"

보어 경이 그 말을 들었다.

"아버님이 말씀해 주신 적이 없다고?"

짐 버플리도 에르쿨의 실언을 놓치지 않았다.

크리스토프가 냉랭한 눈빛으로 에르쿨을 다그쳤다.

"에르쿨, 해명을 해 주시게."

"그, 그건!"

에르쿨의 얼굴에서 느끼함이 싹 가셨다. 대신 안색이 하얗게 변했다.

"저기, 그것은!"

에르쿨이 슬금슬금 뒷걸음질 쳤다.

"어딜 가시려고요?"

마사가 에르쿨의 퇴로를 차단했다. 친아버지인 에르쿨에게 두려움을 갖고 있는 마사지만, 지금 이 순간만큼은 그런 두려움도 잊었다.

Chapter 3

에르쿨이 가주들 사이에 갇혔다.

그때 찰스가 끼어들어 사람들을 만류했다.

"잠깐! 이러지 마십시오. 에르쿨 숙부님은 저희 아버님을 구해주신 생명의 은인입니다. 그리고 우선 숙부님의 말을 들어보는 것이 순서가 아닙니까?"

찰스의 주장도 일리가 있었다.

"음!"

"그건 찰스의 말이 맞지."

에르쿨을 압박하던 가주들이 기세를 풀었다.

찰스가 한마디 덧붙였다.

"게다가 지금 우리끼리 다툴 때가 아닙니다. 네크로맨서가 소환한 저 끔찍한 괴물들이 아직도 일곱 마리나 남아 있습니다. 우선 힘을 합쳐 이 자리를 피해야 합니다."

찰스는 흙먼지가 가시지 않은 전쟁터를 가리키며 열변을 토했다.

"어라?"

내가 불쑥 끼어들었다.

사람들의 시선이 내게 쏠렸다.

찰스와 에르쿨도 나를 돌아보았다.

나는 손가락으로 리조트 정원을 가리켰다.

"저기 좀 보세요. 난생처음 보는 그 무시무시한 괴물이 없어졌네요."

"뭐?"

"그게 사실이냐?"

가주들이 휘둥그레진 눈으로 주변을 살폈다.

소름 끼치게 울리던 스티처의 괴성이 더 이상 들리지 않았다. 스티처가 몸을 뒤틀 때마다 쿠릉쿠릉 울리던 진동도 거짓말처럼 사라졌다. 더 이상 흙먼지도 피어오르지 않았다. 일곱 마리나 되던 스티처가 싹 자취를 감추었다.

"한스, 네 말이 사실이구나. 그 괴물이 사라졌어."

보어 경이 황당한 듯 뇌까렸다.

"이게 대체 어찌 된 일이야?"

짐 버플리도 두 눈을 껌뻑거렸다.

크리스토프는 눈을 박박 비비고 다시 정원을 살폈다. 그 어디에도 스티처는 없었다.

"우리가 꿈을 꾼 것인가?"

크리스토프의 말마따나 다들 악몽을 꾼 기분이었다. 그 어떤 문서에도 기록된 적이 없는 괴상한 괴물이 등장해서 사람들을 막 잡아먹더니, 한순간 모두 증발해 버렸다. 현실이라면 이럴 수 없었다. 크리스토프의 말처럼 이건 꿈인 것 같았다.

찰스가 다시 나섰다.

"혹시 드네르프의 술책 아닐까요? 음흉한 드네르프는 정신 교란에 익숙하잖아요."

찰스의 말이 그럴 듯했다.

에르쿨이 냉큼 맞장구를 쳤다.

"그렇지! 이 또한 드네르프의 술책이야! 가주들께서는 놈들의 술책에 넘어가지 마시오."

"으음!"

크리스토프의 마음이 흔들렸다.

보어 경이 에르쿨에게 물었다.

"에르쿨, 조금 전의 그 괴물들이 모두 드네르프의 정신 교란이란 말이오? 그럼 가르시아의 기사들도 정신 교란이오? 피라미드 형태로 놀라운 공격을 펼쳤던 그 비밀 기사단 말이오."

짐이 무릎을 쳤다.

"그렇지! 정신 교란이라면 실제 벌어진 사건이 아니잖아. 그럼 가르시아 기사단도 죽지 않고 살아 있겠네."

사람들은 일제히 고개를 돌려 가디언 케이(K)를 찾았다. 흙먼지가 가라앉은 리조트 정원 그 어디에도 가디언 케이(K)는 보이지 않았다.

보어 경이 고개를 갸웃거렸다.

"피라미드 공격을 펼쳤던 그 기사들도 모두 환상이었단 말인가? 너무 생생했는데 그게 환상이었어?"

사라진 것은 가디언 케이(K)만이 아니었다. 악다구니를 쓰면서 달려들었던 구울의 시체도, 벽과 천장을 타고 성큼성큼 다가왔던 거미 인간의 시체도, 노란 로브의 네크로맨서와 주홍색 로브를 입은 흑마법사의 시체도 모두 증발했다.

한데 바이어 가문 희생자들의 시체는 그대로 방치되어 있었다. 해링턴 가문과 버플리 가문, 리엔조 가문, 그리고 반 데어 뤄슨의 희생자들도 바닥에 나뒹굴었다.

크리스토프가 손으로 성호를 그었다.

“우리 바이어의 희생자들은 환상이 아니라 현실이었구나! 크흑! 너희를 지키지 못한 이 못난 가주를 용서하여라.”

마사가 뒤이어 성호를 그었다.

“마르첼로, 혼자 가게 만들어서 미안해. 주님, 리엔조의 희생자들을 주님의 품으로 받아 주소서.”

평소 종교를 믿지 않는 마사였지만, 희생자를 애도하는 이 순간만큼은 주님을 찾았다.

짐 버플리는 카우보이모자를 벗고 머리를 숙였다.

“버플리의 용감한 전사들이여, 주님의 품에서 영원한 안식을 찾으시오.”

알렉산드라도 부친을 좇아 머리를 숙였다.

보어 경도 묵념을 올렸다.

반 데어 뤄슨의 희생자는 많지 않았다. 부상자 11명에 사망자는 단 한 명뿐이었다.

다들 가문의 희생자를 향해 묵념을 올리는 동안 에르쿨은 명복을 빌 대상이 없었다. 리조트 어디에서도 가르시아 사람의 시체는 보이지 않았다.

"말도 안 돼!"

에르쿨은 진짜 당황했다.

세르히오는 실감나는 연극을 원했다. 그래서 가르시아 정예병들을 동원해서 네크로맨서의 공격을 적극적으로 막았다. 그 와중에 가르시아 가문은 큰 피해를 입었다. 에르쿨의 부하들은 진짜로 구울과 싸우고, 거미 인간을 베고, 네크로맨서를 공격했다. 그리고 그들의 희생 덕분에 가르시아 가문은 명예를 되찾았다.

한데 가르시아 정예병들의 시체가 감쪽같이 증발했다. 가르시아가 템플 기사단을 위해 피를 흘렸다는 증거는 그 어디에도 남아 있지 않았다. 심지어 가디언 케이(K)의 시체도 보이지 않았다.

묵념을 끝낸 뒤, 보어 경이 그 점을 짚었다.

"어디까지가 드네르프의 술책이고 환상인지 나는 모르겠소. 다만 한 가지 확실한 점은, 우리들 모두 큰 피해를 입었다는 점이오. 한데 가르시아 가문이 피를 흘린 흔적은 그 어디에도 없구려."

"그건!"

에르쿨이 답변하지 못했다.

보어 경은 머리를 무겁게 가로저었다.

"에르쿨, 직접 대답해 보시오. 조금 전의 그 무시무시한 괴물이 드네르프가 만들어 낸 환상이라고 칩시다. 그럼 그 괴물과 맞서 싸운 가르시아 가문의 정예병들도 모두 환상이란 말이오?"

"아니! 보어 경, 그렇지 않소. 우리는 여러분들을 지키기 위해 있는 힘껏 싸웠소."

에르쿨이 열변을 토했다.

보어 경이 손가락으로 주변을 가리켰다.

"그럼 증거를 대 보시오. 가르시아 병력의 흔적은 전혀 없지 않소. 우리 반 데어 뤄슨과 해링턴, 버플리, 리엔조, 바이어 가문의 희생자들은 저렇게 비통하게 죽어서 나뒹굴고 있는데, 가르시아의 희생자들은 어디 있단 말이오?"

"그건!"

에르쿨이 다시 말을 더듬었다.

크리스토프가 에르쿨의 뒤로 자리를 옮겨 팔짱을 꼈다. 퇴로를 미리 차단하는 행동이었다.

보어 경이 에르쿨의 정면에 섰다.

짐 버플리는 에르쿨의 오른쪽을 막았다.

마사가 에르쿨의 왼쪽을 담당했다.

찰스가 끼어들었다.

"숙부님들……."

찰스는 여전히 에르쿨을 은인으로 생각했다.

보어 경이 정곡을 찔렀다.

"찰스, 주변을 똑바로 봐라. 네 아버지인 파드리그는 크게 다쳐서 지금 정신을 잃은 상태다. 네 친척들도 많이 죽었어. 그런데 네가 은인이라고 믿는 가르시아 가문은 어떠냐? 그들이 흘린 피가 있느냐? 그들 가운데 희생자가 있느냔 말이다."

"하면 제 아버님이 위기에 처했을 때 에르쿨 님이 도와주신 것은 무엇입니까? 에르쿨 님과 가르시아 가문의 정예병들이 도와주러 오지 않았다면 저희 아버님은 큰일 나실 뻔했습니다."

찰스가 반박했다.

보어 경이 되물었다.

"방금 뭐라 했느냐? 에르쿨과 가르시아 가문의 정예병들이 해링턴 가문을 도와주었다고 했느냐?"

"그렇습니다. 그분들이 온몸을 던져 흑마법사들과 맞서 싸웠습니다. 그분들이 저희 해링턴 가문을 위해 대신 죽었단 말입니다."

"너희 해링턴 가문 사람들의 시체는 있지."

"그렇습니다. 아직도 찬 바닥에 누워 있습니다. 크흑!"

"하면 너희를 위해 대신 죽은 가르시아 가문 사람들은 어디 있느냐? 그들의 시체는 어디 있느냔 말이다."

"어엇? 그러네요. 그럼 그 가르시아 가문의 구원병들도 환상입니까? 제가 환상 속에서 헛것을 본 겁니까?"

찰스는 비로소 상황을 이해했다.

보어 경이 무겁게 말을 이었다.

"이곳 스페인은 가르시아의 영토다. 이 땅에 초대를 받은 우리 모두는 흑마법사들의 공격을 받아 큰 피해를 입었어. 나와 짐이 무력 부대를 끌고 오지 않았다면 다들 죽을 뻔했지. 그런데 스페인의 주인인 가르시아 가문은 이곳 리조트에 병력을 얼마나 보냈느냐? 흑마법사들의 기습 공격이 있는 동안 누가 이곳에 왔느냐? 오직 한 명! 여기 있는 에르쿨을 제외하면 아무도 오지 않았다. 우리를 초대해 놓고 단 한 명의 병력도 보내지 않았단 말이다. 이것이 무엇을 뜻하느냐?"

손님을 초대해 놓고 막상 주인은 집을 비웠다. 에르쿨 혼자 손님을 접대했을 뿐 가르시아 사람들은 리조트에 오지 않았다.

그때 흑마법사들이 기습 공격을 했다.

주변에 널린 증거들이 이런 추측을 뒷받침해 주었다.

찰스가 도끼눈을 뜨고 에르쿨에게 대들었다.

"에르쿨 숙부님, 왜 그러셨습니까?"

"찰스! 오해다. 이건 오해야!"

에르쿨이 손사래를 쳤다.

보어 경이 추궁을 이었다.

"그게 오해라면 아까 한 말은 무엇이오? 계획이 어긋났다고, 이건 아버님께 들은 바가 없다던 그 말은 무슨 뜻이었소?"

"나도 똑똑히 들었어."

짐이 거들었다.

"저도 분명하게 들었어요."

마사도 손을 번쩍 들었다.

"으으으……."

에르쿨이 뒷걸음질 쳤다.

그러다 크리스토프에게 딱 막혔다.

크리스토프는 손을 들어 자신의 얼굴에 난 상처를 만졌다.

"시체는 그렇다고 쳐. 내 얼굴에 난 상처는 분명 진짜야. 이렇게 손이 닿을 때마다 쓰리고 아프더라고. 한데 에르쿨, 어째 당신은 멀쩡하구려. 아까는 분명 다친 것 같았는데, 이제 보니 전혀 상처가 없잖아."

"뭐?"

짐이 놀라서 에르쿨을 다시 살폈다.

"크리스토프, 그게 사실인가?"

보어 경도 화들짝 놀라 에르쿨의 상처를 되짚었다.

찰스도, 마사도 동그란 눈으로 에르쿨을 보았다.

"어머나! 진짜네."

알렉산드라가 손으로 입을 막았다.

에르쿨은 머리가 멍했다.

"이, 이게 어찌 된 일이야? 나는 분명 흑마법사들과 싸우다가 다쳤어. 네크로맨서의 공격에 얼굴을 얻어맞아 얼굴의 절반이 뭉그러졌…… 엇?"

에르쿨의 얼굴에 감긴 붕대가 어느새 반쯤 풀렸다. 그 안에 멀쩡한 속살이 드러났다. 피가 철철 흘러야 할 부위가 거짓말처럼 깨끗했다.

크리스토프는 벼락처럼 손을 뻗어 에르쿨의 얼굴에 감긴 붕대를 마저 풀었다.

멀쩡했다. 에르쿨의 얼굴엔 전혀 상처가 없었다. 배에도, 허벅지에도, 손등에도, 그 어디에도 상처가 보이지 않았다.

"에르쿨 숙부님, 나를 속인 겁니까? 우아아아아!"

찰스가 성난 곰처럼 몸을 부풀렸다.

"에르쿨, 이제 해명을 해 보시지."

"변명은 집어치우고 진실을 말하게."

"나도 자네의 해명을 들어야겠어."

각 가문의 가주들이 에르쿨을 향해 쿵쿵 다가섰다.

"아니야. 이게 아니야. 뭔가 잘못되었어."

에르쿨의 안색은 하얗다 못해 이제 새까맣게 죽었다. 그는 상처가 왜 사라졌는지 그 이유를 알지 못했다. 그저 뭔가에 홀린 기분이었다.

사실 에르쿨은 진짜로 다쳤다.

다만 내가 그의 상처를 치료해 주었을 뿐이다.

에르쿨은 남몰래 흑마법을 익힌 자!

그리하여 암흑세계에 한 발을 담근 자!

어둠의 근원이 강림한 이 공간 안에서 모든 어둠의 족속들은 죽지 않는다. 목이 잘려도 다시 붙고, 팔다리가 떨어지면 새 팔과 새 다리가 돋는다.

그 힘이 에르쿨의 상처를 치유했다.

역설적으로 그렇게 치유된 상처가 에르쿨을 궁지로 내몰았다.

"에르쿨!"

가주들이 에르쿨을 빙 둘러 포위했다.

그 속에서 에르쿨이 비명을 질렀다.

"아니야! 제발 내 말을 믿어줘. 이건 아니라고. 으아아아악!"

Chapter 4

폐허가 된 리조트 앞 해변.

템플 기사단 각 가문의 대표는 파라솔 아래 모여 긴급회의를 열었다.

보어 경, 짐 버플리, 크리스토프 바이어.

이렇게 3명의 가주가 참석했다.

리엔조 가문은 마사가 가주 대리의 자격으로 회의에 나왔다.

해링턴 가문도 파드리그 가주 대신 찰스가 참석했다. 파드리그는 아직도 정신을 차리지 못해 찰스의 마음을 어둡게 만들었다.

에르쿨은 밧줄로 꽁꽁 묶이고 마법으로 신체가 제압당한 채 포로로 붙잡혔다. 포로를 감시하는 일은 나와 알렉산드라, 미센, 줄리아 등이 맡았다.

에르쿨은 이미 기절한 상태.

"누나, 잠깐 이자를 맡아 줘."

나는 미센에게 에르쿨의 감시를 떠넘기고는 백사장 먼발치에서 회의를 지켜보았다. 내가 서 있는 곳은 각 가문의 대표들이 모인 파라솔로부터 100미터나 떨어진 위치였지만 내게는 가주들의 대화가 모두 들렸다.

보어 경이 먼저 입을 열었다.

"여러분, 나는 그동안 가르시아 가문에 대한 의구심을 갖고 있었소. 이번에 반 데어 뤄슨의 무력 부대를 30명이

나 끌고 온 것도 그 때문이라오."

"나도 그렇지. 험험! 나도 가르시아를 의심했다니까."

짐 버플리가 보어 경의 말에 끼어들어 생색을 냈다.

크리스토프는 보어 경과 짐 버플리에게 목례를 했다.

"두 분 덕을 크게 보았소. 두 분이 도와준 덕분에 나와 우리 아이가 멀쩡할 수 있었으니 정말 큰 은혜를 입었구려."

"저도 리엔조 가문을 대표해서 감사를 드립니다."

"저도 부친을 대신해서 감사드립니다."

마사와 찰스도 함께 고개를 숙였다.

보어 경이 고개를 좌우로 흔들었다.

"감사 인사를 받으려고 한 이야기가 아니오. 아프리카에서 벌어진 사건도 그렇고, 일본에서 있었던 일도 그렇고, 오늘 벌어진 참사까지! 가르시아 가문과 흑마법사들 사이엔 분명 끈이 있소. 그렇지 않고서는 이 세 가지 사건을 설명할 길이 없소."

"으음! 가르시아가 정말 변질되었을까?"

짐 버플리의 표정이 심각하게 굳었다.

가르시아는 템플 기사단을 대표하는 가문이었다. 또한 가르시아의 가주 세르히오는 템플 기사단 여섯 가문의 정신적 지주였다.

한데 그런 가문이 변질되다니!

가주들은 가슴이 벌렁벌렁 뛰어 말을 잇지 못했다.

보어 경이 단호하게 고개를 가로저었다.

"아니. 나는 가르시아 가문 전체가 변질되었다고는 믿지 않소."

"그럼?"

짐이 되물었다.

"가르시아의 일부가 변질되었다고 생각하오."

"흠! 전체가 아니라 일부."

"그리고 그렇게 변질된 일부가 백화문의 일부와 손을 잡았다고 생각하오. 어쩌면 드네르프의 일부와도 손을 잡았을 수 있겠지."

"그건 또 뭔 소리지?"

보어의 말이 복잡해지자 짐이 고개를 갸웃거렸다. 짐은 단순한 성격이라 복잡한 이야기를 싫어했다.

보어 경은 백사장에서 모래를 한 줌 들어 테이블 위에 올려놓았다. 그다음 모래를 셋으로 나눴다.

"이 첫 번째 덩어리가 가르시아 가문이오. 두 번째 덩어리는 중국의 백화문, 마지막 세 번째는 러시아의 드네르프라고 칩시다."

다들 보어 경의 말에 귀를 기울였다.

나는 가주들의 대화를 엿듣다말고 피식 웃었다. 지금 보어 경은 예전에 내가 보어 경에게 했던 말을 되풀이하고 있었다.

'아버지는 내 말을 굳게 믿고 계시는구나.'

이런 생각이 들자 기분이 좋았다.

보어 경이 말을 이었다.

"한데 이 3개의 조직에 어둠이 스며들었소."

보어 경은 3개의 모래 더미에 각각 물을 부었다. 한데 전부 적신 것이 아니라 모래 더미의 절반만 젖도록 만들었다.

"물에 젖어 검게 변한 부위를 변질자 집단이라고 가정해 봅시다. 가르시아 가문에도 흑마법사와 손을 잡은 변질자가 있고, 백화문에도 변질자가 있으며, 드네르프에도 변질자가 있다고 가정하잔 말이오. 그다음 이렇게 젖은 모래만 떼어 내서 하나로 합치면!"

보어 경은 3개의 모래 더미에서 젖은 부분을 떼어 내 하나로 합쳤다. 그다음 젖은 모래를 손가락으로 가리켰다.

"이것이 바로 흑마법사 단체의 배후가 아니겠소? 이것이 내 추측이외다."

"일리가 있는 말이구려."

크리스토프가 맞장구를 쳤다.

"와하하! 나도 똑같이 생각했다니까. 역시 보어 경과 나는 통하는 바가 있어."

짐 버플리는 보어 경에게 어깨동무를 했다.

마사와 찰스도 고개를 주억거렸다.

보어 경이 젖은 모래를 손으로 꽉 움켜쥐었다.

"그래서 문제가 시급하다는 거요."

"응? 그건 또 무슨 말이지?"

짐이 눈을 동그랗게 떴다. 다들 보어 경의 입을 바라보는 가운데 보어 경이 젖은 모래를 셋으로 나눠 다시 원래 자리로 돌려놓았다.

"적들이 이렇게 따로 떨어져 있으면 오히려 상대하기 쉬울 텐데, 지금 놈들은 가르시아 가문과 백화문, 그리고 드네르프에 암 조직처럼 도사리고 있단 말이오. 그리고 그 안에서 점점 세력을 넓히고 있지. 이렇게 젖은 모래가 점점 늘어나는 중이지."

테이블에 올려진 3개의 모래 더미.

각각의 모래 더미는 반만 젖고 나머지 반은 뽀송뽀송했다. 하지만 보어 경이 젖은 모래에 계속 물을 붓자 뽀송뽀송하던 모래도 점점 축축하게 젖었다. 그러면서 색이 어둡게 변해갔다.

"으으음!"

크리스토프가 침음을 삼켰다. 보어 경이 언급한 심각성이 비로소 그의 가슴에 와 닿았다.

찰스가 대화에 끼어들었다.

"그렇군요. 모래가 물에 젖어드는 것처럼 지금 이 순간에도 흑마법에 현혹된 변질자들이 점점 세력을 넓히고 있겠군요."

"흐흐흑!"

마사가 갑자기 울음을 터뜨렸다.

"마사, 왜 그러느냐?"

"무슨 일이야?"

가주들이 영문을 몰라 마사에게 물었다.

"숙부님, 사실은……."

마사는 그동안 숨겨왔던 사실을 털어놓았다.

리엔조의 가주 코라가 아프리카에서 어떻게 납치되었는지, 그 과정에서 리엔조 가문의 변질자들이 어떤 역할을 했는지.

코라의 납치 사실은 가주들이 다 아는 이야기였다. 하지만 리엔조 가문 내부에 반역자가 있다는 점은 알려지지 않았다. 지금 마사는 리엔조 가문의 치부를 솔직하게 드러냈다. 그러곤 그동안 가르시아 가문으로부터 받은 핍박도 모두 폭로했다.

단, 마사의 친아버지가 에르쿨이란 말은 털어놓지 않았다. 그건 영원히 숨기고 싶은 비밀이었다.

"저런! 리엔조에도 변질자가 있었구나!"

"그래서 코라가 납치를 당한 게야. 어쩐지 이상하더라. 그렇게 강하던 코라가 흑마법사 따위에게 왜 납치를 당했을까 생각했는데, 이제 보니 믿었던 식솔에게 뒤통수를 맞은 게야. 그러니 속절없이 당할 수밖에. 쯧쯧쯧!"

"마사, 네가 그동안 마음고생이 심했겠구나. 불쌍한 것!"

가주들은 진심으로 마사를 위로해 주었다.

"흑흑! 으흐흐흑!"

마사는 쏟아지는 눈물을 주체하지 못했다. 그동안 마사의 가슴속에 쌓였던 감정들이 한꺼번에 터져 나왔다. 게다가 오늘 코라를 만나지 못했다는 실망감도 함께 터졌다. 얼마 전 코라는 마사에게 직접 전화를 했다. 그러곤 오늘 개최될 원탁회의에 꼭 참석하겠노라고 약속했다. 한데 원탁회의는 무산되었고, 코라도 나타나지 않았다. 마사는 코라가 너무 보고 싶었다. 가주들의 위로를 받자 더더욱 코라가 생각났다. 마사의 눈에선 쉬지 않고 눈물이 흘렀다.

마사에 이어 보어 경도 숨겨 왔던 사실을 고백했다.

"마사야, 사실 나도 고백할 것이 있구나. 여기 있는 짐버플리 가주는 이미 알고 있는 일이지만, 사실 우리 반 데어 뤄슨에도 내부 변질자가 있었단다."

"네에?"

마사가 울음을 멈추고 보어 경을 바라보았다.

"내 아우 벤자민이 흑마법에 홀려 가문을 배신하고 혈족들에게 칼을 꽂았지. 참으로 부끄러운 일이라 그동안 비밀로 숨겨왔는데, 마사 네 고백을 듣고 보니 이게 숨길 일이 아니더구나. 오히려 이 상처를 널리 알려서 다른 가문에도 경각심을 심어줘야 했어."

작년 9월 뉴욕 맨해튼에서 전쟁이 터졌던 것은 모든 가문이 다 알고 있었다. 하지만 보어 경의 친동생인 벤자민이 그 전쟁의 주모자라는 사실은 거의 알려지지 않았다. 한데 보어 경은 이번에 그 상처를 솔직히 털어놓았다. 그다음 가주들에게 결속을 주장했다.

"다들 느꼈겠지만, 지금 가르시아 가문엔 변질자들이 상당히 많은 것 같으이. 그리고 우리 반 데어 뤼슨과 리엔조 가문에도 변질자가 나왔어. 우리가 무심하게 지나치는 동안 템플 기사단 안에 이런 변질자들이 독버섯과 같이 자라는 게야. 그러니 우리가 하나로 뭉치세. 그리하여 이 독버섯들을 잘라 내세. 이 일이 실패하면 우리 템플 기사단은 끝장이야."

보어 경의 표정은 단호했다.

짐이 손을 앞으로 내밀었다.

"보어 경의 말이 맞아. 우리가 뭉쳐야지. 하나로 힘을 합쳐서 독버섯과 같은 자들을 뿌리째 뽑아 버려야지. 그래야 오늘 억울하게 죽은 영혼들이 영면을 취할 것 아니겠나. 나 짐 버플리는 이번 일에 내 명예와 목숨을 걸겠네."

크리스토프가 짐의 손을 잡았다.

"우리 바이어 가문도 기꺼이 힘을 보탤 거요. 네크로맨서와 흑마법사는 우리 바이어의 적! 결코 놈들을 용납할 수 없소."

찰스도 손을 내밀었다.

"아버지를 대신해서 저도 약속합니다. 우리 해링턴 가문은 몸을 사리지 않고 힘을 합쳐 놈들에게 복수할 것입니다."

마사가 찰스의 손등 위에 손을 포갰다.

"리엔조 가문 가주 대리의 권한으로 선언합니다. 우리 리엔조 일족은 최후의 한 명이 남는 그 순간까지 변질자들과 싸울 것입니다. 여러 숙부님들께서 저를 이끌어 주세요."

마지막으로 보어 경이 마사의 손등에 손을 덮었다.

"좋소! 다들 의견이 일치되었으니 우리 다섯 가문이 앞장섭시다. 우리가 나서서 가르시아와 백화문, 그리고 드네르프의 변질자들과 싸웁시다."

이 날 메노르카 섬 백사장 파라솔 아래에서 5개의 손이 포개졌다. 이른바 '메노르카 연합' 의 시작이었다.

제7화
헬 하운드의 2차 습격

Shapiro

Chapter 1

"아따! 우리가 재수가 없는 거야, 아니면 에바 공주가 재수 옴 붙은 거야? 어떻게 쉴 틈을 주지 않고 개새끼들이 꼬이지? 이런 XX!"

땅딸보 네크로맨서 핌스턴이 육두문자를 뱉었다.

걸터가 발을 동동 굴렀다.

"그러게 내가 뭐랬어? 에바 공주, 저년이 아주 재수 없는 년이라고 했잖아. 키히잉!"

"야, 걸터! 정신 사나우니까 호들갑 좀 그만 떨어. 이왕 이렇게 된 거, 헬 하운드 놈들과 맞서 싸워야지. 조금만 버티면 프란츠 후작의 병력들이 도와주러 올 거야."

핌스턴이 걸터를 향해 버럭 소리쳤다. 그다음 팔뚝만 한 뼈다귀를 들고 힘껏 휘둘렀다.

뻐억!

송아지만 한 크기의 사냥개 한 마리가 핌스턴의 뼈다귀에 맞아 휘청거렸다. 핌스턴의 공격은 황소도 때려잡을 만큼 위력적이었지만, 이 사냥개에게는 통하지 않았다. 그저 불똥이 펄럭 튀고 잠시 휘청거린 것이 전부. 지옥의 사냥개 헬 하운드는 날렵하게 뻗은 4개의 다리로 대지를 지탱하고는 핌스턴을 향해 길게 포효했다.

크르르르르!

헬 하운드의 반투명한 눈알이 핌스턴을 무섭게 노려보았다. 사자의 갈기처럼 휘날리는 헬 하운드의 털에선 화염이 활활 솟구쳤다. 녀석의 촘촘한 이빨 사이로 걸쭉한 타액이 흘러 바닥에 뚝뚝 떨어졌다. 그 타액이 용암이 되어 바닥에 깔린 카펫에 불을 붙였다.

"아, 씨! 이런 괴물 같은 놈!"

핌스턴이 얼굴을 구겼다.

"으으으!"

걸터는 찔끔 오줌을 지렸다.

헬 하운드가 대지를 박찼다.

보통 사냥개와는 비교도 할 수 없는 속도!

허공에 붉은 줄이 쭉 그어진다 싶더니, 어느새 헬 하운드는 핌스턴의 머리 위로 도약해 이빨을 드러냈다.

"이런 썅!"

핌스턴이 뼈의 방패를 소환해 머리 위로 들었다.

방패와 헬 하운드의 이빨이 맞부딪쳤다. 뼈의 방패 위에서 그가가각! 뼈 깎는 소리가 들렸다. 헬 하운드가 뿜어내는 화염이 뼈의 방패를 타고 넘어와 핌스턴의 팔뚝을 벌겋게 익혔다.

"크악!"

핌스턴이 악을 썼다. 그의 팔뚝은 화상을 입어 물집이 벌겋게 잡혔다. 게다가 방패 위에 올라탄 헬 하운드의 무게는 100킬로그램이 넘었다. 핌스턴의 허리가 휘청거렸다.

걸터가 재빨리 도왔다. 걸터가 소환한 뼈의 그물이 따다닥 소리를 내면서 날아가 헬 하운드의 온몸을 묶었다.

헬 하운드가 화르륵 화염을 내뿜었다.

걸터가 소환한 뼈의 그물이 새까맣게 타들어 가고, 핌스턴이 만든 뼈의 방패는 벌겋게 달궈졌다.

그 사이 걸터가 뼈의 창을 3개 소환해 헬 하운드의 옆구리에 찔러 넣었다.

헬 하운드가 풀쩍 뛰어 걸터의 공격을 피했다. 그다음 다시 도약해서 걸터에게 이빨을 들이밀었다.

"으악!"

겁이 많은 걸터는 엉덩방아를 찧었다.

"걸터!"

이번엔 핌스턴이 걸터를 도왔다. 핌스턴은 뼈의 갑옷을 세 겹으로 소환해서 온몸에 두른 다음 그대로 달려들어 헬하운드의 옆구리를 치받았다.

충돌의 순간, 뼈의 갑옷 위로 뾰족한 가시 수백 개가 용수철처럼 튀어나왔다. 오온 지파 네크로맨서들이 종종 사용하는 포큐파인 아머(Porcupine Armor: 고슴도치 갑옷)였다.

크앙!

헬 하운드의 몸에서 불똥이 확 튀었다. 헬 하운드는 3미터 밖으로 튕겨 나가 구르더니 비틀비틀 다시 일어섰다.

핌스턴도 심각한 타격을 받았다. 그가 소환한 뼈의 갑옷 세 겹이 홀랑 타 버렸고, 온몸에 화상을 입어 몸이 벌겋게 익었다.

"크우우! 아프다."

핌스턴이 오만상을 썼다.

"핌스턴!"

걸터는 후다닥 달려가 핌스턴을 껴안았다. 그다음 미니를 불렀다.

"미니! 우리를 안고 도망가!"

미니는 걸터가 아끼는 스켈레톤 하녀였다. 주인이 부르자 땅속에서 미니가 튀어나왔다. 골반 뼈에 앞치마를 걸치고 해골에 화장까지 한 스켈레톤 하녀가 걸터와 핌스톤을 번쩍 안아 들고는 우다다다 도망쳤다.

크왕!

비틀거리던 헬 하운드가 미니를 쫓아 몸을 날렸다. 녀석의 헐떡거리는 소리가 걸터와 핌스턴을 바짝 뒤쫓았다. 녀석의 번들거리는 눈알은 금방이라도 달려들 것처럼 따라붙었다.

"이 지독한 놈! 우리가 뭐 먹을 게 있다고 그렇게 악착같이 쫓아오느냐? 그냥 에바 공주나 쫓아가 버리지."

걸터가 진저리를 쳤다.

미니는 프란츠 성의 좁은 회랑을 따라 전속력으로 도망쳤다. 중간에 세 갈래 길을 만나면 90도로 방향을 홱홱 꺾었다.

헬 하운드도 끈질기게 추격했다. 녀석은 벽을 박차고 방향을 꺾었으며, 가끔씩 풀쩍 뛰어올라 미니를 향해 앞발을 휘둘렀다.

그때마다 화염이 크게 일어 걸터를 기겁하게 만들었다.

"누가 우리 좀 도와줘!"

걸터가 악을 썼다.

화르르륵!

프란츠 성 전체가 화염에 휩싸였다. 처음엔 에바 공주가 머무르던 안채에 불이 붙었고, 이어서 그 불이 방사형으로 퍼져나갔다.

"비상! 비상! 후작님께서 계신 곳에 화재가 났다."

"뭣들 하느냐? 다들 나와서 불을 끄지 않고."

"물! 물 좀 퍼 와! 식량 창고가 타 버리기 전에 어서 물과 모래를 퍼 오라고!"

사방에서 고함이 들렸다.

병사들은 자다 말고 뛰어나와 물동이를 지고 모래를 퍼 날랐다. 성 안의 백성들도 불을 끄기 위해 총동원되었다.

하지만 화재는 쉽게 잡히지 않았다. 오히려 더 크게 번지며 프란츠 성 전체를 집어삼켰다. 덕분에 성 주변이 대낮처럼 환하게 빛났다. 시커먼 연기가 밤하늘로 뭉게뭉게 올라갔다.

하얀 악어가죽 옷을 입고 하얀 마스크로 입을 가린 사내가 화염 사이를 산책하듯 걸었다. 그는 헬 하운드 조직의 십장로였다.

불의 마법사 10명이 십장로를 보좌하듯 뒤따랐다. 마법사들은 모두 검은 가죽옷을 입고 검은 마스크를 썼다. 불의 마법사 곁에는 송아지보다 더 큰 헬 하운드들이 대가리를 꼿꼿이 세우고 걸었다.

십장로가 뇌파를 이용해서 물었다.

—에바 공주는 붙잡았나?

—현재 공주는 북쪽 성벽으로 도망치는 중입니다만, 그곳에 이미 형제들이 포진해 있습니다.

십장로의 오른쪽에 선 마법사가 대답했다.

—그러면 곧 좋은 소식이 들리겠군.

—그렇습니다. 북쪽 성벽에 매복 중인 형제들이면 10,000명 단위의 병력도 눈 깜짝할 사이에 태워 버릴 수 있습니다. 공주를 잡는 데는 충분한 병력입니다.

마법사는 자신감이 넘쳤다.

십장로가 다시 물었다.

—프란츠 후작의 동태는?

—후작은 지금 성 곳곳에서 동시에 발생한 화재를 진압하느라 정신이 없습니다. 공주를 도울 처지가 아니지요.

—그래? 그러면 더더욱 우리 일이 성공할 수밖에 없겠군. 후후후.

—십장로님의 말씀대로 될 것입니다.

—후흐흐흐흐.

십장로는 모처럼 편안하게 웃었다. 그러다 한순간에 웃음을 딱 멈췄다.

—가만! 네크로맨서들의 행적이 발견되었다지?

—네. 녀석들은 공주 곁에 머무르고 있었다고 합니다.

십장로가 눈매를 가늘게 좁혔다.

—그자들, 쉽게 봐서는 안 된다. 내 공격을 피하고 도망

친 놈들이야. 게다가 그 땅개 녀석들이 너희들에게 제법 피해를 입혔잖아.

—그렇습니다. 네크로맨서와 싸우다가 죽은 형제가 제법 있습니다.

—그렇다면 반드시 놈들을 붙잡아야지. 잡아서 죽은 형제의 복수를 해 줘야지.

—십장로님의 말씀이 옳습니다. 반드시 그 땅개들을 붙잡아 지옥의 불 맛을 보여 줄 것입니다.

불의 마법사는 주먹을 불끈 쥐어 보였다.

Chapter 2

은빛 갑옷을 입은 기사들이 뾰족한 방추형 진형을 구축한 채 빠르게 이동했다. 기사들은 왼팔에 길쭉한 방패를 착용했다. 오른손에는 3미터에 달하는 긴 창을 움켜쥐었다. 기사들의 방패에 새겨진 문장은 위풍당당한 황금 숫양이었다. 기사들의 갑옷 한복판엔 포효하는 수사자의 얼굴이 양각되어 있었다.

이들은 퍼른 기사단!

황금 숫양은 몬순 제국 서북부 산악지대를 다스리는 퍼른 가문의 상징이었다. 퍼른은 수백 년 넘게 후작(변경백)의

작위를 유지하는 명문가였고, 그곳의 기사들은 강하고 용감했다.

한데 그 용감한 기사들의 얼굴에 두려움이 어렸다.

퍼른 기사들은 하얗게 질린 얼굴로 발걸음을 맞췄다. 은빛 광채가 감돌아야 할 기사들의 갑옷은 군데군데 찌그러졌고 시꺼멓게 그을렸다. 창끝도 녹아내려 날이 뭉그러진 상태였다. 다들 지치고 힘들어 몸이 무거웠다.

퍼른의 기사단장 안텔롭이 지친 부하들을 돌아보았다.

'하아! 헬 하운드가 무섭긴 무섭구나! 우리 퍼른 기사들이 이렇게 비참하게 쫓기는 신세가 될 줄이야!'

안텔롭은 퍼른의 산악부대인 고우트 레인저(Goat Ranger) 출신으로, 크고 작은 전투에서 수많은 전공을 세운 실력자였다. 덕분에 그는 제국의 서쪽을 지키는 수호자라 불렸다.

그런 안텔롭도 헬 하운드의 상대가 되지는 못했다. 시뻘건 화염을 내뿜는 지옥의 사냥개들은 도무지 맞서 싸울 수 없는 괴물들이었다.

'크윽! 나는 우물 안의 개구리였다.'

안텔롭은 참담한 표정을 지었다.

"기사단장! 그런 표정 짓지 말아요."

에바 공주가 발을 굴렀다. 몬순 제국 최고의 미녀라는 에바 공주의 시선이 불안하게 흔들렸다. 안텔롭의 얼굴이 일그러지자 겁이 난 것이다.

'그렇지. 내가 이렇게 나약해져서는 안 되지.'

안텔롭은 약해지려는 마음을 굳게 다잡았다. 그러곤 공주를 위로했다.

"공주마마, 그렇게 불안해하시지 않으셔도 됩니다. 이 안텔롭이 목숨을 걸고 공주마마를 모실 것입니다. 그리고 여기만 통과하면 헬 하운드 놈들의 추격을 뿌리칠 수 있습니다. 우리 퍼른 기사단의 기동력이 얼마나 빠른지 공주마마께서도 잘 아시지 않습니까."

"그래요. 난 기사단장만 믿을게요."

에바 공주는 결연히 대답했다.

하지만 그 결연함은 곧 무너질 수밖에 없었다.

북쪽 성벽 앞에 일렬로 늘어선 헬 하운드들!

그 수가 무려 20마리나 되었다. 날렵한 네 다리로 대지를 딛고, 고개를 약간 숙인 채 퍼른 기사들을 노려보는 지옥의 사냥개들은 보는 것만으로도 두려움을 자아내었다. 헬 하운드의 옆에는 검은 가죽옷을 입은 불의 마법사들이 팔짱을 끼고 서 있었다.

"으읏! 놈들이 이곳에서 우리를 기다리고 있었구나! 퍼른 기사들이여, 전원 돌파 대형을 갖춰라!"

안텔롭이 이빨을 꽉 물었다.

처처척!

퍼른 기사들이 방패를 비스듬히 들었다. 앞이 뾰족한 방추형 진형에 방패를 비스듬히 세우자 드래곤이 비늘을 곧추세운 형태가 되었다. 기사들은 방패 사이로 긴 창을 내밀어 돌파 대형을 완전히 갖추었다.

에바 공주가 탄 가마는 진형의 중심에 위치했다.

안텔롭이 목청을 높였다.

"저들만 돌파하면 된다. 퍼른의 황금 숫양들이여! 목숨을 걸고 놈들을 돌파하라. 너희의 목숨을 버려 공주마마를 지켜라."

"충!"

퍼른 기사들이 한목소리로 대답했다.

안텔롭이 진격 명령을 내렸다.

"전원, 진격!"

퍼른 기사들은 방추형 진을 유지한 채 전력으로 달려 나갔다. 안텔롭이 그 선두에서 돌파의 핵이 되었다.

기사들의 비장한 모습을 보면서 불의 마법사들이 비웃음을 흘렸다.

—으흐흐흐!

—가소롭군.

불의 마법사들은 땅을 향해 펼쳤던 손바닥을 앞으로 쭉 밀었다.

그 즉시 헬 하운드들이 뛰쳐나갔다. 돌격 명령을 받은 헬 하운드는 표범보다 더 빠르게 달렸다.

20마리의 헬 하운드가 한꺼번에 내달리는 모습은 실로 장관이었다. 헬 하운드의 뒤를 쫓아 화르륵 화염이 일었고, 그 화염이 서로 겹쳐 벽을 만들었다. 정면에서 보면 폭이 30미터나 되는 거대한 화염의 벽이 해일처럼 달려오는 것 같았다.

"으윽!"

퍼른 기사들이 기가 질렸다.

안텔롭이 버럭 소리쳤다.

"기죽지 마라! 우리는 두려움을 모르는 황금 숫양이다! 다들 젖 먹던 힘을 다해 저 불길을 돌파한다!"

"충!"

기사들이 안텔롭의 명을 받들었다.

안텔롭은 달리는 속도를 한층 높였다. 퍼른 기사들도 이를 악물고 안텔롭의 뒤를 쫓았다.

'정면으로 맞부딪쳐서 힘으로 돌파한다. 우리 퍼른 기사의 돌파력은 제국 최고야! 분명 헬 하운드에게도 통할 거라고.'

안텔롭은 굳은 신념으로 무장했다.

하지만 얼마 지나지 않아 그 신념이 와르르 무너졌다.

헬 하운드들은 영리하게도 퍼른 기사단과 정면으로 맞부딪치지 않았다. 충돌 직전, 양쪽으로 갈라져 기사단을 그냥 흘려보냈다. 대신 헬 하운드들이 일으킨 화염의 벽이 기사단을 때렸다.

"크으윽! 가속!"

안텔롭은 순간적으로 추진 속도를 2배로 올렸다. 그 속도가 어찌나 빨랐던지 안텔롭을 중심으로 공기의 층이 얇게 형성되었다.

퍼른 기사단 전체가 그 공기층의 보호를 받았다. 기사단은 안텔롭의 보호 아래 화염의 벽으로 뛰어들었다.

화염의 벽을 통과할 때는 용암 속을 빠르게 뚫고 지나가는 기분이 들었다. 기사들의 눈에 붉은 화염이 빠르게 지나가고, 곧이어 시야가 탁 트였다.

"뚫었다!"

기사들 가운데 한 명이 환호를 질렀다. 퍼른 기사단이 안텔롭의 지휘 아래 화염의 벽을 돌파한 것이다. 다들 표정이 확 밝아졌다.

그때 기사단 후미에서 비명이 들렸다.

"아악! 화염의 벽이 또 옵니다."

"단장님, 이번엔 뒤쪽입니다."

"뭣?"

안텔롭을 비롯한 선두의 기사들이 고개를 뒤로 돌렸다. 그러곤 입을 쩍 벌렸다.

기사단을 흘려보냈던 헬 하운드들이 180도 방향을 바꾸어 달렸다. 지옥의 사냥개가 일으킨 화염이 폭 30미터의 벽을 이루어 퍼른 기사단의 후미를 때렸다.

기사단이 방향을 틀기엔 이미 늦었다. 그렇다고 후미를 앞세워 화염을 벽을 다시 돌파할 수도 없었다. 기사단의 후미엔 강행 돌파를 이끌 만한 기사가 없기 때문이다.

안텔롭은 빠르게 판단했다.

"정면! 무조건 정면으로 뛴다. 화염의 벽보다 더 빨리 뛰어라!"

"충!"

퍼른 기사단이 전력을 다해 앞으로 달렸다.

헬 하운드 20마리가 그 뒤를 쫓았다.

"돌파! 돌파!"

안텔롭이 선두에서 목이 터져라 외쳤다.

말이 돌파지 사실 이건 돌파가 아니었다. 뒤에서 컹컹거리며 쫓아오는 헬 하운드를 피해서 도망치는 셈이었다.

기사들도 그걸 알았다. 알면서도 이렇게 갈 수밖에 없었다.

불의 마법사들이 또다시 비웃었다.

—으흐흐, 너희들이 돌파를 원한단 말이지?

—그렇다면 돌파할 거리를 만들어 줘야지.

불의 마법사들이 손을 휘젓자 허공에 화염의 구가 생겨났다. 지름 50센티미터의 불덩어리는 마법사들의 머리 위로 떠올라 한 바퀴 회전하더니, 포물선을 그리며 날아갔다.

피유우우— 펴엉! 펑! 펑!

퍼른 기사단 앞에 화염의 구가 연속으로 날아왔다. 시뻘건 화기를 품은 화염의 구는 기사들의 발밑에 떨어지며 그대로 폭발했다.

땅에서 불꽃이 무섭게 치솟았다.

머리 위에선 화염의 구가 수도 없이 쏟아졌다.

퍼른 기사 한 명이 진형에서 이탈했다. 발밑에 터진 화염의 구를 피하다 보니 자연스럽게 옆으로 튕겨 나가게 되었는데, 그 때문에 안텔롭이 만들어 낸 공기층에서 벗어났다. 돌파력도 함께 잃었다.

"어엇?"

진형에서 이탈한 기사가 화들짝 놀라 주변을 둘러보았다.

동료 기사들은 이미 저 앞으로 달려간 상태였다.

흐름을 잃은 기사가 당황했다. 그 기사의 머리 위로 화염의 구가 떨어졌다. 기사는 황급히 방패를 들어 머리를 보호했다.

콰앙!

"크악!"

화염의 구가 방패를 강하게 때렸다. 기사는 그 힘을 이기지 못하고 털썩 무릎을 꿇었다. 그다음 방패를 타고 뻗어

온 화염에 감겨 온몸에 불이 붙었다.

"크악! 나도 데려가! 나 좀 살려 줘!"

기사가 동료들을 향해 손을 뻗었다.

하지만 그 애절한 외침은 오래가지 못했다. 뒤를 바짝 쫓아온 헬 하운드가 기사의 머리를 짓밟아 쓰러뜨리고는 투구 사이로 드러난 뽀얀 목덜미에 이빨을 박아 넣었다.

화륵! 화르륵! 까드득!

살 씹는 소리가 끔찍하게 울렸다. 살이 불에 타는 소리도 한 덩어리로 뒤섞였다. 기사의 몸뚱어리는 이내 재가 되었다.

"뒤를 돌아보지 마라!"

안텔롭은 부하의 죽음을 외면했다. 인정에 끌려서 머뭇거리다가는 다 같이 몰살당할 뿐이었다. 안텔롭은 속도를 더욱 높여 질주했다.

그러다 보니 이탈자가 또 생겼다.

"크악! 살려 줘!"

대열에서 빠진 기사는 화염의 구에 얻어맞고 헬 하운드에게 온몸이 물어 뜯겨 죽었다.

세 번째, 네 번째 이탈자도 발생했다.

불의 마법사들은 쉬지 않고 손을 휘저었다. 그때마다 시뻘건 화염의 구가 돋아나 퍼른 기사단에게 날아들었다.

부하들을 보호하려면 화염의 구를 피해야 했다.

한데 화염의 구를 피해서 지그재그로 달리다 보면 추진력이 떨어져서 돌파가 불가능했다. 그렇게 시간을 끌다가는 에바 공주를 잃을 수밖에 없었다.

'미안하지만 어쩔 수 없다.'

안텔롭은 부하들의 희생을 각오했다.

안텔롭은 공기층의 범위를 좁혔다. 퍼른 기사단 전체를 감싸던 공기층이 공주가 탄 가마를 중심으로 4분의 1 크기로 줄어들었다.

무게가 가벼워지자 달리는 속도가 증가했다. 안텔롭은 부하들 가운데 4분의 1의 병력만 데리고 빠르게 치고 나갔다.

대신 나머지 4분의 3은 진형이 허물어지면서 속도가 줄었다. 버림받은 기사들의 머리 위로 화염의 구가 뜨겁게 작렬했다.

"안 돼!"

기사들은 황급히 방패를 들었다.

하지만 공기층의 도움 없이 방패만으로 불을 막을 수는 없었다.

"크악! 크아악!"

"아악! 몸에 불이 붙었어."

안텔롭에게 버림받은 기사들은 화염에 휩싸인 채 나뒹굴었다. 쓰러진 자들 위로 헬 하운드 무리가 덮쳤다.

와드득, 살을 물고 뼈를 씹는 소리가 난무했다.

"크흑!"

안텔롭의 눈에서 피눈물이 흘렀다.

"아아아! 저걸 어째!"

에바 공주도 눈물을 펑펑 쏟았다.

Chapter 3

몸에 불이 붙은 부하들을 되살릴 수는 없었다.

"미안하다, 퍼른의 기사들이여. 하지만 너희의 죽음은 결코 헛되지 않을 것이다. 내가 반드시 공주마마를 살려 바아란의 황궁으로 모셔갈 것이고, 그다음 저 극악무도한 헬하운드에게 복수할 것이다. 이 안텔롭의 이름을 걸고 맹세하마."

안텔롭은 이를 악물었다.

이제 북쪽 성벽까지 거리는 20미터도 남지 않았다.

—에바 공주를 놓쳐선 안 된다.

—모두 공격을 집중해라. 공주가 죽어도 좋다.

불의 마법사들이 안텔롭에게 화염의 구를 집중했다. 지름이 50센티미터가 넘는 화염이 펑펑 날아와 안텔롭을 때렸다.

"크윽!"

안텔롭은 피하지 않았다. 불길에 살이 익고 머리카락이 바싹 타도 신경 쓰지 않았다. 그는 오로지 '돌파' 그 한 마디만 생각하며 일직선으로 달렸다.

안텔롭이 일으킨 공기층이 어느 정도 화염을 막아 주었다. 바람처럼 빠른 속도 때문에 화염의 구가 정확하게 때리지도 못했다.

덕분에 안텔롭은 불의 마법사들을 돌파할 수 있었다.

컹컹컹컹!

등 뒤에서 헬 하운드 20마리가 미친 듯이 쫓아왔다.

불의 마법사들이 뇌파로 악을 썼다.

—공주를 뒤쫓아라!

—지옥의 사냥개들이여, 절대 공주를 놓치지 마라.

헬 하운드 가운데 유난히 다리가 빠른 녀석이 풀쩍 도약했다. 녀석은 후미의 기사 한 명을 노리고 달려들어 목을 콱 물었다.

"크악!"

목을 물린 기사가 비틀거렸다.

안텔롭은 뒤를 돌아보지 않고도 그 사실을 눈치챘다. 그 즉시 공기층의 범위가 줄어들었다. 목을 물린 기사를 버린 것이다.

공기층의 보호를 잃자 기사의 몸에서 곧 화염이 치솟았

다.

"으아악! 뜨거워!"

기사는 거칠게 몸부림치며 쓰러졌다. 헬 하운드가 바닥에 엎어진 기사의 몸을 물고 세차게 대가리를 흔들었다.

옆에서 치고 나온 또 다른 헬 하운드가 그대로 육탄 돌격해서 퍼른 기사단의 측면을 때렸다.

퍼엉!

불똥이 튀고 기사 몇 명이 휘청거렸다.

안텔롭은 그 기사들도 버렸다. 공기층에서 벗어난 기사들이 뜨거운 열기에 비명을 질렀다. 헬 하운드 두 마리가 버려진 기사들을 덮쳐 불덩이로 만들었다.

도마뱀이 꼬리를 자르듯 그렇게 버려진 기사가 10명이 넘었다. 안텔롭은 자신의 살점을 떼어 내는 심정으로 부하들을 버렸고, 그 대신 시간을 벌었다.

이제 북쪽 성벽이 코앞으로 다가왔다.

안텔롭은 풀쩍 뛰어서 성벽을 탔다. 손으로 성벽 돌 틈새를 잡고 천천히 기어오르는 것이 아니라, 발끝으로 벽돌 틈새를 박차며 수직으로 도약했다. 그 모습이 마치 절벽에서 자유롭게 뛰노는 산양 같았다.

퍼른 기사들도 안텔롭을 좇아 성벽을 밟고 뛰었다.

—허! 저런 재주가 있다니!

불의 마법사들이 놀랐다.

—지금 감탄할 때가 아니야. 공주를 놓치면 안 돼!

마법사 가운데 한 명이 성벽을 향해 화염의 구를 쏘았다. 불의 마법사들이 연달아 화염의 구를 쏘아 화망을 구성했다.

단단한 성벽에 부딪쳐 화염의 구가 펑펑 폭발했다. 안텔롭은 화염의 구를 요리조리 피하며 눈 깜짝할 사이에 성벽 위까지 올라왔다.

"기사단장님, 공주마마를 받으십시오."

가마를 짊어지고 성벽을 타던 기사들이 공주를 위로 던졌다.

"꺄악!"

에바 공주가 비명을 질렀다. 하늘이 빙글 돌았다.

안텔롭은 매가 먹이를 낚아채는 것처럼 공주를 받더니 그대로 성벽 뒤쪽으로 달려갔다.

화염의 구가 포물선을 그리며 날아와 안텔롭을 때렸다. 헬 하운드들도 빠르게 성벽을 기어 올라왔다. 누군가는 여기 남아서 시간을 벌어 줘야 했다. 그래야 공주를 살릴 수 있었다.

퍼른 기사들이 이를 악물었다.

"와라, 이 더러운 짐승들아!"

"기사단장님, 이곳은 우리가 맡겠습니다. 공주마마를 모시고 빨리 피하십시오."

퍼른 기사들은 성벽 중간의 돌 틈에 발을 찔러 넣고는 창을 곧추세웠다. 그다음 방패로 몸을 가렸다.

성벽을 기어오르던 헬 하운드 무리가 퍼른 기사단을 공격했다.

기사들은 방패로 화염을 막고 창을 앞으로 쭉 찔러 넣었다. 긴 창이 화염을 뚫고 지옥의 사냥개들을 공격했다.

헬 하운드들은 날렵하게 피했지만, 이곳은 땅이 아니라 깎아지른 성벽 중간이었다. 허공으로 몸을 띄우자 디딜 곳이 없었다.

깨갱! 깨개갱!

헬 하운드 다섯 마리가 한꺼번에 성벽 아래로 추락했다.

대신 기사들도 무사하지 못했다. 성벽 중간에 가만히 멈춰 선 표적을 불의 마법사들이 놓칠 리 없었다. 화염의 구가 날아와 퍼른 기사들을 때렸다.

퍼퍼펑!

"으아악!"

폭음과 함께 성벽 일부분이 함몰되었다. 목숨을 걸고 공주를 탈출시킨 퍼른 기사들은 외마디 비명을 지르며 추락했다.

안텔롭은 공주를 등에 업고 성벽 위를 가로질렀다. 그다음 다짜고짜 성벽 밖으로 몸을 날렸다. 이대로 성 밖으로 도주할 셈.

한데 그 전에 길이 막혔다.

—이대로 가면 섭섭하지.

안텔롭이 성벽 밖으로 도약하려는 순간, 옆에서 불덩이가 날아왔다. 화염의 구 3개가 삼각형 망을 구성한 채 날아와 안텔롭을 방해했다.

이대로 돌파했다가는 공주가 위험할 것 같았다.

"크윽!"

안텔롭은 공중에서 몸을 틀어 화염의 구를 피했다. 그다음 높은 성벽의 모서리를 밟고 풀쩍풀쩍 뛰어 5미터 밖으로 물러났다.

성벽 주변에 헬 하운드 세 마리가 나타나 안텔롭의 퇴로를 막았다. 불의 마법사 3명도 화염의 구를 만들어서 안텔롭에게 날렸다.

안텔롭은 성벽 밖을 흘낏 내려다보았다.

공주를 업고 7미터 높이의 성벽을 뛰어내리는 것도 문제지만, 그다음이 더 심각했다. 성벽 아래 해자 너머에 헬 하운드 두 마리와 불의 마법사 2명이 매복 중이기 때문이다.

"공주마마, 제 목을 꽉 붙잡으십시오."

안텔롭은 비장하게 외쳤다. 동시에 오른손에 창을 쥐고 왼손에 검을 들어 적에게 겨눴다.

그 모습이 굳건한 바위 같았다. 과연 안텔롭은 서부의 수호자라 불릴 만했다.

짝짝짝!

불의 마법사 가운데 한 명이 박수를 쳤다.

—훌륭한 정신이야. 정말 박수를 쳐 주고 싶어.

—큭큭!

—낄낄낄!

나머지 2명의 마법사가 키득거리며 웃었다.

안텔롭은 그 틈을 노려 창을 던졌다.

벼락처럼 날아간 창이 키득거리던 마법사의 목에 박혔다. 워낙 순식간에 일어난 일이라 다들 멍하니 반응할 수 없었다. 그리고 다음 순간, 주인을 잃은 헬 하운드가 고통스런 신음을 토하며 지옥으로 역소환되었다.

—이런!

불의 마법사 2명이 안텔롭을 향해 동시에 공격했다. 화염의 구 2개가 각각 포물선과 직선을 그리며 날아왔다. 헬 하운드 두 마리도 이빨을 쩍 드러내며 달려들었다.

안텔롭은 백스텝을 밟으며 물러서더니 갑자기 검을 아래에서 위로 치켜 올렸다. 검이 만들어 낸 풍압이 헬 하운드가 내뿜은 화염을 갈랐다. 그러곤 헬 하운드 한 마리의 목을 따 버렸다.

깨갱!

헬 하운드가 요란한 소리를 내면서 성벽 아래로 추락했다.

그 사이 두 번째 헬 하운드가 안텔롭의 사각으로 파고들었다. 영리한 헬 하운드는 안텔롭 대신 에바 공주를 노렸다.

"안 돼!"

안텔롭이 손을 뻗어 공주를 보호했다.

헬 하운드가 안텔롭의 팔뚝을 꽉 물었다.

"크악!"

팔뚝에 찬 갑주가 이글이글 녹아 안텔롭의 살에 들러붙었다. 매캐한 냄새를 내며 살이 타고 불길이 치솟았다.

안텔롭은 죽을힘을 다해 헬 하운드를 떨쳐 냈다. 하지만 이 지독한 지옥의 사냥개는 한번 문 것을 절대 놓치지 않았다. 헬 하운드는 안텔롭의 팔뚝에 이빨을 박아 넣은 채 대롱대롱 매달렸다.

강한 열기가 살을 태우며 팔뚝 속으로 파고들었다.

"이익!"

결국 안텔롭이 결단을 내렸다. 왼손의 검으로 자신의 오른팔을 잘라 버린 것.

덕분에 헬 하운드는 안텔롭의 팔뚝을 입에 문 채 성벽 밖으로 추락했다. 7미터 높이에서 떨어졌다고 해서 헬 하운드가 죽을 리는 없었다. 하지만 일단 안텔롭이 시간을 번 것은 분명했다.

불의 마법사 2명이 주춤 몸을 사렸다.

"이놈들!"

안텔롭은 시뻘건 눈으로 달려들어 불의 마법사 2명을 차례로 해치웠다. 주인이 죽자 성벽 아래의 헬 하운드들도 구슬픈 비명을 지르며 사라졌다.

성벽 밖과 성벽 안.

양쪽에서 동시에 추적이 시작되었다.

—놈을 잡앗!

—공주를 놓치면 안 된다.

불의 마법사들이 팔을 휘둘렀다.

헬 하운드들이 성벽을 타고 기어올랐다.

안텔롭은 옷을 북 찢어 공주를 등에 꽉 묶고는 성벽을 따라 달렸다. 처음엔 북쪽 성벽을 넘어 도망칠 생각이었다.

이젠 서쪽에서 돌파구를 찾기로 했다.

Chapter 4

—공주가 저기 있다.

불의 마법사들이 화염의 구를 허공에 띄웠다.

안텔롭을 공격하기 위함이 아니었다. 화염의 구는 안텔롭의 머리 위에 둥실 떠올라 이정표 역할을 했다. 헬 하운드들이 그 이정표를 보고 방향을 잡았다.

성벽 안에서, 밖에서, 그리고 성벽 위에서.

동시에 세 곳에서 헬 하운드들이 치달렸다.

"이익!"

안텔롭은 빠르게 달리다가 갑자기 몸을 날렸다.

—억! 놈이 성벽 안쪽으로 뛰어내렸다.

불의 마법사 가운데 한 명이 뇌파로 소리를 질렀다.

화염의 구가 안텔롭의 위치를 밝히며 쫓아왔다.

안텔롭은 성벽 틈새를 발로 톡톡 차면서 바닥까지 내려온 다음, 프란츠 성 안으로 도주 방향을 바꿨다.

—놈이 성 안으로 향했다.

—빨리 공주를 쫓아.

헬 하운드들이 광장을 가로질러 안텔롭의 앞길을 막았다.

안텔롭은 피하지 않고 정면으로 달렸다.

헬 하운드 여섯 마리가 동시에 몸을 날려 안텔롭을 덮쳤다.

그 순간 뻐버벙! 소리와 함께 헬 하운드들이 나동그라졌다. 황궁마법사 뮤트가 뾰족한 완드를 들고 등장했다. 뮤트는 절반쯤 의복이 타고 몸 왼편에 심각한 화상을 입은 상태였다. 그가 자랑하던 수염도 홀랑 타 버렸다. 게다가 십장로에게 팔이 잘려 한쪽 소매가 허전했다. 하지만 뮤트의 눈빛만큼은 꺾이지 않았다.

"공주마마, 무사하십니까?"

뮤트가 공주의 안위를 물었다.

"전 괜찮아요."

에바 공주가 당차게 대답했다.

뮤트는 단숨에 공주의 곁으로 달려와 안텔롭의 옆에 섰다. 안텔롭이 다시 성 안으로 방향을 돌린 이유는 뮤트를 발견했기 때문이었다.

크롸롸롸!

헬 하운드들이 송곳니를 드러내며 달려들었다.

"이놈들이 어딜 감힛!"

뮤트의 완드 끝에서 뾰족하게 압축된 공기, 즉 에어 애로우가 쏟아져 사방을 휩쓸었다.

헬 하운드들은 깨갱 소리를 내면서 나뒹굴었다.

뮤트는 레벨 11의 바람의 마법사!

불의 마법을 상대하기엔 안텔롭보다 뮤트가 더 뛰어났다.

그렇다고 뮤트가 만능은 아니었다.

얼마 지나지 않아 헬 하운드 15마리가 뮤트의 주변을 에워쌌다. 불의 마법사들도 속속 등장해 포위망을 갖췄다.

뮤트의 얼굴이 절망으로 물들었다.

"그만 포기하고 공주를 내놓아라."

불의 마법사 가운데 한 명이 항복을 권했다. 이번엔 뇌파를 쓰지 않고 직접 입으로 말했다.

"흥!"

뮤트가 코웃음을 쳤다.

하지만 그의 속은 새까맣게 타들어 갔다. 안텔롭도 팔을 한쪽 잃었고, 퍼른 기사단은 단 한 명도 보이지 않았다. 공주는 싸움에 전혀 도움이 되지 않았다. 프란츠 후작의 도움도 바랄 수 없었다. 지금 성 곳곳에선 화염이 치솟는 중이었다.

'프란츠 후작은 저 불을 잡느라 바빠 이곳까지 신경을 쓰기 힘들 게야. 결국 나와 안텔롭이 공주마마를 구출해야 해.'

뮤트는 입술을 꽉 깨물었다.

크르르르.

헬 하운드들이 낮게 으르렁거리며 포위망을 좁혔다. 불의 마법사들도 화염의 구를 만들어 공격 준비를 마쳤다.

그때 경망스런 비명이 들렸다.

"이런, 썅! 누가 우리 좀 구해 줘."

곧이어 뮤트의 눈에 스켈레톤 한 구가 사람 둘을 들쳐 메고 달려오는 모습이 보였다. 그 뒤를 쫓아 헬 하운드 두 마리가 추격 중이었다.

걸터와 핌스턴, 그리고 걸터의 하녀인 미니의 등장이었다.

"우아악!"

핌스턴이 괴성을 질렀다. 광장에 쫙 늘어선 헬 하운드들을 보고 기겁한 탓이었다.

"워메, 이게 뭐다냐! 늑대를 피해 도망친 곳이 하필 늑대 소굴이라니! 무슨 운명이 이렇게 기구하단 말이냐!"

걸터는 머리카락을 쥐어뜯었다.

스켈레톤 하녀 미니가 방향을 홱 틀어 새로운 탈출로를 모색했다.

한데 그 방향에서 엉뚱한 상대를 만났다.

"아 쒸, 빌어먹을 XXX!"

쌍욕을 하면서 달려오는 사람은 다름 아닌 세미르였다. 핌스턴의 동생 세미르는 샤피로를 등에 업고 도주 중이었는데, 그러다 걸터와 딱 마주쳤다.

세미르의 등 뒤에선 헬 하운드 한 마리가 숨을 헐떡이며 그들을 추격 중이었다.

"핌스턴 형! 나도 좀 데려가 줘."

다리가 풀린 세미르가 미니에게 덥석 안겨들었다.

졸지에 4명을 떠안게 된 미니가 휘청거렸다.

걸터가 발로 세미르의 얼굴을 밀었다.

"야! 내려! 안 그래도 비좁은데 너까지 올라타면 어떻게 해? 우리 미니가 무슨 코끼리인 줄 알아? 개나 소나 다 올라타게."

그 순간에도 미니는 불평 없이 달렸다. 등 뒤에선 헬 하운드 세 마리가 헐떡이며 쫓아왔고, 미니의 다리는 계속 삐그덕 소리를 냈다. 사람을 4명이나 업고 뛰니 속도가 제대로 나올 리 없었다. 결국 미니는 헬 하운드들에게 따라잡혔다.

크렁!

헬 하운드 세 마리가 동시에 도약했다.

"이런, 씨!"

걸터는 눈을 질끈 감았다.

그때 하얗고 뾰족한 물체가 날아와 헬 하운드 세 마리의 목에 휘감겼다.

크뢍! 깨개갱!

헬 하운드 세 마리가 동시에 비명을 지르며 나뒹굴었다. 헬 하운드의 목에 돋아난 뼈의 정화는 강한 올가미가 되어 목을 조였다.

"누보 스승님!"

핌스턴이 만세를 불렀다.

"누보 님, 만세!"

죽다 살아난 걸터도 덩달아 양손을 번쩍 들었다.

극적으로 등장해서 핌스턴 일행을 구해 준 사람은 누보였다.

레벨 12의 네크로맨서! 오온 지파의 2인자이자 세상 최고의 네크로맨서 3인 가운데 한 명으로 꼽히는 누보!

불의 마법사들이 긴장했다.

—저 늙은이는 만만치 않아.

—어서 십장로님께 신호를 보내.

화염의 구 하나가 하늘 높이 솟구쳤다. 이윽고 하늘에 불꽃이 펑펑 터지면서 신호를 보냈다.

—십장로님, 저쪽에서 신호가 올라왔습니다.

십장로를 보좌하던 불의 마법사가 손가락으로 북서쪽을 가리켰다.

—가자.

십장로는 바람처럼 몸을 날렸다.

불의 마법사 10명이 그 뒤를 바짝 쫓았다.

제8화
몬순 황궁의 암투

Shapiro

Chapter 1

누보는 역시 최강의 네크로맨서다웠다.

처음에 상황은 절망적이었다. 헬 하운드들이 포위망을 단단히 구축한 상태였고, 그 주변에 불의 마법사들이 2차 포위망을 만들었다. 게다가 불의 마법사들은 점점 더 숫자가 늘어나는 중이었다.

"공주마마, 죄송합니다. 여기까지가 제 한계인가 봅니다."

안텔롭이 죽음을 각오했다.

뮤트도 죽음을 떠올렸다.

"공주마마, 소신도 여기서 생을 마감할 것 같습니다. 공주마마를 지키지 못하는 무능한 소신을 책망해 주십시오."

안텔롭과 뮤트는 에바 공주를 향해 무릎을 꿇은 다음, 결연한 표정으로 다시 일어섰다.

그때 네크로맨서들이 곁으로 다가왔다.

"히잉!"

걸터가 울상을 지었다. 그는 속으로 '저 재수 옴 붙은 공주와 다시 만났으니 우리는 끝장이구나.' 라고 생각했다.

불의 마법사들이 슬금슬금 포위망을 좁혔다.

에바 공주는 입술을 꽉 깨물고는 앞에 나섰다.

"잠깐!"

공주가 나서자 불의 마법사들이 움직임을 멈췄다.

에바 공주는 떨리는 마음을 가다듬으며 소리쳤다.

"너희들이 필요한 것은 내가 아니더냐. 내가 얌전히 너희들의 포로가 될 것이니 이 사람들은 그냥 보내 주어라."

"공주마마!"

뮤트와 안텔롭이 동시에 소리쳤다. 둘은 공주의 마음 씀씀이에 감격했다.

반면 불의 마법사들은 코웃음만 칠 뿐이었다.

"큭큭! 웃기는군. 우리가 왜 공주의 말을 들어야 하지?"

"그러게 말이야. 공주를 포로로 붙잡고 나머지 녀석들도 다 죽여 버릴 수 있는데, 우리가 왜 살려 줘야 하냐고. 킥킥킥킥!"

이번에도 불의 마법사들은 뇌파 대신 직접 입으로 말했다.

에바 공주가 주먹을 불끈 쥐었다.

“이 무엄한 자들! 나는 몬순 제국의 공주이니라! 너희가 감히 나를 능멸하다니!”

그 모습을 본 마법사들이 더 크게 웃었다.

“크크크, 나름 귀엽네.”

“크하하하!”

그때였다.

“공주마마를 꼭 붙잡으시게.”

누보가 재빨리 소리쳤다.

안텔롭과 뮤트는 반사적으로 공주를 붙잡았다. 누보는 핌스턴의 팔을 잡았고, 핌스턴은 걸터를, 걸터는 미니를, 미니는 세미르를, 세미르는 샤피로를 붙잡았다.

그 순간 땅에서 허연 물체가 치솟았다. 이곳 땅 속에 묻혀 있던 고대 초식동물의 뼈가 우르르 일어나 기염을 토했다.

누보의 스켈레톤 소환술이 발휘된 것이다.

헬 하운드들이 소환물을 향해 털을 바짝 세웠다. 헬 하운드의 털에서 화염이 칙칙 치솟았다.

한데 누보의 소환물은 헬 하운드를 향해 덤비지 않았다. 대신 긴 꼬리를 휘둘러 누보 일행과 공주 일행을 휘감은 다음, 그대로 성벽 밖으로 던져 버렸다.

"으아아악!"

하늘을 날면서 걸터가 비명을 질렀다.

"꺄악!"

에바 공주도 입을 딱 벌렸다.

안텔롭과 뮤트도 인상을 잔뜩 썼다. 다들 전혀 예상치 못하게 하늘을 날게 되어 기분이 더러웠다. 오직 누보만이 이 상황을 즐겼다.

"으하하하! 이 불 강아지들아, 나중에 또 보자!"

누보는 불의 마법사들을 향해 호탕하게 웃었다.

—저, 저런!

불의 마법사들은 한순간에 닭 쫓던 개 신세가 되어 버렸다.

—어서 신호를 보내! 성 밖에서 놈들을 잡으라고 신호하란 말이야!

—이런 바보 멍청이들!

마법사들 사이에 뒤늦게 고성이 오갔다.

헬 하운드들도 덩달아 신경이 날카로워졌다. 지옥의 사냥개들은 주인의 주변을 배회하며 쉭쉭 화염을 발산했다.

십장로가 빠르게 달려왔다.

—공주는 어디 있지?

십장로는 등장과 동시에 에바 공주의 행방부터 물었다.

불의 마법사들이 황급히 무릎을 꿇었다.

—죄송합니다, 십장로님.

—놈들이 성 밖으로 도망쳤습니다.

—뭐?

십장로의 얼굴이 무섭게 일그러졌다. 그의 등 뒤에서 지옥불이 화르륵 일어나 10미터 높이로 솟구쳤다. 십장로의 머리카락도 하늘로 치솟아 무섭게 일렁거렸다.

주변의 공기 온도가 눈 깜짝할 사이에 200도를 넘어섰다. 멀쩡하던 주변 건물에 불이 확확 옮겨붙었다.

불의 마법사들이 바짝 엎드렸다.

—죄송합니다, 십장로님!

헬 하운드들도 십장로의 기세를 견디지 못하고 꼬리를 말았다.

십장로가 쩌렁쩌렁하게 외쳤다.

—그렇게 무릎을 꿇을 시간이 어디 있느냐? 당장 추격해라! 에바 공주를 잡아서 내 앞에 대령해. 만약 공주를 놓치면 너희들은 다 죽은 목숨이다.

—넵!

불의 마법사들이 황급히 움직였다.

30명이 넘는 마법사들이 일제히 화염의 구를 만들었다. 30개나 되는 불덩어리가 성벽 한 곳을 집중해서 때렸다.

요란한 폭음과 함께 성벽 일부가 무너졌다.

컹컹컹컹!

헬 하운드들이 무너진 곳을 통해 빠르게 달려 나갔다. 불의 마법사들도 사냥개를 앞장세워 추적을 시작했다.

누보가 소환한 스켈레톤은 한 마리가 아니었다. 누보는 성벽 밖에도 고대 초식동물의 뼈를 소환해 놓았다. 그 초식동물이 누보 일행을 사뿐히 받아 땅에 내려 주었다. 물론 공주 일행도 땅에 안착시켰다.

그때 성벽에서 콰콰쾅! 폭음이 일었다.

"헬 하운드 놈들이 성벽을 뚫고 있구나! 너는 저곳을 막아서 시간을 끌어라."

누보가 소환물에게 명령을 내렸다.

초식동물의 뼈가 쿵쿵 걸어가 성벽 앞에 서더니 그대로 달려들어 성벽을 어깨로 들이받았다. 성벽 아래 구멍이 뚫리려던 그 타이밍이었다.

추적에 나섰던 헬 하운드들이 날벼락을 맞았다. 성벽이 통째로 허물어지면서 헬 하운드들의 머리 위로 파편이 떨어졌다.

깨개갱!

헬 하운드들이 화염을 내뿜으며 저항했다. 일부는 재빨리 몸을 빼서 성벽에 깔리는 참사를 면했다. 하지만 운이 나쁜 다섯 마리는 커다란 벽돌에 얻어맞아 그대로 역소환당했다.

—이런 병신들!

십장로가 분노했다. 그의 손에서 출발한 노란 원반이 가공할 열기를 품은 채 날아가 고대 초식동물의 뼈를 그대로 불태웠다. 무너졌던 성벽도 화르륵 녹아 길이 열렸다. 건물 잔해가 벌겋게 녹아 하나의 암석처럼 변했다.

헬 하운드들이 건물 잔해를 밟고 성 밖으로 나갔다.

불의 마법사들도 그 뒤를 바짝 좇았다.

Chapter 2

불의 마법사들은 죽을힘을 다해 수색에 나섰다. 헬 하운드를 앞장세워 프란츠 성 주변을 샅샅이 뒤지고 또 훑었다.

하지만 그 어디에서도 에바 공주 일행을 찾지 못했다.

분노한 십장로의 손에 불의 마법사 한 명이 맞아 죽었다. 겁에 질린 헬 하운드들이 바닥에 납죽 엎드렸다.

그래도 소용없었다. 십장로가 아무리 부하들을 다그쳐도 한번 손에서 놓친 공주를 다시 잡을 수는 없었다.

같은 시간.

프란츠 성에서 멀리 떨어진 오솔길.

황궁마법사 뮤트가 누보에게 손을 내밀었다.

"도와줘서 고맙소. 이번에 큰 은혜를 입었소."

"별말씀을."

누보가 뮤트의 손을 맞잡았다.

이번엔 안텔롭이 누보에게 사과를 했다.

"먼저는 미안하게 되었습니다. 공주마마를 지키는 일이 급하다 보니 당신들만 뒤에 남겨 놓았었지요."

"충분히 이해합니다. 공주마마의 안전을 지키는 것이 더 급하지요."

누보는 선뜻 사과를 받아주었다. 물론 속으로는 '의리 없는 개자식.' 이라고 욕을 했지만, 겉으로는 그런 내색을 하지 않았다. 장차 헬 하운드와 맞서 싸우려면 에바 공주의 도움이 필요하기 때문이었다.

지금 몬순 제국은 세 갈래 네 갈래로 나뉘어 암투를 벌이는 중이었다.

철혈의 제황이라 불리던 황제가 중병으로 쓰러진 뒤, 몬순의 황실에선 피비린내 나는 파벌 싸움이 시작되었다. 황제의 자식 8명이 이 싸움의 주인공들이었다.

암투의 결과는 살벌했다. 최근 두 달 사이에 황자가 셋이나 죽었다. 하나는 말에서 떨어져 목뼈가 꺾였고, 2명은 쥐도 새도 모르게 독살을 당했다. 그러자 남은 황자 5명 가운데 2명이 지방으로 낙향했다. 죽기 싫어서였다.

이제 황관을 물려받을 후계자는 3명으로 압축되었다.

나이가 가장 많은 황태자!

속을 알 수 없는 삼황자!

가장 똑똑하다는 사황자!

이 3명은 제국의 수도 바아란에 머물며 세력을 넓히고 정적을 제거하는 등 바쁜 나날을 보냈다. 동시에 지방의 군벌과 귀족들에게 손을 뻗었다.

에바 공주가 프란츠 성을 방문한 것도 그 때문.

에바는 사황자의 친동생이었다. 프란츠 후작은 에바 공주를 며느리로 맞이하는 대신 사황자에게 병력과 군자금을 지원하기로 약속했다.

한데 그 사실을 어떻게 알았는지 헬 하운드가 쳐들어왔다. 지옥의 사냥개를 부리는 이 무서운 조직은 프란츠 후작의 성을 대담하게 공격해서 에바 공주를 납치하려고 들었다. 납치가 어려울 경우 공주를 죽여 버릴 생각이기도 했다.

"그런데 과연 누가 헬 하운드를 부렸을까요?"

오솔길을 걷던 중 핌스턴이 질문했다.

아무도 대답하지 못했다. 핌스턴도 딱히 대답을 기대한 것은 아니었다.

"황태자일까요? 아니면 삼황자?"

"황태자 쪽은 아닐 게야. 삼황자가 의심되네."

황궁마법사 뮤트가 조심스럽게 의견을 내었다.

핌스턴이 이유를 물었다.

"왜죠? 삼황자를 찍으신 이유가 있나요?"

"험험! 딱히 이유는 없네. 그저 내 육감이 그렇다는 게지."

뮤트는 이렇게 얼버무렸다.

핌스턴이 질문을 바꿨다.

"뭐, 좋습니다. 일단 삼황자가 일을 벌였다고 칩시다. 만약 삼황자가 공주마마가 아니라 사황자님을 직접 노리면 어떻게 합니까?"

"뭣?"

뮤트가 눈을 찌푸렸다.

안텔롭이 마뜩치 않은 눈으로 핌스턴을 노려보았다.

"어허! 누가 감히 사황자님을 노린단 말인가? 사황자님께선 지금 황궁 안에 머물고 계시는데 누가 감히 그분을!"

핌스턴은 어깨를 으쓱했다.

"흥! 헬 하운드 놈들을 겪어 보고도 그런 말씀을 하십니까? 놈들이 어디 이것저것 따지고 가리는 줄 아십니까? 프란츠 후작의 성에 대뜸 불을 싸질러 버리는 것을 보십쇼. 그 개자식들은 눈에 뵈는 게 없습니다요."

"끙!"

핌스턴의 말은 일리가 있었다. 뮤트와 안텔롭은 입술을

달싹거렸지만 뭐라 반박하지는 못했다.

에바 공주가 끼어들었다.

"핌스턴 공의 말이 맞아요. 그 무도한 자들이 황궁이라고 어려워하겠어요? 수도에 복귀하는 즉시 오라버니를 지킬 방도를 마련해야 해요."

뮤트가 고개를 끄덕였다.

"공주마마, 현명하신 말씀이십니다. 황궁에 돌아가는 즉시 대책을 마련하겠습니다."

"그때는 늦어요. 지금부터 대책을 강구해야 해요."

에바 공주가 강단 있게 말했다.

핌스턴은 새삼스러운 눈으로 공주를 보았다.

'공주가 민폐만 끼치는 줄 알았는데 의외로 상황 판단이 빠르고 강단이 있네. 다시 봐야겠어.'

뮤트가 열심히 머리를 굴려 답을 내놓았다.

"일단 소신이 동료 마법사들을 모아 보겠습니다. 바람의 마법사를 많이 끌어 모으면 불의 마법사도 어느 정도 견제가 가능할 것입니다."

"그것만으로는 부족해요."

공주가 고개를 가로저었다.

뮤트가 말을 덧붙였다.

"물의 마법사들도 모아 보지요. 마침 제가 아는 마법사 가운데 물 계열에서 제법 실력이 뛰어난 자가 있습니다."

"물 계열이면 불을 상대하는 데 큰 도움이 되겠네요. 레벨이 얼마나 되는 마법사인가요?"

"구르메라는 녀석인데, 제가 알기로 레벨 11이나 12 수준일 겁니다."

공주의 안색이 조금 밝아졌다.

"이왕이면 레벨 12였으면 좋겠네요. 돈은 얼마가 들어도 좋으니 그분을 꼭 모셔 오세요."

"알겠습니다. 황궁에 들어가는 즉시 연락을 취하겠습니다."

뮤트가 공손히 머리를 숙였다.

에바 공주는 누보를 돌아보았다.

"누보 공이라고 하셨지요?"

"네, 공주마마."

누보가 머리를 살짝 숙여 대답했다.

"공께서도 저를 도와주셨으면 좋겠어요."

에바 공주는 말을 빙빙 돌리지 않았다. 곧장 핵심을 찔렀다.

누보가 핌스턴을 돌아보았다. 비록 스승과 제자 사이이기는 하지만 이런 정치적인 협상은 누보보다 핌스턴이 더 뛰어났다.

핌스턴이 손바닥을 쓱쓱 비볐다.

"헤헤! 공주마마, 저희는 프란츠 후작님의 사람들이 아닙니까."

"프란츠 후작께는 내가 말을 할게요."

"그거야 그렇다고 해도, 저희는 따로 할 일이 있어서……."

"따로 할 일이 뭐가 있겠어요? 누보 공을 비롯한 그대들은 이미 헬 하운드의 표적이 되었어요. 그 지독한 사냥개들이 그대들을 그냥 둘까요?"

에바 공주는 역시 영리했다.

핌스턴은 말문이 막혔다.

에바 공주가 단호하게 말했다.

"그러니까 내 편이 되어 주세요. 그것만이 그대들도 살고 나도 사는 길이에요."

"아…… 네."

핌스턴은 협상도 한 번 제대로 해 보지 못하고 에바에게 끌려갔다.

'이런 머저리 녀석!'

뒤에서 누보가 눈을 부라렸다.

핌스턴은 울상을 지었다.

그로부터 열흘 뒤.

핌스턴 일행은 몬순 제국의 수도 바아란에 도착했다.

프란츠 후작의 성보다 10배는 더 번화한 대륙 최고의 도시! 도로가 미로처럼 복잡하게 깔리고 온갖 마법사들이 모여 드는 세상 중심부에 오온 지파의 네크로맨서들이 첫발을 내디뎠다.

"이야! 후덜덜하구나!"

구름에 닿을 듯 높이 솟구친 바아란 황궁의 첨탑을 올려다보면서 핌스턴이 탄성을 질렀다.

"우와! 우와!"

걸터는 입만 벙긋거렸다.

핌스턴과 걸터뿐 아니라 네크로맨서들 모두 눈이 휘둥그레졌다.

샤피로도 세미르의 등에 업혀 바아란 황궁을 올려다보았다.

'21년 만인가? 이곳에 돌아온 것이?'

샤피로는 바아란이 처음이 아니었다. 그는 이곳 바아란에서 태어나 네 살까지 살았다. 그러니까 샤피로에게는 21년 만의 귀향이었다.

〈다음 권에 계속〉

작가 팬 카페
http://cafe.daum.net/PoisonNecromancer

DREAMBOOKS★

DREAMBOOKS